Prolog

Ich werde endlich doch bald ganz tot sein. Innerlich bin ich es schon lange. Seit mir die ständlich klargemacht ha dern imstande ist. Lange für uns beide reichen, dc fen vergebens ist. Und w einen Sinn, wenn der ei einen empfindet? Der Me

er muss sich anderen zugesellen, um glücklich sein zu können. Ich bräuchte nur einen einzigen anderen Menschen, um mein Glück zu finden, doch genau dies ist mir nicht vergönnt. Und so komme ich zu dem Schluss, dass es besser ist, diesem Jammertal Lebewohl zu sagen. Vielleicht liegt mein Glück ja in einer anderen Welt, die frei ist von Qualen und dieser unendlichen Trauer, die mich seit Wochen gefangen hält.

Ich habe mir diesen Entschluss nicht leicht gemacht. Tag um Tag verging mit der aussichtslosen Suche nach einer anderen Lösung als jener, die ich nun wählen werde. Doch weder vermochte mir die flüchtige Ablenkung durch diverse abendliche Vergnügungen noch gar die Religion irgendeinen Trost zu verschaffen, und so stehe ich nun vor den Trümmern jener Existenz, die ich bald gewesen sein werde. Es mag sein, dass ich vieles in meinem Leben falsch gemacht habe, möglicherweise ist dies auch der Grund dafür, dass ich keine Liebe verdient habe. Doch nun werde ich einmal in diesem verkorksten Sein etwas richtig machen.

Der Haken neben dem Luster ist für meinen Zweck hervorragend geeignet. Er ist ganz fest in der Decke verankert, gerade recht, um eine beträchtliche Last zu tragen. Ich fixiere den Strick an diesem Haken und kontrolliere durch kräftiges Ziehen nochmals, ob er seinem Zweck auch gerecht wird. Dann stelle ich mir den Sessel zurecht. Ich kontrolliere noch einmal vor dem Spiegel meine Erscheinung. Die Uniform sitzt hervorragend, und es steht zu hoffen, dass dies auch noch der Fall sein wird, wenn man diesen Körper, der dann einmal meine Seele umschlossen hielt, findet. Ich habe gehört, dass Hängen ein langsamer Tod ist, wenn einem dabei nicht das Genick gebrochen wird. Nun, der Fall wird kaum ausreichen, dies zu bewerkstelligen, aber es ist durchaus in Ordnung, wenn ich nicht schnell sterbe. Denn auch ich muss Buße tun. Immerhin habe ich es nicht geschafft, meine Liebe für mich zu gewinnen. Ich war eben nicht stark genug, und für diese Schwäche muss ich büßen. Es heißt allerdings, dass man in seinem Todeskampf eine Erektion bekommt, ja, dass man sich im Tode sogar noch einmal ergießt. Das ist, so hoffe ich, nur ein dummes Gerücht, denn es möchte die Uniform schön aussehen, wenn sich just an einer solchen Stelle ein derartiger Fleck zeigte. Aber bei dem vielen Pech, das mein Leben so nachhaltig kennzeichnete, wäre es wohl nicht zu viel verlangt, einmal auch Glück zu haben. Ich hoffe also, mich bei dieser letzten Reise nirgendwo selbst zu beflecken. Wahrscheinlich ist das eine Frage der Disziplin, und an dieser hat es bei mir ja nie gemangelt. Ich überprüfe noch einmal die Schlinge und befinde sie für in Ordnung. Ein letztes Mal sehe ich mich in diesem meinem Zimmer um. Es ist schon recht, dass hier alles endet, da hier nichts begonnen hat, obwohl ich so sehr darauf gehofft habe. Mit Schrecken denke ich an jenen einen Abend zurück, an dem mir unmissverständlich vor Augen geführt wurde, wie töricht mein Ansinnen sei. Von diesem anderen war da die Rede, von diesem Krösus, der sich all das leisten könne, was ich niemals würde mein Eigen nennen. Vergeblich war da all mein Bitten und Flehen, ungehört blieben meine Warnungen, dass dieser Schurke nur Spielchen spiele, dass er sich nur von einer momentanen Laune leiten lasse, während meine Gefühle zutiefst aufrichtig, ehrlich und durch und durch lauter seien. Dieses Lachen werde ich nie mehr aus meinen Ohren bekommen, es wird mich in meinen einsamen Tod begleiten. Was für ein Dummkopf ich doch sei! Ja, ein Dummkopf war ich gewiss. Wie glaubte ich, mit Empfindungen konkurrieren zu können gegen Geld, Wohlstand und Aufmerksamkeit? Ein Mann von Welt, der einem ebendiese zu Füßen legt – was zählen da die Liebesschwüre eines Habenichts aus der Provinz?

Ich war eben nicht zum Leben bestimmt. Ein Irrtum der Natur, wie er allenthalben einmal vorkommt. In der freien Wildbahn findet eine solche Existenz ihr rasches Ende, in der menschlichen Zivilisation muss man diesem eben ein wenig nachhelfen. Und ich steige auf den Stuhl.

Ich bin das oft genug durchgegangen. Ich muss nur kurz hochspringen und dabei gegen die Lehne des Sessels schlagen. Dieser kippt um, und mein Körper pendelt in der Luft. Der Tisch ist weit genug entfernt, ich werde also nicht in Versuchung kommen, im allerletzten Moment doch um eine Rettung zu ringen. Alles ist generalstabsmäßig – welche Ironie! – vorbereitet. Der letzte Akt kann beginnen, auf dass der Vorhang bald für immer falle.

Merkwürdig. Wenigstens jetzt, ein paar Augenblicke vor dem unausweichlichen Tode, sollte mich die Angst überkommen. Doch ich empfinde nichts. Nein. Gar nichts. Da ist keine Furcht, keine Neugier, keine andere Sinnenregung. Ich sehe dem, was kommt, mit demselben Gleichmut entgegen, wie ich meine Morgentoilette zu verrichten pflege.

Kein Zaudern jetzt. Kein ewiges Philosophieren. Jetzt ist die Stunde gekommen, sich von dieser unglücksbeladenen Existenz zu befreien. Ich lege mir die Schlinge um den Hals und ziehe sie zu. Schon ist meine Atemmöglichkeit ein wenig eingeschränkt, doch das hilft mir, nur noch klarer zu denken. Mein Blick fixiert mein Bett, das ganz gegen mein Wollen so jungfräulich geblieben ist. Wahrscheinlich werde ich im Augenblick des Sprungs instinktiv meine Augen schließen, doch das wäre gegen meinen Willen. Ich will sehenden Auges in die nächste Welt gehen. Auch das ist wohl eine Frage der Disziplin.

Eigenartig. Ich hole tief Luft, so als gelte es, einen Tauchgang zu absolvieren. Wie widersinnig. Genug gedacht, genug getrödelt. Ich spanne meinen Körper, gehe leicht in die Knie, was den Strick um meinen Hals schon einmal spannt. Meine Arme nehmen ihre sprungtypische Ausgangsposition ein, und schon stoße ich mich ab. Für einen Moment befinde ich mich in der Luft, dann setzt die Schwerkraft ein, und es geht abwärts. Doch meine Beine geraten an ein Hindernis. Der Sessel! Es ist mir nicht gelungen, ihn umzuwerfen. Merkwürdig, eigentlich sollte das eine ganz leichte Übung sein, und doch zögere ich. Ich spüre einen unerträglichen Druck in meinem Kopf, ein wildes Zucken in meinen Schläfen. Dieses Pochen, dieses Pochen.

I.
Montag, 10. Februar 1913

Stalin. So nennt sich jener Verdächtige, den zu überwachen wir beauftragt sind. Er ist vor einigen Tagen aus Galizien, wo er sich bei dem bekannten Umstürzler Uljanow, der unter dem Tarnnamen Lenin agiert, aufgehalten hatte, mit dem Zug nach Wien gekommen und hat in der Schönbrunner Schlossstraße Quartier genommen. Dort logiert ein Alexander Trojanowski, der, wie uns von der zuständigen Abteilung versichert wird, gleichfalls dem linken exilrussischen Netzwerk zuzurechnen ist. Die Überwachung wurde am 5. dieses Monats angeordnet, da seitens des k. k. Kundschafterdienstes die Meldung überbracht wurde, genannter Stalin gehöre dem innersten Zirkel der russischen Umstürzler an, weshalb ihm äußerste Aufmerksamkeit zuteil werden solle.

Nach fünf Tagen muss allerdings festgestellt werden, dass die Beschattung des Verdächtigen bislang keine Ergebnisse gezeitigt hat. Der Mann verlässt die Wohnung bis zum frühen Abend nicht, dann spaziert er den Wienfluss entlang in Richtung kaiserliches Schloss, um sich sodann wieder zu seiner Wohnung zu begeben. Außerhalb dieser hat er sich mit niemandem getroffen oder auch nur jemanden gesprochen. Es scheint, als bliebe der Mann völlig für sich.

Die Beschreibung, die unten unterfertigte Dienststelle über den Mann erhalten hat, ist im Übrigen vollkommen korrekt. Der Verdächtige ist knapp einen Meter sechzig groß, hat auffallende Pockennarben und dunkelschwarzes Haupthaar, das ihm meist ungekämmt vom Kopfe steht. Als besonderes Kennzeichen ist der große Schnurrbart zu nennen, ebenso eine leichte Behinderung des linken Arms.

Wie wir von unseren Konfidenten im russischen Milieu in Erfahrung bringen konnten, nennt sich der Verdächtige auch „Koba", was mit seiner georgischen Herkunft zu tun haben dürfte. Angeblich handelt es sich dabei um einen Helden einer kaukasischen Sage, in dessen Fußstapfen der zu Beobachtende offensichtlich zu treten gewillt ist. Seinen wirklichen Namen wussten auch unsere Konfidenten nicht mit Gewissheit zu sagen, doch gibt es Hinweise darauf, dass besagter Stalin oder Koba mit dem ehemaligen Priesterschüler Josef Dschugaschwili identisch ist, der im Zarenreich wegen mehrerer Banküberfälle gesucht wird und bereits mehrfach inhaftiert war.

Bronstein unterdrückte einen Fluch und warf die Feder in weitem Bogen über den Schreibtisch. Nicht nur, dass dieser Überwachungsauftrag überaus fade war, darüber auch noch einen Bericht verfassen zu müssen war die Krönung der ganzen Angelegenheit. Warum konnte man sich nicht auf eine Art Datenstammblatt verständigen, in dem man einfach nur das Wesentliche eintrug: Name, Tarnname(n), Zeitraum der Überwachung, Ergebnis? Es gab doch in der Monarchie für jeden Leibeswind ein eigenes Formular, warum musste man da ausgerechnet in solchen Dingen zum Karl May befähigt sein?

Eigentlich hatte er sich den Polizeidienst ganz anders vorgestellt. Irgendwie aufregender, packender, verantwortungsvoller. Doch nun saß er seit sechs Jahren auf einem Kommissariat und die tägliche Routine zermürbte ihn. Ja, er ertappte sich bei der Frage, ob die Warnungen seines Vaters nicht doch ihre Richtigkeit gehabt hatten.

Ja, sein Vater. Leopold Salomon Bronstein. Der erste Bronstein, der in der Reichshaupt- und Residenzstadt Wien zur Welt gekommen war. Und das noch dazu in überaus bewegten Tagen. März 1848. Obwohl dieses Datum nun schon beinahe 65 Jahre zurücklag, redete immer noch alle Welt davon. Die Deutschnationalen, weil sie in dieser Erhebung der Bürger den Willen zum Zusammenschluss aller Deutschen zu erkennen meinten, und die Sozialdemokraten, weil sie diese bürgerliche Revolution als Vorboten der Errichtung des Sozialismus werteten. Die eigentlichen „48er" waren freilich schon lange tot, doch offenbar bot dieser Umstand nur noch mehr Spielraum für die unterschiedlichsten Interpretationen.

Eine Revolution. Das war offensichtlich auch das Ziel dieses Stalin. Und Leute wie ihn gab es viele in der Hauptstadt der Doppelmonarchie. Bronstein hatte es als willkommene Abwechslung aufgefasst, als man ihn für diese Causa der politischen Polizei dienstzugeteilt hatte, doch nur allzu bald war er um die Feststellung nicht herumgekommen, dass diese Tätigkeit noch langweiliger war als jene, die er zuvor ausgeübt hatte. Die meisten dieser sogenannten Revolutionäre erwiesen sich als arme Schlucker, die den ganzen Tag über in einem Kaffeehaus bei einem einzigen kleinen Braunen saßen und darüber schwadronierten, wie die Welt aussehen würde, wenn sie erst einmal an der Macht wären. Bemerkenswert daran war bestenfalls der Umstand, dass sie sich untereinander mitunter heftiger bekriegten als den Staat, den sie doch eigentlich umstürzen wollten. Solange die Linke nicht mehr zuwege brachte als derartige Hinterhofrevoluzzer, konnte der Zar ruhig schlafen. Und der Kaiser sowieso.

Der Kaiser! Der war auch 1848 auf den Thron gekommen. Unvorstellbar eigentlich, dass jemand so lange regieren konnte. Aber vielleicht war Franz Joseph I. genau deshalb zum allseits verehrten Landesvater geworden, dem sogar die Sozis ihre Achtung nicht versagten. Unwillkürlich fiel Bronstein ein Lied ein, das die Katholiken in ihren Messen immer sangen: Er, der nie begonnen, Er, der immer war. Das konnte man nun auch schon beinahe vom Kaiser sagen. Und sicherheitshalber schickte Bronstein einen ehrfürchtigen Blick auf das gerahmte Porträt des Monarchen, das direkt neben dem Eingang hing.

Dann nahm er eine weitere Zigarette aus seinem Etui. „Egyptische Sorte". Die rauchte er erst seit kurzem, da er sich eigentlich Zigaretten gar nicht wirklich leisten konnte. Doch das ewige Drehen eigenen Rauchwerks war ihm doch zu umständlich geworden, seit er mehr Nikotin als Obst konsumierte. Verzweifelt bemühte er sich darum, sich wieder auf seinen Bericht zu konzentrieren, allein, es gelang ihm nicht.

Warum war ihm das eigentlich nicht von vornherein klar gewesen? Polizeiarbeit war zwangsläufig zu 99 Prozent der Zeit Routine. Selbst ein Sheriff im Wilden Westen hatte nicht täglich mit Schießereien und Morden zu tun, mochte das die Wildwestschau des Obersten Cody auch noch so oft behaupten. Und da hatte er ernsthaft geglaubt, in Wien würde es für einen Ordnungshüter eine abwechslungsreiche Tätigkeit geben?

Natürlich, letztlich war das Beispiel des Vaters abschreckend gewesen. Der hatte nach dem Abschluss des Gymnasiums um Aufnahme in den Beamtenapparat Seiner Majestät ersucht und war schließlich als Staatsdiener im Finanzministerium in der Himmelpfortgasse gelandet. Dort malte er seit nunmehr beinahe einem halben Jahrhundert Akten ab, und die größtmögliche Aufregung in dieser Tätigkeit war die Überziehung der gesetzlich eingeräumten Mittagspause durch einen subalternen Mitarbeiter. In Stein oder Suben konnte es nicht langweiliger sein.

Dafür freilich wurde der Vater niemals müde, auf die Sicherheit zu verweisen, die mit diesem Beschäftigungsverhältnis verbunden war. Der Vater hatte nämlich das Schicksal seines Vaters, also Bronsteins Großvaters, vor Augen, der als freiberuflicher Mediziner stets mehr am Hungertuch genagt hatte als viele seiner Patienten. Aber dem alten Nahum, der sich in Wien wohl nur deshalb hatte taufen lassen, um hier den Arztberuf überhaupt ausüben zu dürfen, haftete bis ans Ende seiner Tage seine Herkunft aus dem hintersten Winkel Galiziens an, sodass seine Kundschaft primär aus Leuten bestanden hatte, die sich eben nichts anderes leisten konnten. Und doch war Opa Nahum wohl mit einem zufriedenen Lächeln auf den Lippen gestorben, denn letztlich hatte er es doch zu etwas gebracht. Die Badestube seines Vaters Mordechai war längst vergessen, und mit dem Sohn als kaiserlichem Beamten schien der Aufstieg der Familie nicht aufzuhalten.

Doch dann kam er. David Bronstein. 175 Zentimeter groß, von kräftiger Statur. Besondere Kennzeichen: keine, wenn man von seinem Bart absah. Mit ihm ging es in familiärer Hinsicht augenscheinlich wieder bergab.

Über sechs Jahre war er nun schon im Dienst der Wiener Polizei, und er hätte nicht behaupten können, jemals an etwas Großem beteiligt gewesen zu sein. Gut, der Fall Meier vielleicht, doch der lag auch schon fünf Jahre zurück und war letztlich kaum sonderlich spektakulär gewesen. Bronstein betrachtete weiter das Aktenblatt vor sich und dachte an den Ferdinand Meier zurück.

Eigentlich war der Mann mit seiner Verteidigungsrede vor Gericht legendär geworden. Er hatte einen Zechkumpan erschlagen, um an dessen Barschaft zu kommen. Später rechtfertigte er sich dann mit dem nachgerade philosophischen Satz: „I hab des ned wollen. I hab nur das Geld wollen. Aber das Schicksal hat es anders wollen." Das war den Geschworenen seinerzeit des Wollens zu viel, und sie wollten Meier am Galgen sehen. Dazu hatte wohl auch seine, Bronsteins, Aussage beigetragen, denn immerhin war er es gewesen, der den Meier Ferdinand festgenommen hatte. Der Meier hatte seinen Mitzecher in eine Seitengasse gelockt und dort erschlagen. Dann war er mit dessen

Geld in die Schluckhalle zurückgekehrt und hatte weitergesoffen. Und dabei von der Erbschaft geprahlt, die er gerade eben in den enteren Gründen gemacht habe. Das war dem Wirten verdächtig vorgekommen, und er hatte den Brotschani auf die Wachstube geschickt. Dort war an jenem Abend Bronstein gesessen und hatte darüber sinniert, ob er sich seinen Polizistenberuf nicht doch anders vorgestellt hatte. Als nun der Junge von den Vorfällen in der Schenke berichtete, da beeilte sich Bronstein, um endlich eine sinnvolle Amtshandlung vornehmen zu können. Schon auf dem Weg zum Wirtshaus stolperte er beinahe über die Leiche, die der Meier Ferdinand nicht einmal notdürftig versteckt hatte. Noch dazu waren die Initialen des Geldbeutels mit jenen des Opfers identisch, sodass der Hergang der Tat rasch rekonstruiert war. Meier fiel Bronstein, mit der bitteren Wahrheit konfrontiert, einfach in die Arme und verlor das Bewusstsein. Als er am nächsten Morgen in der Zelle erwachte, da legte er sofort ein umfassendes Geständnis ab, dabei allerdings die Bitte vorbringend, man möge ihm einmal noch eine Flasche Schnaps spendieren.

Der ihm zugeteilte Pflichtverteidiger stellte während des Prozesses den Antrag, Meier auf seinen Geisteszustand hin zu untersuchen, und das Ergebnis dieser Visitation hatte Bronstein immer noch nicht vergessen. Der Meier Ferdinand, so hatte der Amtsarzt damals festgehalten, sei zwar im Allgemeinen geistig minderwertig, asozial, idiotisch und generell blödsinnig, er habe aber sehr wohl Einsicht in das Verwerfliche seines Tuns. Der Richter hatte während des ärztlichen Vortrags mit fragender Miene gelauscht, um sich dann mit den Worten „Und des heißt ...?" vernehmen zu lassen. Worauf der Arzt replizierte: „Ein Trottel. Aber ein gefährlicher Trottel."

Jedenfalls war der Meier Ferdinand zum Tod durch den Strang verurteilt worden. Anscheinend aber handelte es sich beim Meier Ferdinand doch nicht um einen vollkommenen Trottel, denn wenige Tage vor dem festgesetzten Hinrichtungstag gelang es ihm, einen Mithäftling mit einem steinernen Trinkkrug zu erschlagen, woraufhin ihm neuerlich der Prozess gemacht wurde. Das Urteil stand zwar von vornherein fest, aber der Meier Ferdinand hatte sich durch seine Tat ein paar weitere Monate Lebenszeit erkauft. Bronstein konnte sich noch lebhaft daran erinnern, wie dieser spektakuläre Fall damals durch die Zeitungen gegangen war, wobei sich nicht wenige Schreiber darüber mokiert hatten, dass der Meier Ferdinand seine neuerliche Schandtat ausgerechnet am Tag des 60-jährigen Regierungsjubiläums Seiner Majestät begangen hatte. Ein Grund für eine Begnadigung war das jedenfalls nicht gewesen, lautete damals der spöttische Kommentar des Postenkommandanten.

Doch wie war er nur auf den Fall Meier gekommen? Jetzt war er schon beinahe so wie sein Adlatus, der Hippolyt Lang. Der erging sich auch andauernd in alten Geschichten. Der Lang! Schon seine ganze Statur prädestinierte ihn zum Komiker. Klein, übergewichtig, mit einer Knollennase und kleinen Schweinsäuglein, dazu noch abstehenden Ohren. Da war man auf die Rolle des Kompaniekasperls geradezu abonniert. Aber den Lang, den vergaß keiner. Wenn man den Namen nur hörte, dann zitierte man sofort irgendeinen seiner Stehsätze. Fiel hingegen der Name Bronstein, dann zeigte sich nachhaltiges Grübeln auf den Gesichtern der Kollegen. Nein, er, Bronstein, hatte noch keinen Eindruck in der Wiener Polizei hinterlassen. Und das würde ihm auch nicht gelingen, solange er seine Zeit mit dämlichen Beschattungen vergeudete. Stalin! Irgend so ein grusinischer Zwerg, von dem nie wieder in der Weltgeschichte irgendjemand auch nur ein Wort vernehmen würde. Was für eine Ressourcenverschwendung, so eine Null zu überwachen! Da konnte man gleich eine eigene Wachstube im Männerheim in der Meldemannstraße einrichten, um dort die täglichen Streitereien um den letzten Rest Fusels zu schlichten. Außerdem bekam man dort weit mehr volksverhetzende Reden zu hören als bei sämtlichen Russen, die es sich in Wien gemütlich eingerichtet hatten.

Na bitte, dachte sich Bronstein und dämpfte eine Zigarette aus. Zwölf ist es. Zeit für die Mittagspause. Schnaufend erhob er sich und sah zu, dass er in die Kantine kam.

Als er von dem gedünsteten Rindfleisch mit Erdäpfeln und Kohlgemüse wieder in sein Amtszimmer zurückkehrte, saß Lang schon auf seinem Platz. Klar, er war um zwölf Uhr abgelöst worden und musste nun seinerseits einen Bericht über den Georgier verfassen. Was ihm sichtlich ebenso viel Freude bereitete wie Bronstein. „Hörst, Okomm, hast an Span für mich?"

Bronstein schüttelte sich innerlich. An dieses dumme „Okomm", die Abkürzung für Oberkommissär, würde er sich nie gewöhnen. Schon allein deswegen wurde es Zeit, dass er endlich zum Rat befördert wurde. Doch bis dahin würde es noch fast ein Jahr dauern. Und am Verhältnis zu Lang würde sich dadurch auch nichts ändern, er würde Bronstein weiter um Zigaretten angehen. Spannend war dabei höchstens, mit welchem Kürzel er den „Rat" verstümmeln würde. Bronstein gab seinem Untergebenen eine „Egyptische" und drehte dann auf dem Absatz wieder um.

„Weißt was", sagte er über die Schulter, „ich trink noch schnell einen Kaffee. Mach du derweil deinen Bericht."

Als er den Gang entlangging, musste Bronstein über das ganze Gesicht breit grinsen. Während er sich erholte, musste der gute Lang seine Arbeit machen. Und dazu ersparte er sich auch Langs zotige Kommentare. Besser, so fand er, hätte er es nicht treffen können.

Treffen. Das war das Stichwort. Bronstein verließ das Wachzimmer und überquerte die Straße, um im „Café Treff" eine Melange zu ordern. Wie selbstverständlich legte ihm der Pikkolo die „Wiener Zeitung" auf den Tisch, da man hier schon von seinen kleinen Vorlieben wusste. Bronstein wollte sich gerade in die Lektüre versenken, als ihm siedend heiß einfiel, dass sein Triumph bei Lang bislang nur ein halber war. Wie er seinen Mitarbeiter kannte, würde der beinhart nur über seine Schicht schreiben, wodurch für Bronstein rein gar nichts gewonnen war. Instinktiv sah er sich nach einem Telefon um, denn es widerstrebte ihm, das Lokal wegen dieses kleinen Fauxpas noch einmal zu verlassen.

Bronstein wurde bewusst, dass er vom „Café Treff" noch nie telefoniert hatte, und daher winkte er den nächsten Marqueur zu sich.

„Haben S' a Telefon?"

„I? Na."

„Das Lokal meine ich."

„Ah so. Jo. Des scho. I ned."

Die Zusatzauskunft, dass der Kellner über kein privates Telefon verfügte, empfand Bronstein als überflüssig. Viel wichtiger wäre es ihm gewesen, der Mann hätte ihm auseinandergesetzt, wo er den Apparat des Kaffeehauses finden könnte. Doch sein Gegenüber schien der Auffassung zu sein, er habe Bronsteins Wissensdurst ausreichend gelöscht, und schickte sich an, sich wieder seinen Verrichtungen zuzuwenden.

„Und wo find ich das?", fragte Bronstein daher.

„Wos?" Der Marqueur richtete sich wieder auf.

„Das Telefon", schnarrte Bronstein mit einer Stimme, die eine baldige Eruption signalisierte.

„Ah so. Glei am Schank links ume, dann drahn S' Ihna halbrechts, durch'n Gang, der Ihna entgegenschaut, nachher schief gradaus und dann quer links an die Häusln vorbei."

Bronstein erwog den Erwerb eines Tropenhelms und ähnlichen Equipments, um für eine solche Expedition gerüstet zu sein. Dann schickte er einen gottergebenen Blick gen Himmel und erhob sich. Nach einer halben Ewigkeit hatte er das Telefonzimmer gefunden. Er nahm den Hörer in die Hand und läutete an. Das Fräulein vom Amt meldete sich.

„12312", sagte Bronstein.

Es dauerte eine weitere halbe Ewigkeit, ehe er Langs Stimme vernahm. „Dir ist aber schon klar, dass du den ganzen Bericht machst, oder?", vergewisserte sich Bronstein.

„Ah so?"

„Ja, genau ah so!", erklärte der Vorgesetzte bestimmt. Das erschöpfte Pfeifen Langs ignorierte er. „I bin in zwanzig Minuten wieder da. Dann liegt der Bericht fertig auf meiner Seit'n vom Schreibtisch. Alsdern, bis dann."

Bronstein läutete ab. Nun konnte er zufrieden zu seiner Melange zurückkehren. Oder auch nicht. Er hatte kaum vor seinem Kaffee Platz genommen, als ein weiterer Pikkolo auf ihn zutrat. „Der Herr Oberkommissär werden am Telefon verlangt."

Das konnte nur Lang sein. Er wusste als Einziger, wo Bronstein sich befand. War dem alten Schlawiner mit der entsprechenden zeitlichen Verzögerung eine Ausrede eingefallen, weshalb er den Akt doch nicht fertigmachen konnte? Nein, das würde der Lang nicht wagen. Er würde ihn nicht deswegen vom Kaffee wegholen, Langs Wege waren in solchen Fällen gewundener. Bronstein würde erst im Amtszimmer von der Malaise erfahren, und auch dies nur durch einen lapidaren Zettel, der von Bauchkrämpfen, Kopfschmerzen oder ähnlichen Leiden kündete, die Lang zum sofortigen Rückzug gezwungen hätten, weshalb der Akt nun leider, leider doch wieder auf Bronsteins Schreibtischhälfte lande.

Wegen einer solchen Ausflucht würde Lang also nicht das Fräulein vom Amt bemühen. Bronstein nahm einen großen Schluck aus der Kaffeetasse und begab sich dann ein zweites Mal ins Telefonzimmer.

„Wos is?", belferte er in den Hörer.

„Wir ham a Leich", entgegnete Lang am anderen Ende der Leitung.

Bronstein hatte Mühe, seine Emotionen zu zügeln. Um ein Haar hätte er „Hurra!" gerufen. Endlich, endlich nicht mehr nervtötende Bagatellen, endlich ein richtiges Verbrechen. Nach fünf Jahren wieder einmal wirklich Polizist sein, dachte er und jubilierte innerlich. Dann atmete er kurz durch und bemühte sich, gelassen zu wirken.

„Wo?"

„In an Zinshaus, gleich gegenüber vom Westbahnhof."

„Na, dann packen wir's. Ich bin sofort bei dir."

Er kehrte zu seinem Tisch zurück, trank den Kaffee aus und signalisierte einem der Bediensteten, er wolle zahlen.

„Bitt schön, ich bin kein Zahlkellner. Da müssen S' Ihnen an den Ober wenden."

Na gut, wenigstens waren die einzelnen Kategorien im Servierpersonal leicht zu unterscheiden. Die Pikkolos trugen weiße, die Oberkellner hingegen schwarze Sakkos. Bronstein wartete also, bis er eines Schwarzrocks ansichtig wurde, und wiederholte sein Begehr: „Zahlen, bitte!"

„Is ned mei Rayon." Der Mann beachtete Bronstein nicht weiter und enteilte in Richtung Schank. In Bronstein kam leichter Unmut auf. Ein zweiter Ober passierte seinen Tisch. „Zah…" Und weg war er. Bronsteins Geduld kam an ihr Ende. Wenn die sein Geld nicht wollten, dann ging er eben so.

„Will denn niemand mein Geld?", fragte er laut in den Raum.

„I nehmat's scho", ließ sich ein vorwitziger Gast vernehmen.

„Ha ha", machte Bronstein nur.

„Jetzt pudeln S' Ihnen ned so auf, der Herr. I bin ja eh scho do." Schnaufend kam der Zahlkellner auf ihn zugewankt, erfasste bedächtig Bronststeins Konsumation und nannte dann den zu entrichtenden Preis. Er nahm das Geld entgegen, verbeugte sich andeutungsweise und wünschte Bronstein noch einen guten Tag. Ja, Sie mich auch, dachte der und sah zu, dass er wieder auf die Wachstube kam.

Dort wurde er bereits ungeduldig erwartet. „Da bist ja endlich, Okomm!", schnaubte Lang.

„Glaubst ned, dass der Leich des wurscht ist, wenn wir uns a bissl Zeit lassen?"

„Der Leich vielleicht schon. Aber mir ned."

„Na, jetzt bin i ja da. Also gemma's an."

Die beiden wandten sich auf der Straße nach links, ließen die Kirche „Maria vom Siege" rechts liegen und befanden sich wenige Momente später auf der äußeren Mariahilfer Straße, wo der mächtige Bau des Westbahnhofs die gesamte Szenerie dominierte. Immer wieder wunderte sich Bronstein über diese absurde Mischung architektonischer Stile, denn von vorne betrachtet wirkte das Gebäude wie eine Kombination aus Palais und Kuranstalt, während der hintere Trakt den Gedanken an eine Kaserne nahelegte. Doch Bronstein kam nicht dazu, sich länger mit dem Bahnhof zu befassen, denn schon wurde er von Lang am Ärmel gezogen. „Da geht's weiter."

Sie betraten ein abgewohntes dreistöckiges Gebäude, das, so schätzte Bronstein, kurz nach der 48er-Revolution errichtet worden sein musste, und gingen durch den ersten Trakt in den Innenhof. Dahinter befand sich ein zweiter Bau, der gleichfalls drei Stockwerke aufwies. Lang führte seinen Vorgesetzten in den zweiten Stock, wo schon eine etwas in die Jahre gekommene Frau auf sie wartete. „Doda warat's", sagte sie und zeigte mit dem Finger auf die Tür, auf der die „13" montiert war.

Bronstein und Lang betraten das Innere der Wohnung und sahen schon von der Küche aus die Bescherung. Im Luster des Wohnzimmers hing ein Mann von knapp mehr als zwanzig Jahren. Er hatte einen dünnen blonden Schnurrbart, der mit dem Rotblau der herausgequollenen Zunge kontrastierte. Die wasserfarbenen Augen starrten schief an die Decke, und die Haare klebten an der Stirn, was darauf hindeutete, dass dem Mann doch ziemlich heiß gewesen sein musste, ehe er erkaltete.

„A natürlicher Tod war des jedenfalls keiner", meldete sich Lang.

„Der Herr Leutnant hat ja immer Gspassetln g'macht, aber solche Spompanadeln, des is wos Neichs", konstatierte derweilen die Frau, in der Bronstein die Hausmeisterin vermutete, emotionslos. Dass der Tote Offizier der kaiserlichen Armee gewesen war, erklärte die Uniform, die er trug. Und dass er sie anhatte, ließ einen Selbstmord zumindest in den Bereich des Möglichen rücken.

„Haben S' was angefasst, Frau ..."

„Kriwanek. Elfriede Kriwanek. I bin da die ..."

„Hausmeisterin. Das habe ich mir schon gedacht. Und haben S'...?"

„Wos?"

„Na etwas angefasst."

„Jo, bin i bled oder wos! Natürlich ned. Ich bin in die Wohnung, weil die alte Reininger, des is die Partei vom ersten Stock, direkt unter dera Wohnung, auf d'Nocht an Pumperer g'hört hat. Und weil i den Herrn Leutnant heut ned g'sehen oder g'hört hab, hab i ma denkt, da is vielleicht a Unglück g'schehen. Und so bin i mit'm Generalschlüssel eine in die Wohnung."

Die Frau hielt einen beeindruckend großen Schlüsselbund in die Höhe. „Na, und wie i eam do hängen g'sehen hab, da hab i alles g'wusst. Der is hin, hab i ma denkt. Da kannst nix mehr machen. Na, und so hab i den Wirten, der was als Einziger da a Telefon hat, g'sagt, er soll die Heh … die Polizei rufen. Na, und jetzt san S' da.‟

„Ja, jetzt simma da", echote Bronstein und besah sich das Zimmer. Der Tisch, der sich direkt neben dem Gehenkten befand, war penibel aufgeräumt. Nichts, auch kein Schriftstück, lag darauf. Generell herrschte im Raum peinlichste Ordnung, nur ein Sessel lag umgestürzt auf dem Boden, was die These nahelegte, dass der Leutnant auf selbigen gestiegen war, ehe er sich die Schlinge um den Hals legte und den Sessel unter sich umwarf.

„Wissen wir, wie der Mann hieß?", fragte er die Kriwanek.

„Des waaß i ned", antwortete sie.

„Sie kennen die Namen Ihrer Parteien nicht?", zeigte sich Bronstein überrascht.

„I scho. Aber danach haben S' mi ja ned g'fragt. Sondern danach, ob Sie es wissen, und des wiederum waaß i ned."

Schon wieder so ein vorwitziges Wiener Mädel, dachte Bronstein pikiert. Er setzte eine möglichst strenge Miene auf und sah die Kriwanek durchdringend an. Diese lenkte schließlich ein. „Mészáros hat er g'heißen. Aus Ungarn is er kommen. Aber er hat makellos Deutsch g'redet. Von der Mutterseiten her, glaub i. Und seit fünf Monat' hat er da g'wohnt. Er is zum Generalstabskurs zug'lassen worden. Weil er irgendwas am Balkan z'sammbracht hat, wos i waaß." Die Hausmeisterin kratzte sich gedankenverloren am Kopf. „Na ja, jetzt wird er nix mehr z'sammbringen, der Kurtl."

„Der Mann hieß Kurt?" Bronstein war ehrlich erstaunt. Er hätte mit Lajos, Lászlo oder gar Árpád gerechnet, aber nicht mit Kurt. „Na, i sag Ihnen ja, sei Mutter dürft a Hiesige sein."

Bronstein stutzte. Die Kriwanek war sicher an die fünfzig. Wieso duzte sie den Toten? „Und Sie waren per Du mit dem Herrn Mészáros?"

„Na, natürlich ned. Nur für uns, da war er der Kurtl. Wissen S' eh, wenn ma über ihn g'redet haben."

„G'redet?" Bronstein ahnte, was die Frau meinte, aber so leicht wollte er es ihr dann doch nicht machen.

„Schauen S', Herr Kommissar. Des is da ned des Ritz-Carlton, ned. Da wohnen nur Krewegerln, Krispindln und Krepierln. Was glauben S', was da für ein Hallo is, wann amoi a echtes Manns-bild da einzieht?" Auf dem Gesicht der Kriwanek zeigte sich ein seliges Lächeln. „Die Neziba von der Anserstieg'n, die Wejwoda und i, na ja, wir stengan hoit öfter amoi im Hof z'samm', und da hamma natürlich übern Kurtl, also übern Herrn Leutnant g'redt. In unserm Alter, da derwischt so leicht kan Bel Ami mehr, verstehen S'?"

„Und wie war er so, der Herr Mészáros?"

„Stets sehr nett und zuvorkommend. A echter Herr halt. Und so bescheiden! Er hat uns immer Komplimente g'macht, wenn er uns im Hof z'sammenstehen hat sehen. Fesch, fesch, die Da-men – oder so etwas. Dabei immer militärisch zackig, wissen S' eh, aber doch sehr charmant."

„Und wie war er so als Partei?"

„Ruhig. Sehr ruhig. Er hat fast nie Besuch g'habt. Außer hie und da jemand von seinem Regiment. Aber des waren, glaub i, mehr Besprechungen als a normale Abendgestaltung, wissen S'. Der war ned wie die anderen Offiziere, die was Karten spielen, saufen und herumhuren. Na, i glaub, der wollt was erreichen im Leben."

Bronstein sah die Kriwanek nur lange schweigend an.

„Jo, i waaß eh, des klingt a bissl komisch, wenn ma den da so hängen sieht. Aber es muss ihm halt was passiert sein, was ihn aus der Bahn g'worfen hat."

Ja, dachte Bronstein, diesen Satz konnte man getrost unter-streichen.

„Und Sie sagen", fuhr er dann fort, „der Mann war beim Generalstab?"

„Na ja, bei diesem Kurs halt, wo man sich für den Generalstab ... ich weiß ned, wie man da sagt ... qualifiziert halt."

Bronstein blies Luft aus. Das machte die Sache komplizierter. Mészáros musste nicht notwendigerweise dem „Korpsbereich 2" zugehörig sein, der Wien umfasste, was Bronstein immer wieder zu der Frage trieb, weshalb ausgerechnet Krakau die Nummer 1 bekommen hatte. Er konnte als Ungar auch den Korpsbereichen 4, 5 oder 6 angehören, die um die Städte Pressburg, Budapest und Kaschau gruppiert waren. Die Rangabzeichen, die mit ihren zwei goldenen Sternen auf grünem Grund Mészáros als einen Oberleutnant auswiesen, sagten nichts über die Zugehörigkeit zu einer konkreten Truppe aus. Und Oberleutnant musste Mészáros auch gewesen sein, da man sich erst als solcher für den Generalstabskurs melden konnte, wie Bronstein sich dunkel erinnerte. Doch für die mehrjährige Ausbildungsphase war man dem Generalstab nur zugeteilt, man blieb Bestandteil seiner alten Truppe, und erst wenn man den Kurs erfolgreich absolviert hatte, konnte man auf Antrag des Generalstabs zu ebendiesem versetzt werden. Und das war bei Mészáros mit Sicherheit noch nicht der Fall gewesen, sonst hätte er bereits eine andere Uniform getragen. Und die Egalisierungsfarbe vermochte Bronstein auch keinen Aufschluss darüber zu geben, ob Mészáros in der österreichischen oder in der ungarischen Armee gedient hatte, denn diese unterschied zwar, wie er sich erinnerte, zwölf verschiedene Rottöne, doch galten diese jeweils für österreichische wie für ungarische Regimenter.

Es würde ihm also, seufzte er, nichts anderes übrig bleiben, als beim Generalstab nachzufragen, wohin Mészáros zuständig gewesen war. Bronstein holte seine Taschenuhr hervor und sah, dass es nahe an 15 Uhr ging. Wenn er beim Generalstab noch jemanden erreichen wollte, dann war es zweckmäßig, diesen zu verständigen. Allerdings war er ortsunkundig. Wer vermochte schon zu sagen, welche der hierortigen Stehweinhallen über ein Telefon verfügten. Aber immerhin befand sich gegenüber ein Bahnhof. Und auf einem Bahnhof musste es ein Postamt geben. Und auf einem Postamt konnte man telegraphieren. Er wandte sich der Kriwanek zu und bedankte sich für ihre Auskünfte, wobei er sie darum bat, sich sicherheitshalber die nächsten Tage zur Verfügung zu halten. Die Kriwanek fühlte sich geschmeichelt und lächelte servil. Doch Bronstein achtete nicht weiter darauf. Er drehte sich zu Lang um: „Du wartest hier, bis die Spurensicherung kommt. Ich telegraphiere einstweilen dem Generalstab, dass wir ihn brauchen."

Bronstein wartete keine Reaktion der beiden Personen ab und verließ die Wohnung. Er ging die Stufen abwärts, durchquerte den Hof und steuerte die Straße an. Dort hielt er nach links auf das Postamt zu. Beim Portier angekommen, fragte er nach dem Telegrammschalter.

„Telewos?"

„Der Telegrammschalter", wiederholte Bronstein eine Nuance klarer und lauter.

„So wos ham mia do ned."

„Aber ich bitte Sie, das ist doch ein Postamt, oder etwa nicht?"

„Des scho. Oba a Telegramm, des gibt's do ned."

„Sie wollen mir ernsthaft erzählen, bei Ihnen kann man keine Depeschen aufgeben?"

„Ah so. A Depetschen! Wieso sogen S' denn des ned glei? Des is do drüben!"

Bronstein sah in die gewiesene Richtung und erspähte tatsächlich einen Schalter, auf den bemerkenswerterweise in Balkenlettern „Telegramme" gemalt war. Er verkniff sich eine ätzende

Bemerkung in Richtung des Portiers und legte die paar Schritte zum besagten Schalter zurück. Dort schnappte er sich eines der ausliegenden Formulare und schrieb seinen Text darauf, freilich nicht ohne auch die anderen vorgeschriebenen Felder säuberlich auszufüllen. Dann beugte er sich zur Öffnung hinunter und linste in den Bereich, der den Postbeamten vorbehalten war.

„Tschuldigung", nuschelte er durch die Öffnung, „i hättat do a Telegramm."

Der diensthabende Postler warf einen geringschätzigen Blick in Bronsteins Richtung. Dann ergriff er eine neben ihm liegende Knackwurst und biss herzhaft hinein. Erst als seine Zähne vollends zur Ruhe gekommen waren, nahm er eine Bierflasche und tat einen langen, kräftigen Schluck. Endlich stand er auf und trat an den Schalter. Nach einer flüchtigen Musterung von Bronsteins Formular schob er dieses in Richtung des Polizisten.

„Wos soll i mit dem Wisch? Des is ja a Stadttelegramm. Des kann i ned annehmen."

„Ah nicht? Ja, wer nachher dann?"

„Nur die Zentrale."

„Aha. Und wo is die, die Zentrale?"

„Na auf der Hauptpost", belferte der Postbeamte, sich über die Beschränktheit seines Visavis sichtlich wundernd. Dann schickte er hinterher: „Und übrigens, Auskunftsbüro bin i a kans."

Der Mann hatte gesprochen, die Sache war erledigt. Er drehte sich um und setzte sich wieder an seinen Platz. Bier und Wurst waren wieder seine Klienten, und Bronstein war nur noch Luft.

Wenn er, so überlegte Bronstein, jetzt zur Hauptpost ging, um ein Telegramm abzuschicken, dann war es fraglos effizienter, sich unangekündigt sofort zum Generalstab zu begeben. Aber wo saß der überhaupt? Auf sein Telegramm-Formular hatte er wie selbstverständlich die Adresse des Kriegsministeriums geschrieben, doch das musste nicht notwendigerweise auch die Adresse des Generalstabs sein.

Egal, er war ja jetzt auf einer Post. Und da musste es doch wohl auch ein Telefon geben. Also beugte sich Bronstein ein weiteres Mal zu der Öffnung hinunter: „Wo kann man denn da telefonieren?"

Der Beamte sah nun wirklich zum Fürchten aus: „Sag, woll'n S' mi frotzeln? I hab Ihnen schon g'sagt, dass i ka Auskunftei bin. Also schieben S' ab, und des dalli."

Nun kam aber auch in Bronstein die Wut hoch. Er hielt seine Kokarde durch den Schlitz und brüllte dann: „Jetzt reicht's mir aber, du Safensiader. Wennst ned spurst, dann kastl i di ei für vierazwanz'g Stunden. Hast mi? Also jetzt sag mir g'fälligst, wo i da telefonieren kann, oder du musst dir deine Wurscht lang einteilen!"

Die Kokarde hatte wie erwartet entsprechend gewirkt. Der Mann wurde von einem Augenblick zum nächsten gleich viel umgänglicher. „Aber warum sagen S' das denn ned gleich, Herr Inspektor? Man hilft ja gern. Gleich um die Ecke warat's. Schalter 5. Is ned zum Verfehlen."

„Danke", knurrte Bronstein und wandte sich ab. Er umkurvte eine Säule und stellte sich dann beim genannten Schalter an. Die Dame vor ihm schien mit der neuen Technik noch nicht so recht vertraut zu sein, denn sie redete auf den Apparat ein, ohne überhaupt angeläutet zu haben.

„Verzeihung, Gnädigste, aber ich nehme an, Sie wollen telefonieren?", meldete sich Bronstein sachte zu Wort. Die alte Frau drehte sich zu ihm um: „Na, was glauben S', warum i da steh?"

„Ja, ja, das habe ich ja vermutet. Allerdings müssten Sie in diesem Fall zuerst den Hörer abheben und dann anläuten."

„Hörer? Anläuten? Wollen S' mi pflanzen?"

„Ganz und gar nicht, Gnädigste. Doch das Fräulein vom Amt kann Sie natürlich nur verbinden, wenn Sie sich zuerst einmal bemerkbar machen."

„A so?" Die Frau schien nun wirklich erstaunt zu sein.

Bronstein trat einen Schritt vor. „Sie gestatten?" Dann nahm er den Hörer aus seiner Halterung. „So, den müssen S' jetzt an Ihr Ohr halten. Und ich läut derweilen für Sie an."

Tatsächlich meldete sich wie erwartet die Bedienstete der Vermittlung. Die alte Dame strahlte. „Jetzt müssen S' sagen, wen Sie sprechen wollen", flüsterte Bronstein.

„Den Ferdinand", sagte sie glückselig.

„Was heißt da welchen? Na meinen natürlich." Über den Apparat hinweg sah die Dame Bronstein an und schüttelte missbilligend den Kopf: „Nicht sehr helle, das junge Fräulein."

„Aber ich bitte Sie, Gnädigste. Die Dame von der Vermittlung kann Sie ja nicht sehen. Sie müssen ihr daher schon sagen, wie der Ferdinand noch heißt."

„Na so wie i. Er ist ja mein Bub."

„Aha", sagte Bronstein gottergeben. „Und wie heißen nachher Sie?"

„Sie Schlingel!", lächelte die Alte nun anzüglich. „Da kennen wir uns gerade fünf Minuten, und schon wollen S' wissen, wie ich heiß! Wenn des mein Verewigter sehen tät, der tät schön schauen."

„Wissen S' was, gnä' Frau. Da am Schalter 4 können S' die ganze Angelegenheit persönlich erledigen. Das ist vielleicht besser."

Jetzt zog sie ein Schnoferl, als wäre sie noch ein jugendlicher Backfisch. „Na, wenn S' meinen." Enttäuscht räumte die Frau das Feld und suchte den Schalter 4, auf dem immer noch in Balkenlettern „Telegramme" stand. Bronstein nahm in der Zwischenzeit den Hörer an sich.

„Hallo? Den Generalstab bitte!"

Es knackste eine Weile, dann meldete sich ein Hauptmann Selzer. „Ja, Oberkommissär Dr. Bronstein, begrüße Sie", begann er, „ich hätte ein persönliches Anliegen vorzubringen. Wo residieren Sie denn?"

„Seit neuestem am Stubenring. Kriegsministerium. Fragen S' einfach beim Portier, der weist Sie dann schon ein."

„Sehr gut. Und wie lange ist bei Ihnen noch jemand erreichbar?"

„Bis 17 Uhr sicher."

„Danke. Das passt."

Nun, das war gar nicht einmal so weit. Er brauchte einfach nur mit der Straßenbahn die Mariahilfer Straße hinunterzufahren, um sich dann dort der Ringlinie anzuvertrauen. Mit etwas Glück war er in einer halben Stunde im Kriegsministerium. Er zündete sich eine Zigarette an und verließ das Postamt.

Zu seinem großen Glück musste er nicht lange auf eine Tramway warten, er hatte noch nicht einmal seine Zigarette zu Ende geraucht. Er stieg in den Triebwagen ein, zeigte seine Kokarde vor, sagte nur „Dienstfahrt" und nahm dann im vorderen Teil des Waggons Platz. Beim Hotel „Kummer" dämpfte er seinen Glimmstängel aus, zwei Stationen später verließ er das Verkehrsmittel auch schon wieder. Er wartete an der Einstiegstelle Burgring auf jene Linie, die ihn zum Ministerium bringen würde, und sehr zu seiner Überraschung dauerte es abermals nicht sonderlich lange, bis er wieder zusteigen konnte. Die Straßenbahn hielt an der Oper, am Schwarzenbergplatz und dann noch einmal bei der Weihburggasse, wo der mächtige Neubau des Kriegsministeriums schon überdeutlich zu sehen war. Und so erhob sich Bronstein und stellte sich zur Plattform, um beim nächsten Halt den Wagen verlassen zu können.

Er ging vor zum Haupteingang des Gebäudes und fragte wie empfohlen den Portier nach dem Generalstab. Der erteilte gelangweilt die gewünschte Information, und Bronstein wunderte sich, dass niemand seinen Namen oder gar seine Legitimation sehen wollte. Offenbar konnte hier jeder aus und ein gehen. Na ja, zuckte Bronstein mit den Schultern, die kaiserliche Armee war immerhin dafür bekannt, dass es bei ihr generell ein wenig leger zuging. Warum also nicht auch hier.

Er marschierte die Treppe hoch und folgte dann den Türschildern, bis er zur richtigen Aufschrift gelangte. Dort klopfte er. Es war Hauptmann Selzer, der ihn hereinbat. Bronstein zeigte wiederum seine Legitimation und erklärte Selzer in kurzen Worten sein Begehr.

„Na, das werden wir gleich haben", erklärte der aufgeräumt und läutete nach einem Amtsdiener. „Die Akte Mészáros", sagte er dem Gehilfen. „Pronto!"

Dann sah er wieder Bronstein an: „Sehr lange kann das nicht dauern. So viele Kursteilnehmer haben wir ja nicht." Dann verfiel er in Schweigen, und Bronstein verspürte ohnehin keine größere Lust zu reden. Der Hauptmann griff zu seinem Etui und entnahm diesem eine Zigarette. Dann hielt er es Bronstein entgegen: „Wollen Sie auch eine?"

„Danke. Gerne."

Selzer gab ihm Feuer, dann versanken beide wieder in beredtes Schweigen. Endlich tauchte der Amtsgehilfe mit dem Akt auf. Selzer nahm ihn entgegen und schlug ihn auf.

„Da haben wir es ja. Mészáros Lajos."

Von wegen Kurt!

„Geboren am 2. April 1886 in Fünfkirchen. Eintritt in die Militäroberrealschule in Mährisch-Weißenkirchen am 2. September 1904. Ausmusterung als Leutnant am 30. Juni 1907. Beförderung zum Oberleutnant mit Wirksamkeit vom 1. Juli 1910. Teilnahme am Generalstabskurs seit 1. Jänner 1912. Diente von 1907 bis 1911 im Bereich des Korpskommandos 12 Hermannstadt, danach ein paar Monate direkt beim Korpskommando 15 in Sarajevo. Von dort direkt hierher zum Generalstabskurs. Gehört seit 1907 zum Stamm des 99. Infanterieregiments." An dieser Stelle blickte Selzer kurz auf: „Das hätten S' übrigens erkennen können, Herr Oberkommissär, an der Egalisierung nämlich. Schwefelgelbe Egalisierungsfarbe und gelbe Knöpfe signalisieren, dass es sich um das 99. Infanterieregiment handelt."

Doch Selzer machte schnell eine einschränkende Geste. „Bitte, es könnte natürlich auch das 16. Infanterieregiment sein, dessen Egalisierung mit jener des 99. identisch ist. Und ich gebe zu, ich hätte bei dem Namen auch eher auf das 16er getippt, denn das ist ja ein ungarisches Regiment."

Jetzt wurde Bronstein neugierig: „Stimmt das eigentlich, Herr Hauptmann, dass unsere Streitkräfte hinsichtlich der Egalisierung zwischen zwölf verschiedenen Rottönen unterscheiden?"

„Selbstverständlich. Als da wären Scharlachrot, Karmesinrot, Bordeauxrot, Rosenrot, Kirschrot, Dunkelrot, Krebsrot, Krapprot, Amarantrot, Blassrot und Rotbraun. Ähnliche Abstufungen kennen wir übrigens auch bei Blau und Grün. Wollen S' die auch wissen?"

„Nein danke, das genügt mir. Zumal der Herr Oberleutnant ja eh unter die Gelbweißen fällt."

„Äh, richtig", pflichtete Selzer bei.

„Gut. Und was ist über den Herrn Oberleutnant sonst noch zu sagen?"

„Nun ja", blätterte Selzer weiter, „seine Bewertungen sind durchwegs recht gut. Da kann man nichts sagen. Mir persönlich sagt der Mann nichts, aber das hat nichts zu bedeuten, da wir hier selten mit den Leuten direkten Kontakt haben. Aber Sie können den Rittmeister Jaworsky fragen, der ist so etwas wie der Tutor für die Kursteilnehmer. Der wird Ihnen sicher weiterhelfen können."

„Ah ja, und wo find ich den Herrn Rittmeister?"

„Genau zwei Zimmer weiter."

„Hervorragend. Sie haben mir sehr geholfen. Ich danke Ihnen, Herr Hauptmann." Bronstein erhob sich und hielt dem Offizier die Hand hin, die dieser ergriff.

„Wissen S' was, nehmen S' den Akt gleich mit, damit sich der Jaworsky besser erinnern kann."

Bronstein war schon fast bei der Tür, als Selzer sich noch einmal vernehmen ließ: „Aber, sagen S' einmal, warum sind S' denn so am Mészáros interessiert? Hat der was ausgefressen?"

„Nein, Herr Hauptmann. Er ist tot, und wir müssen die näheren Zusammenhänge dieses Ablebens untersuchen."

Selzer blieb der Mund offen. „Und das sagen Sie mir so ... en passant?"

„Na ja", schnalzte Bronstein mit der Zunge, „tät's was ändern, wenn ich's Ihnen schonend beibracht hätt?"

Kurz überlegte der Offizier, ob er sich durch Bronsteins nassforsche Antwort affrontiert fühlen sollte, doch dann entschloss er sich zur Konzilianz. „Solange kein Schatten auf des Kaisers Armee fällt, ist mir das, mit Verlaub, eher ..., na ja, Sie wissen schon."

„Eben", nickte Bronstein. „Alsdern, habe die Ehre."

Zwei Bruchteile einer Sekunde später klopfte Bronstein an die Tür von Rittmeister Jaworsky. Ein Knurren von der anderen Seite der Pforte beschied ihm einzutreten. Ein polnischer Kleinadeliger mit einem bemerkenswert großen und kunstvoll gezwirbelten Schnurrbart saß kerzengerade auf einem Bürostuhl und sah Bronstein erwartungsvoll an. Dieser erklärte die näheren Zusammenhänge seines Besuchs.

„Der Mészáros! Na damit hätt ich jetzt aber nicht gerechnet. ... Wissen S', Herr Oberkommissär, wir haben einige Himmelfahrtskandidaten in unserem Kurs, allen voran den Kaufmann und den Zeiss-Güldenberg, aber beim Mészáros war ich mir eigentlich immer sicher, dass der einmal eine Zierde seines Standes wird. Der war ned viel schlechter wie der Freiherr von Bonatti, der die Zierde dieses Generalstabskurses ist."

„Himmelfahrtskandidaten?", fragte Bronstein.

„Na ja, Sie wissen schon, Leut, die kein G'spür haben für das, was machbar ist, und das, was nicht machbar ist. Der Zeiss zum Beispiel, ned wahr, das ist ein echter Hasardeur. Der vertraut immer darauf, dass ihn sein Name bei allem immunisiert. Der beste Reiter der ganzen Gruppe, waghalsig in jedem Manöver, aber auch ohne jede Umsicht. Der tät Ihnen gegen ein Maxim anreiten, als wär's ein Bauer mit einem Dreschflegel. Im Ernstfall, hab ich mir immer gedacht, ist der Zeiss der Erste, den wir einsargen müssen. Der Mészáros hingegen war immer ruhig und bedächtig."

„Stille Wasser sind tief", übte sich Bronstein in vermeintlicher Tiefgründigkeit. Sein Gegenüber fühlte sich zu einem unbestimmbaren Nicken bemüßigt.

„Gab es Leute in dem Kurs, zu denen er einen besonderen Kontakt hatte? Den Freiherrn von Bonatti vielleicht?"

„Ich bitte Sie, der Freiherr von Bonatti ist zwar ein Ausbund an Courage, Klugheit und Großzügigkeit, aber ein kleiner ungarischer Aufsteiger und alteingesessener Uradel, das geht privat nicht z'samm, wenn Sie verstehen, was ich meine."

„Dann vielleicht andere Aufsteiger?" Bronstein betonte das letzte Wort spöttisch, was Jaworsky nicht entging.

„Schauen Sie, Seine Majestät haben geruht, im Heer auch jenen eine Chance zur Bewährung zu geben, denen in der Gesellschaft doch ganz eindeutige Schranken auferlegt sind. Damit Sie mich nicht falsch verstehen, Herr Oberkommissär, dagegen habe ich gar nichts. Aber ich muss mich nicht auch noch privat mit solchen … Menschen gemein machen. Wir bleiben nach Dienstschluss unter uns."

„Wir?"

„Na, Leute wie der Zeiss-Güldenberg, der Zeno von Baumgarten, meine Wenigkeit …"

„… der von Bonatti …"

„An dem haben S' jetzt einen Narren g'fressen, was? Aber der Herr Freiherr ist keiner, der irgendwo dem süßen Nichtstun nachgeht. Der hat's mit der Kultur …"

Bronstein wollte nachhaken und fragen, was diese Information jetzt erklären sollte, doch er beschloss, den Bonatti vorerst einmal außer Acht zu lassen.

„Gut, also die Vertreter des Adels treffen sich abends gesondert, und die Repräsentanten des Bürgertums tun dies auch. Sehe ich das richtig?"

„Im Großen und Ganzen ja."

„Und mit wem hatte dann der Mészáros Umgang?"

„Am ehesten noch mit dem Hevesi, seinem Landsmann, und mit dem Binder. Der kommt aus einem Alpendorf im Westen, und das macht ihn genauso zum Außenseiter wie unsere beiden Magyaren."

„Binder und Hevesi also. Was können Sie mir über die beiden erzählen?"

„Der Hevesi ist ein Heißsporn. Vielleicht nicht unbedingt der Hellste, aber mutig bis zur Tollkühnheit. Der passt eigentlich gar nicht zum Mészáros, aber der Umstand, dass sie fast aus demselben Weiler sind, hat sie offenbar zusammengeschweißt. Na, und der Binder, der ist ein bissel ein Simpel. Ehrlich bis zur Selbstschädigung. Wenn der den Zapfenstreich um eine Minute verpasst, dann stellt er sich freiwillig."

„Na, das muss ja dann ein illustres Trio g'wesen sein."

„Ja, könnt man so sagen."

„Na gut, dann danke ich vorerst für die Informationen, Herr Rittmeister. Ich darf mich doch an Sie wenden, falls ich noch etwas brauche?"

„Sicher, sicher. Aber sagen S', Herr Oberkommissär, wie geht's denn jetzt weiter?"

„Na, zuerst müssen wir einmal klären, ob überhaupt ein Tatbestand vorliegt, nicht wahr. Es ist ja immerhin möglich, dass der Herr Oberleutnant wirklich des Lebens überdrüssig war. Wegen einer Liebesg'schicht zum Beispiel, oder einer seelischen Veranlagung. So was gibt's, müssen S' wissen."

Jaworsky nickte.

„Na, und wenn die Selbsttötung ausscheidet, dann müssen wir halt schauen, wer für die Tat verantwortlich sein könnte. Ermittlungen halt."

„Nun ja, solange kein Schatten auf des Kaisers Herr fällt ..."

Anscheinend, dachte Bronstein, waren hier im Generalstab allesamt mehr am Ruf der Armee als an den Umständen des Ablebens eines ihrer Offiziere interessiert. Er hoffte inständig, die Polizeidirektion würde eine etwas weniger prosaische Einstellung zu ihren Mitarbeitern haben.

Als er das Haus am Ring verließ, fand er, fürs Erste hatte er erstaunlich viele Fakten zutage gefördert. Damit würde man etwas anfangen können. Endlich würden die Tage der Öde und Langeweile im Koat vorbei sein.

Nur wenig später betrat er beschwingt das Kommissariat. Dort sah er Lang mit einer wahren Leichenbittermiene am Schreibtisch sitzen. „Keine Sorge", begrüßte er ihn jovial, „ich hab wirklich Fortschritte g'macht. Ich glaub, wir sind schon einen großen Schritt weiter. Die Sache da, die wird unser Durchbruch."

„Des glaub i weniger", entgegnete Lang kühl. „Der Chef wartet schon auf dich ..."

Die Art, wie Lang diesen Satz gesagt hatte, verwirrte Bronstein. Natürlich wartete der Postenkommandant auf ihn, immerhin hatten sie bemerkenswert schnell reagiert und bereits

Ermittlungen eingeleitet, die durchaus schon von ersten Erfolgen gekrönt waren. Alles andere als eine Belobigung wäre daher in höchstem Ausmaß unangemessen. Und daher bestand kein Grund, einen solch trübsinnigen Eindruck zu machen. Kopfschüttelnd passierte Bronstein den Kollegen und begab sich in den hinteren Teil des Gebäudes, wo das Büro des Kommandanten untergebracht war. Er klopfte an.

„Herein!", donnerte es aus dem Inneren des Zimmers.

„Grüß …"

„Bronstein, du Sargnagel!" Bronstein war nicht dazugekommen, seinen Gruß zu vollenden, schon fuhr ihn der Postenkommandant an. Und dies auf eine Weise, die kaum Gutes verhieß. Nicht einmal Platz wurde ihm angeboten. Und so stand er unmittelbar bei der Tür und musste eine wahre Philippika über sich ergehen lassen.

„Sag einmal, was ist denn dir eingefallen? Glaubst du, du bist der Polizeipräsident persönlich, oder was? Ermittelst da einfach auf eigene Faust drauflos, als bräuchten wir niemanden um irgendetwas zu fragen. Als gäbe es kein Organigramm mit den Zuständigkeiten der jeweiligen Organe."

„Aber …"

„Du, Bronstein! Wir sind eine Behörde! Da macht ned einfach ein jeder, was ihm grad Spaß macht, verstehst mich?! Da hat man sich an den Dienstweg zu halten!"

Die letzten Worte hatte der Kommandant derart gebrüllt, dass man sie wohl auch noch in Bad Ischl gehört hatte. Und um seinen Zorn noch zusätzlich zu unterstreichen, hatte Bronsteins Gegenüber geräuschvoll mit der Faust auf den Tisch geschlagen.

Bronstein nutzte die Atempause seines Vorgesetzten zu einer Verteidigung. „Entschuldigung schon, Chef, aber wir sind absolut vorschriftsmäßig vorgegangen. Wir haben den Tatort abgesichert, die zuständige Abteilung zur Sicherung der Spuren kontaktiert, und ich habe mir erlaubt, Näheres über das mutmaßliche Opfer in Erfahrung zu bringen, was mir, nebenbei bemerkt, auch gelungen ist. Ich weiß also wirklich nicht …"

„Genau. Du weißt wirklich nichts! Erstens ist das ziemlich sicher ohnehin ein Selbstmord, da gibt's dann also gleich gar nichts zum Ermitteln. Und selbst wenn – und ich betone: wenn – hier ein Gewaltverbrechen vorliegt, dann ist das eine Sache für die Polizeiagenten und nicht für uns. Eigenmächtigkeiten, Bronstein, sind da gänzlich fehl am Platz. Verstehst das?"

Bronstein wich dem Blick seines Vorgesetzten aus. Das war sein Fall, und den wollte er sich nicht von den aufgeblasenen Wichtigtuern vom Mord wegnehmen lassen. „Aber wir haben ihn doch gefunden", sagte er daher, „wir haben den Fall aufgenommen."

„Aufgenommen! Siehst du, genau das ist das Stichwort. Ihr habt ihn aufgenommen. Und jetzt kommt die Elite zum Zug. Die nehmen sich der Sache – so sie überhaupt eine solche ist – jetzt an, und so kleine Pflasterhirschen wie wir es sind, wir haben jetzt gefälligst wieder Pause. Geht das in deinen Plutzer rein, Bronstein? Ja oder nein?"

„Und warum können wir nicht mit denen zusammenarbeiten?"

„Bronstein, du Christkindl. Du kostest mich den letzten Nerv! Das geht uns alles nichts an. Wir haben andere Obliegenheiten, die zu erledigen uns anvertraut sind. Also mach gefälligst, was man dir sagt, und nicht andauernd das, was dir grad einfällt!"

„Aber Chef, …"

„Nichts aber. Ende der Debatte. Wir sind ja schließlich nicht im Reichsrat! Du gehst jetzt heim. Und morgen meldest dich um vier am Nachmittag hier bei mir, dann überwachst mir wieder diesen Kaukasier. Das ist deine Aufgabe – und nichts anderes!"

Demonstrativ versenkte sich der Postenkommandant in seine Akten und signalisierte Bronstein so unmissverständlich, dass die Angelegenheit entschieden war. Ihm blieb nur noch, sich zurückzuziehen. Er ballte die Fäuste und versuchte sich dabei so gut es ging zu beherrschen. Ohne weiteres Wort verließ er das Büro und begab sich wieder in den Aufenthaltsraum des Wachzimmers. Er vermied es, Lang anzusehen, nahm seinen Mantel an sich und machte, dass er auf die Straße kam.

Dort erst gestattete er seinem Unmut, sich Bahn zu brechen. Er trat mit voller Wucht gegen einen Briefkasten, sodass die ihn umgebenden Passanten erschreckt hochblickten. Doch dieser Reaktion schenkte Bronstein keine Beachtung. Zu sehr war er mit sich selbst und seinem Zorn beschäftigt.

Wirklich hervorragend! Da hofft man, endlich einmal aus diesem idiotischen Trott herauszukommen, und dann wird man zurückgepfiffen wie ein Schuljunge! Kein Wunder, dass in dieser Monarchie alles den Bach hinabging! Es muss ja der Dienstweg eingehalten werden! Auf diese Weise würde der Staat zugrundegehen – aber immerhin vorschriftsmäßig!

So ein Schas! Jetzt konnte er, anstatt dass er endlich einmal Ermittlungen durchführte, wieder diesem langweiligen Ausländer nachstellen. Wie sehr er sich auch bemühte, er kam einfach nicht vom Fleck. Am besten, er besoff sich! So lange, bis er sich übergab. Dann musste er wenigstens nicht länger an seiner Niederlage würgen. In Ottakring gab es sicherlich genug Spelunken, in denen man sich mit ein paar Hellern einen ordentlichen Rausch anzüchten konnte. Und genau das würde er nun tun.

Als er den Gürtel entlangstapfte und dabei den Elisabethbahnhof links liegen ließ, kam ihm ein Gedanke, der ihn mit diebischer Freude erfüllte. Er würde sich die paar Meter bis zur Kreitnergasse durchschlagen und dort in der Schankwirtschaft des Arbeiterheims Ottakringer Bier bis zum Anschlag in sich hineinschütten. Wenn der Staat für ihn keine bessere Verwendung hatte, als ihn Schmiere stehen zu lassen, dann konnte er es sich ruhig bei dessen Gegnern gemütlich machen.

Keine zehn Minuten später stand er vor dem mächtigen Gebäude der Ottakringer Roten und bekam nun doch ein mulmiges Gefühl. Ein Staatsdiener im Café der Umstürzler? Bei aller berechtigten Empörung war dies wohl doch eine Überreaktion. Außerdem würde es ihm auch nicht besser gehen, wenn er sich nun betrank. Die Niederlage würde ihn am nächsten Morgen nicht weniger schmerzen, und wer vermochte zu sagen, zu welchen Verbalinjurien er sich im Zustand der Trunkenheit würde hinreißen lassen? Also war es wohl entschieden besser, einfach nach Hause zu gehen und sich dort volllaufen zu lassen, wenn er sich schon betrinken musste. Er verzichtete also darauf, das „Café Arbeiterheim" zu betreten, und machte sich stattdessen auf, auch den Rest des Heimwegs hinter sich zu bringen.

Zu Hause angekommen, machte er sich schließlich einen Tee. Für einen Augenblick dachte er darüber nach, diesen mit Rum zu strecken, doch schließlich gab er die Idee, sich Alkohol einzuverleiben, gänzlich auf. Er beschloss, seinen Ausschluss von dem Fall zu ignorieren, und sammelte für sich noch einmal die Fakten, die er am Nachmittag zusammengetragen hatte.

Der Mészáros galt also im Generalstab als ein schweigsamer Kerl, der offensichtlich kaum Anschluss an die anderen Offiziere gesucht hatte. Bemerkenswert schienen mithin die zwei Kameraden, mit denen er laut Jaworsky regelmäßig Umgang gepflegt hatte. Die sollte man sich einmal ansehen.

Nun ja, er hatte ja am nächsten Tag bis 16 Uhr frei. Vielleicht sollte er diese Zeit nutzen, um ein paar Gespräche zu führen. Ganz privat natürlich, denn alles andere würde ja dem Dienstweg zuwiderlaufen. Aber in seiner Freizeit konnte er ja wohl tun und lassen, was ihm beliebte. Und wenn er sich mit einem schmucken Offizier über die Besonderheiten des Armeedienstes unterhielt, dann fiel das ja wohl keineswegs unter Ermittlungen. Vielmehr unter Fortbildung. Denn, ja, wenn die Polizei für einen ausgebildeten Juristen keine bessere Verwendung hatte als subalterne Tätigkeiten zu verrichten, dann war die Armee für einen im Umgang mit der Waffe geschulten Akademiker vielleicht eine Alternative. Man musste sich einfach umsehen, wenn der eigene Brotherr kein Vertrauen in die Fähigkeiten seiner Bediensteten hatte, nicht wahr!

Bronstein war stolz auf seinen Gedankengang. Genau! Wenn ihm sein Vorgesetzter oder sonst jemand blöd kam, dann würde er sofort in die Offensive gehen und aus der vermeintlichen Notwendigkeit zur Rechtfertigung eine Anklage wider die ungerechte Behandlung seiner Person machen. Aber so schludrig wie die heimische Polizei agierte, fiel höchstwahrscheinlich ohnehin niemandem auf, dass er sich mit potenziellen Zeugen traf. Also konnte er getrost riskieren, sich auf die Suche nach den beiden Offizieren zu machen.

Endlich kehrte wieder so etwas wie Zufriedenheit in Bronstein ein, und er begann zu ahnen, dass er nun doch gut würde schlafen können. Er dämpfte seine Zigarette aus, stellte das leere Teeglas in die Spüle und begann sich zu entkleiden. Keine fünf Minuten später lag er in seinem Bett und löschte das Licht.

II.

Dienstag, 11. Februar 1913

Empfindliche Kälte ließ Bronstein aus dem Schlaf schrecken. Während der Nacht musste der Ofen ausgegangen sein. Fröstelnd fuhr Bronstein hoch und holte mit klammen Fingern Holzscheite aus dem Vorraum, die er sodann eilig in den Ofen stopfte. Er legte Zeitungspapier obenauf und riss dann ein Streichholz an. Während er darauf wartete, dass der neu befeuerte Herd seine Wirkung entfaltete, kroch Bronstein noch einmal unter die Bettdecke. Erst als er das Gefühl hatte, ohne sich der Gefahr des Erfrierungstodes auszusetzen wieder aus der Liegestatt steigen zu können, begab er seinen Körper in die Senkrechte. Mit schnellen Bewegungen füllte er den Teekessel mit Wasser, dann platzierte er diesen auf der Herdplatte.

Wenig später erfüllte angenehme Wärme seinen Körper. Er zündete sich eine Zigarette an und konsultierte die Notizen, die er sich am Vortag nach dem Gespräch mit Jaworsky gemacht hatte. Der Oberleutnant Hevesi schien irgendwie die interessantere der beiden Personen zu sein, mit denen Mészáros sich umgeben hatte. Denn Binder klang reichlich unglamourös. Wahrscheinlich irgendein Älpler, einfältig und borniert. Aus einem Kuhdorf in die Reichshaupt- und Residenzstadt zugezogen und immer noch dankbar für das Vertrauen, das der Kaiser persönlich in ihn gesetzt hatte. Nein, an diesem Kerl war wahrscheinlich nur interessant, weshalb sich überhaupt jemand mit ihm abgab. Also Hevesi!

Wo mochte man den finden? Am einfachsten wohl über das Meldeamt. Gedacht, beschlossen. Bronstein blickte auf die Küchenuhr und trank den letzten Rest des Tees. Dann nahm

er noch einen schnellen Zug von der Zigarette, ehe er sie aus-
dämpfte.

Zwanzig Minuten später hatte er die Morgentoilette abge-
schlossen und trat in ansprechender Kleidung in den Flur. Er
schloss seine Wohnungstür ab und begab sich sodann über Gang
und Treppenhaus ins Erdgeschoß seines Wohnhauses, von wo
aus er durch das Haustor auf die Dornbacher Straße gelangte.
Er wandte sich nach links und marschierte stadteinwärts. Angesichts der morgendlichen Kälte war er für die Tramway dankbar, die in ihrer Endstelle bereitstand, den Rückweg anzutreten.
Bronstein sah zu, dass er ins Innere des Triebwagens kam. Dort
zündete er sich eine weitere Zigarette an, während er darauf
wartete, dass sich der Zug in Bewegung setzte.

Hevesi? Wo war ihm der Name schon einmal untergekommen? Gab es nicht einen Schauspieler namens Sándor Hevesi?
Bronstein gähnte. Na, das konnte ihm ja letztlich egal sein. Er
brauchte nur zu wissen, wo er den Offizier Hevesi fand, und das
mochte nicht allzu schwer werden.

Beim Meldeamt angekommen, beschloss er, von seinem Pri-
vileg als Polizist Gebrauch zu machen. Er zeigte seine Kokarde und verlangte, die Amtsleitung möge ihm unverzüglich die
Meldedaten des Offiziers Hevesi und des Offiziers Binder aushändigen. Zu seiner nicht geringen Überraschung kam wenige
Augenblicke später eine Beamtin in den Raum, die ein Bündel
Akten vor ihrer Brust hertrug.

„Also der Hevesi, der ist kein Problem. Oberleutnant Ferenc
Hevesi, Franzensbrückenstraße 2 im 2. Bezirk. Aber Binder?
Mein lieber Herr, da brauchen wir schon ein bissi mehr als den
Familiennamen, gell!"

Die Frau hatte Bronstein auf dem falschen Fuß erwischt. Er
hatte doch tatsächlich vergessen, sich nach dem Vornamen des
Binder zu erkundigen. Ein Hauch von Zorn auf sich selbst weh-

te ihn an. Wie hatte er nur so nachlässig sein können? Um Zeit zu gewinnen, entrang er sich ein simples „Wieso?"

„Wieso? Weil wir gleich 23 Binders in Wien haben, die was Offiziere sind. Da haben wir den Adalbert Binder, Major, in der Paulanergassen auf der Wieden, den Anton Binder, Leutnant, in der Margaretenstraße, den …"

„Ja, ja, ich hab schon verstanden. Wie viele Binders sind Oberleutnante oder Hauptmänner?"

Die Beamtin verdrehte die Augen und legte den Stapel vor Bronstein auf den Tisch. „Außer die zwei alle", sagte sie nach einer Weile.

Na grüß Gott! 21 Binders! Das konnte heiter werden. Besser war es wohl, sich zu Hevesi zu verfügen und den zu fragen, wie besagter Binder mit Vornamen hieß.

„Witzig", ließ sich die Dame vom Amt vernehmen, „da heißt einer Baumgarten und wohnt auf der Baumgartner Höh. Zufälle gibt's, was? Das glaubt ma ned!"

„Ich hab glaubt, Sie haben da nur die Binders? Wieso haben S' auf einmal einen Baumgarten da dabei?"

„Na weil einer der Binders bei diesem Baumgarten auf Untermiete wohnt."

„Zeno?", fragte Bronstein, einer spontanen Eingebung folgend.

„Richtig", bestätigte die Frau, „Zeno von Baumgarten. Baumgartner Höhe 11."

„Baumgartner Höhe? Ich hab glaubt, da ist nur das Narrenhaus?"

„Nein, nein, das ist eine ganz normale Straße. Das Spital ist Nummer 1 folgende. Also muss das Haus vom Herrn Baumgarten quasi gleich daneben sein."

„Na servus. Wer wohnt freiwillig neben die Depperten?", entfuhr es Bronstein.

„Na ja, das Spital gibt's ja erst seit ein paar Jahren. Davor war das eine nette Villengegend, ned wahr."

„Na, die werden sich jetzt fest ärgern, die sich dort ein Haus hing'stellt haben."

„Oder sie vermieten's einfach", fuhr die Beamtin fort. „Ich seh grad, der Herr Baumgarten, der was auch ein Offizier ist, hat noch eine Meldeadresse in der Inneren Stadt. Wahrscheinlich wird der einfach seinem Kameraden die Wohnung dort überlassen haben."

„Ja, gut möglich", billigte Bronstein der Rede der Amtsperson Plausibilität zu, „aber das ist mir, ehrlich gesagt, wurscht. Hauptsache, ich weiß, wo ich den Binder find."

„Otto. Oberleutnant."

Unwillkürlich wollte Bronstein ein schlichtes „Ha?" in den Raum schicken, doch fiel bei ihm gerade noch rechtzeitig der Groschen. Die Frau hatte ihm verraten, wie der Binder mit Vornamen hieß und welchen Rang er bekleidete. „Danke", sagte er daher nur, um schließlich ein „Wiederschau'n" hinterherzuschicken.

Wieder auf der Straße, machte er sich auf den Weg in die Leopoldstadt, um sich erst einmal mit dem Oberleutnant Hevesi auseinanderzusetzen. Das genannte Gebäude hatte ganz entschieden schon bessere Zeiten gesehen, und Bronstein war sich ganz und gar nicht sicher, ob eine derartige Unterkunft für einen Generalstäbler als standesgemäß durchgehen mochte. Doch er war nicht von der militärischen Standesvertretung und auch nicht von einer ärarischen Kommission, also konnte ihm rechtschaffen egal sein, wo der Herr Hevesi zu hausen beliebte.

An der angegebenen Tür klopfte er, und eine Weile blieb sein Tun völlig folgenlos. Also wiederholte er seine Handlung, diesmal freilich ein wenig lauter. Als er sich sicher war, das Feuer der gesamten napoleonischen Artillerie konnte nicht mehr Lärm verursacht haben als sein Hämmern gegen die Tür, wurde er endlich einer Reaktion aus dem Inneren der Wohnung gewahr.

„Eine Ruh is! Augenblicklich!", brüllte jemand.

„Oberleutnant Hevesi?", rief Bronstein durch den geschlossenen Wohnungseingang, „Polizei! Machen S' auf!"

Nach einer halben Ewigkeit hantierte hörbar jemand an diversen Schlössern. Dann endlich wurde geöffnet. Der Mann, der wohl Hevesi war, sah aus, als hätte er als einer der wenigen den Rückzug der Grande Armee aus Russland überlebt. Er steckte in einer zerknitterten Uniformhose, deren Hosenträger er achtlos herabhängen ließ. Der Oberkörper des Mannes war mit einem weißen Unterleibchen bekleidet, und das Gesicht verriet, dass Rasierzeug schon lange nicht mehr als gefragt gegolten hatte.

„Was?", knurrte der Mann.

„Sind Sie Oberleutnant Hevesi?"

„Wer lässt fragen?"

„Oberkommissär Bronstein, Bezirkspolizeikommissariat Rudolfsheim."

Der Mann blies verächtlich aus.

„Und deswegen steh ich auf? Ich bin Oberleutnant Hevesi. Und ich weiß nicht, was Sie von mir wollen. Also einen schönen Tag noch!"

„Moment", Bronstein stellte schnell seinen Fuß in die Tür, sodass Hevesi diese nicht schließen konnte, „ich hätte ein paar Fragen an Sie in einer offiziellen Angelegenheit. Wenn es Ihnen lieber ist, können wir das natürlich auch auf dem Kommissariat erledigen, aber ich dachte, es ist vielleicht auch in Ihrem Interesse, wenn wir alles hier bei Ihnen besprechen."

Hevesi stutzte. Dann, nach einer Weile, hob er die Hände zu einer entschuldigenden Geste: „Ich habe dem Blutsauger doch gesagt, er kriegt sein Geld."

„Äh, wie bitte?"

Auf Hevesis Gesicht machte sich Erstaunen breit: „Ach, kommen Sie nicht wegen der offenen Rechnung bei diesem Beutelschneider?"

„Nein, komme ich nicht. Und das interessiert mich auch nicht. Es geht um einen Kameraden von Ihnen, einen Oberleutnant Mészáros."

„Ach Gott, der Lajos! Worum geht's denn?"

„Der Herr Oberleutnant wurde gestern tot aufgefunden. Und wir untersuchen die Hintergründe dieses Ablebens. Wie es heißt, waren Sie neben einem Oberleutnant Binder Mészáros' bester Freund."

„Nun ja, was heißt schon Freund in der Armee? ... Tot, sagen Sie?"

Bronstein nickte.

„Ausgerechnet er. Der war der Einzige von uns, der nicht gesoffen hat wie ein Loch. Ich war mir immer sicher, wenn der stirbt, dann nur in der Schlacht. ... Aber gut, kommen Sie erst einmal herein."

Für die Wohnung eines Offiziers sah die Unterkunft bemerkenswert heruntergekommen aus. Überall lagen leere Flaschen herum, dazwischen machten sich übervolle Aschenbecher breit. Hevesi bemerkte Bronsteins taxierenden Blick: „Das Leben als Offizier Seiner Kaiserlichen Hoheit ist alles andere denn glamourös – wie Sie sehen." Mit einer unbestimmten Geste in den Raum bot Hevesi Bronstein dessen ungeachtet Platz an. Der fand einen halbwegs leeren Stuhl, transferierte die auf ihm befindlichen Gegenstände auf den Boden und setzte sich.

„Der Lajos Mészáros, was war das für ein Mensch?"

„Still. Sehr ernst und sehr still. Zielstrebig, könnt man sagen ... Wieso ist der überhaupt tot?" Hevesi schien erst jetzt die ganze Tragweite des Gesagten zu erfassen.

„Um das herauszufinden, habe ich unter anderen auch Sie aufgesucht, Herr Oberleutnant."

Hevesi sah sich in der Küchenzeile um, fand endlich, was er gesucht zu haben schien, und griff selig lächelnd nach einer Flasche Schnaps. Er schenkte sich ein Viertelliterglas voll und trank die weiße Flüssigkeit in großen Schlucken, so als handelte es sich bei dem Inhalt der Flasche um Wasser. Dann schmatzte er zufrieden und sah Bronstein wieder an.

„Bronstein, haben Sie gesagt, richtig? Ein jüdischer Name! Sind Sie Jude?"

„Ich bin Protestant", entgegnete Bronstein indigniert.

„Ich auch", replizierte Hevesi und wirkte dabei, als hätte er Bronsteins Wechsel der Tonart nicht bemerkt. „Der Lajos war auch Protestant. Na ja. Das ist jetzt ja wohl ziemlich gleichgültig." Hevesis Blick verlor sich im Nirgendwo, und während Bronstein darauf wartete, dass von Seiten des Ungarn noch eine weitere Erklärung folgte, schien es, als schliefe Hevesi im Sitzen ein.

„Sie müssen schon entschuldigen, Herr Oberkommissär", meldete er sich dann doch wieder zu Wort, „aber ich hatte die letzten paar Tage ... äh ... indisponiert, nicht?!"

„Wann haben Sie denn den Mészáros zuletzt gesehen?"

Hevesi bemühte sich um einen nachdenklichen Gesichtsausdruck. „Hmmm", machte er vernehmlich. „Gute Frage ... Früher waren wir ja praktisch permanent gemeinsam unterwegs. Dienstlich wie privat. Aber dann hat er sich auf einmal sehr geändert, der Lajos. Er hat gemeint, es bringe ihm nichts, wenn er immer nur mit dem Otto und mir Umgang pflegt. Er müsse vorwärtskommen, hat er gesagt, und dazu bedürfe es anderer Gesellschaft, als wir es sind. ... Stellen Sie sich das vor, das sagt der einfach so. Hat sich wohl auf einmal für etwas Besseres gehalten. ... Na ja, genützt hat es ihm offensichtlich nichts."

„Was?" Bronstein war begierig zu erfahren, was denn Mészáros offensichtlich nichts genützt hatte.

„Na, dass er versucht hat, an die hochwohlgeborenen Offiziere Anschluss zu finden. Der ist mit einem Mal nur noch mit diesem neureichen Schnösel, diesem Baumgarten, unterwegs gewesen."

„Der Vermieter von Oberleutnant Binder?"

„Genau der. Den müssen Sie sich einmal ansehen. Blasiert und arrogant, dabei hat er von Strategie und Taktik nicht die geringste Ahnung. Im Generalstabskurs ist er die allergrößte Null von allen. Aber es sieht so aus, als hätte er Protektion von oben, denn immer wenn wir glaubten, jetzt wird er aus dem Kurs entlassen, kam es dann doch wieder zu einer Kehrtwende, und Baumgarten durfte weiterhin am Kurs teilnehmen."

„Nun ja, adeliges Geblüt …"

„Adelig", Hevesi schnaubte verächtlich, „wissen Sie, wie adelig der Herr von Baumgarten ist? Sein Vater hieß Josef Hopfgartner. Der kam aus Baumgarten im Ungarischen und hat es irgendwie geschafft, sich bei der Materialbeschaffung für die Eisenbahn nach Ödenburg zu bereichern. Dadurch ist er Verwaltungsrat bei der Raaber Bahn geworden. Seine Majestät der Kaiser hat dann allergnädigst geruht, den Herrn Hopfgartner zu adeln. Und weil er keinerlei Verdienste hatte, der Herr Hopfgartner, die einer Erwähnung wert gewesen wären, bekam er eben seinen Geburtsort als Adelsprädikat. So sieht der Hintergrund des Herrn Zeno Edler von Baumgarten aus."

Bronstein fühlte sich zu einem Nicken bemüßigt.

„Der Vater ist dadurch offenbar endgültig größenwahnsinnig geworden. Ich meine, wer nennt seinen Sohn schon Zeno? Höchstens ein byzantinischer Kaiser! Und dann musste er dem Sohn noch partout eine Villa im hiesigen Baumgarten kaufen. Nur damit Adresse und Name identisch sind, stellen Sie sich das einmal vor!"

Bronstein konnte Hevesis Tadel durchaus verstehen. Doch die merkwürdigen Verhaltensweisen des Herrn Hopfgartner waren wohl kaum für den Fall relevant. Es galt also, sich wieder auf den Sohn zu konzentrieren.

„Sie meinen also, Oberleutnant Mészáros war in letzter Zeit oft mit Oberleutnant Baumgarten unterwegs?"

Hevesi zuckte mit den Schultern. „Was weiß denn ich! Der Lajos war ja nie ein schneidiger Honved. … Ich meine, ein wenig seltsam hat er sich immer schon benommen. Aber seit ein paar Wochen, da gab es für ihn überhaupt nur noch diesen hochnäsigen Neureichen. Er hat ihn gegen jede Kritik verteidigt und immer nur gemeint, man täte dem Baumgarten schnöde unrecht. So ein Unsinn! Der Mann ist im wahrsten Sinn des Wortes untauglich."

Plötzlich, so als erinnerte sich Hevesi erst wieder an den Grund für das Gespräch, fuhr der Offizier herum: „Aber jetzt sagen Sie doch endlich: Woran ist Lajos gestorben?"

„Tja, das wissen wir noch nicht, um ehrlich zu sein. Es könnte Selbstmord sein, derzeit schließen wir aber auch Mord noch nicht aus."

Hevesi blickte betroffen. „Also Schulden hat er sicher keine gehabt", meinte er dann, „und irgendwelche Ehrenhändel können Sie auch ausschließen. Ehrlich gesagt, ich kann mir überhaupt keinen Grund vorstellen, weshalb ihm irgendjemand, oder gar er selbst, nach dem Leben trachten könnte. … Merkwürdig, sehr merkwürdig." Und abermals versank Hevesi in dumpfes Brüten.

„Meinen Sie, dass, für den Fall, dass hier ein Verbrechen vorliegt, irgendjemand aus dem Offizierskorps …?"

„Ich wüsste nicht, warum."

Alles in Bronstein drängte danach, die klassische Frage – „Wo waren Sie in der Nacht von vorgestern auf gestern?" – zu stellen, doch er wusste genau, dass ein solches Vorgehen höchst inadäquat gewesen wäre. Erstens stand ja noch nicht einmal zweifelsfrei fest, ob es sich bei Mészáros' Tod um Mord handelte, zweitens gab es keinerlei Grund, Hevesi einer solchen Tat zu verdächtigen, und drittens, und dieser Punkt wog zweifelsfrei am schwersten, war Bronstein ja inoffiziell bei dem Offizier, sodass es auch in seinem Interesse lag, die Situation nicht unnötig eskalieren zu lassen. Vorerst, so fand Bronstein, hatte er genug gehört. Die Charakterisierung von Mészáros als stille Figur war ein weiteres Mal bestätigt worden, dazu kam mit dem Herrn Hopfgartner junior eine weitere Person, mit der man sich zu gegebener Zeit würde unterhalten müssen. Bronstein schielte unauffällig auf die Uhr. Wenn er es noch zu Binder schaffen wollte, ehe er seinen Dienst wieder antrat, dann musste er sich sputen.

„Glauben Sie, der Herr Oberleutnant Binder befindet sich gegenwärtig in seiner Wohnung?"

Hevesi sah auf. „Der Otto? Nein, der hat heute Journaldienst. Den finden Sie in der Kaserne."

„Aha, und in welcher?"

„Na, in der Stiftskaserne. Nur dort tun Generalstäbler Dienst", ergänzte Hevesi mit einer erstaunten Augenbraue ob Bronsteins Unwissenheit.

„Ach ja, natürlich", beeilte sich Bronstein zu entgegnen, um seine Scharte wieder auszuwetzen. „Herr Oberleutnant, ich bin Ihnen sehr zu Dank verpflichtet. Ich darf Ihnen noch einen schönen Tag wünschen."

Hevesi machte den Eindruck, als wollte er seinerseits noch Fragen an Bronstein richten, doch der hatte sich so schnell erhoben, dass ihm Hevesi nur noch ungläubig nachsehen konnte. Bronstein sah zu, dass er zum Ring kam, wo er in die Straßenbahn einstieg. An der Mariahilfer Straße angekommen, stieg er um und war so nach einer knappen halben Stunde bei der Stiftskaserne angekommen. Er zeigte dem Stehposten am Tor seine Kokarde und erklärte, er wünsche den diensthabenden Oberleutnant zu sprechen. Dieser stürmte ungehalten aus seinem Aufenthaltsraum.

„Was soll das? Ich bin im Dienst!", fauchte er. „Ich hab keine Zeit für irgendwelche Petenten."

„Ach, ich bin kein Petent", entgegnete Bronstein gelassen und zückte seine Kokarde. Binder erbleichte, hakte Bronstein unter und führte ihn aus der Sichtweite des Postens. „Um Himmels willen", zischte er nun, „ich zahle ja. Da muss man doch nicht gleich die Polizei bemühen. Der alte …"

„Es geht nicht um Geld, Herr Oberleutnant."

Binders Gesicht hellte sich wieder auf: „Ach, kommen Sie nicht wegen dem alten Beutelschneider?"

„Nein. Komme ich nicht. Obwohl mich schön langsam interessieren würde, wer der alte Beutelschneider ist, denn auch Oberleutnant Hevesi vermutete den Grund meines Erscheinens in just dieser Angelegenheit."

„Ach, nicht so wichtig", wiegelte Binder ab. „Worum geht es dann?"

„Sie haben vom Ableben des Oberleutnants Mészáros gehört?"

„Ja, schreckliche Sache. Hier in der Kaserne ist das Tagesgespräch. Aber weshalb wird da die Polizei bemüht? Ich dachte, es handelt sich um Selbstmord?"

„Das wissen wir eben noch nicht genau, da bedarf es erst noch genauerer Ermittlungen."

Binder straffte sich: „Was wollen Sie wissen?"

„Es heißt, Sie waren mit Oberleutnant Mészáros eng befreundet?"

„Sehen Sie, bis vor kurzem hätte ich diese Frage ohne zu zögern mit einem klaren Ja beantwortet. Jetzt bin ich mir allerdings nicht mehr so sicher."

„Aha, und warum?"

„Weil er seit geraumer Zeit nur noch mit meinem Vermieter verkehrt hat, der Mészáros. So, als wäre er auch so ein Beamtenadel." Bronstein entging nicht, wie verächtlich Binder das letzte Wort ausgestoßen hatte.

„Sie meinen Herrn von Baumgarten?"

„Genau den. Ein aufgeblasener eitler Geck, nichts weiter. Aber", und dabei beugte sich Binder nach vorn und senkte gleichzeitig seine Lautstärke, „der genießt Protektion von ganz oben. Kein Wunder, dass sich der Mészáros da angehängt hat. Der hat geglaubt, an der Seite vom Baumgarten kann er auch reüssieren. Natürlich hat er sich da geschnitten ... und zwar gewaltig, wie es scheint", fügte Binder nach einer kleinen Pause hinzu.

„Das heißt, Ihnen wäre nicht aufgefallen, dass Mészáros zuletzt anders gewesen wäre als sonst? Irgendwie melancholischer oder trübsinniger?"

„Der war eigentlich immer melancholisch. ... Und eigentlich war's genau umgekehrt, jetzt, wo ich es mir genau überleg. Grad am End war er sogar direkt euphorisch. Wie neugeboren. Direkt geschwärmt hat er von dem eitlen Tropf. Ich sag Ihnen, wenn ich's nicht besser gewusst hätte, ich hätt glauben können, der Mészáros war verliebt."

„Besser gewusst?"

„Na hören Sie, so etwas wäre ja widernatürlich!", brauste Binder auf. „Glauben Sie, die Armee hat Platz für Sodomiten und ähnlich perverses Gezücht? Nein, so einer war der Mészáros sicher nicht. Das hätten wir mit Sicherheit gemerkt. Und er auch, nebenbei bemerkt."

„Inwiefern?"

„So einem Schwein schneidet man die Eier ab, damit er seine Abartigkeit nicht vererben kann. Das gilt natürlich auch für einen Kameraden, und, ich würde sogar sagen, insbesondere für einen Kameraden."

Binders Ausführungen ließen an Deutlichkeit nichts zu wünschen übrig. Bronstein blieb nur, zu nicken und sich zu empfehlen.

Dies tat er umso eher, als die Zeit mittlerweile doch recht weit fortgeschritten war. Wollte er fristgerecht im Kommissariat erscheinen, dann war es klüger, wenn er sich sputete. Unterwegs in den 15. Bezirk hielt er noch bei einem Rossfleischhauer, wo er sich eine kleine Wegzehrung besorgte, dann begab er sich, zufrieden mit den gewonnenen Erkenntnissen, zurück an seinen eigentlichen Arbeitsplatz.

„Sag, red ich eigentlich für die Luft, oder was?" Schon von weitem war das Gebrüll des Postenkommandanten zu hören. „Ich hab dir klipp und klar gesagt, dass dich der Fall nichts angeht. Und du setzt dich einfach über meine Weisung hinweg. Ja, spinn ich, oder was?" Bronsteins Vorgesetzter schlug mit der Faust auf den Tisch. „Am liebsten tät ich dich faschieren, du fleischgewordenes Unglück der Abteilung."

Bronstein bemühte sich um eine schuldbewusste Miene, wobei ihn jedoch nur die Frage beschäftigte, wie der Kommandant von seiner kleinen Extratour erfahren haben konnte.

„Ein Fräulein vom Meldeamt hat nach dir verlangt", schien dieser Bronsteins Gedanken erraten zu haben, „so bin ich dir draufgekommen. Bronstein, du bist so ein Trottel! Du kannst nur hoffen, dass sich niemand von den Herren Offizieren, die du offenbar in klarer Überschreitung deiner Kompetenzen verhört hast, beschwert – weil sonst bist du's g'wesen, hast mich?!"

Dem so Angesprochenen blieb nichts anderes übrig als zu nicken.

„So, jetzt schau, dass du mir aus den Augen kommst, du Unglückswurm. Abmarsch mit dir nach Meidling. Und des gach a no!"

Für einen Moment erwog Bronstein, doch seine Erkenntnisse vortragen zu wollen, doch die Vernunft sagte ihm, dass sein Vorgesetzter dann endgültig explodieren würde. So gesehen war es klüger, vorläufig klein beizugeben. Er würde sich den Fall nicht wegnehmen lassen. Nicht einfach so. Also hieß es, sich nach außen hin zu fügen und dabei klammheimlich auf den richtigen Augenblick zu warten.

„Zu Befehl", sagte er und trat salutierend ab. Der Kommandant reagierte mit einer wegwerfenden Handbewegung und ließ sich seufzend auf seinen Sessel plumpsen.

Einmal mehr verfluchte Bronstein die Knausrigkeit der Obrigkeit. Er stand seit fünf Stunden an der Ecke herum und konnte sich die beginnende Müdigkeit nur durch immer wieder geübtes Auf- und Abgehen ein klein wenig vertreiben. Die Überwachung des kleinen Georgiers war sichtlich vollkommen sinnlos. Als er zu Beginn seiner neuerlichen Schicht Lang abgelöst hatte, war von diesem nur ein simples „Nix, überhaupt nix" gekommen. Der Verdächtige hatte sich die ganze Zeit über nicht blicken lassen, nicht einmal die Trojanowskis hatten das Haus verlassen. Auch war niemand auf Besuch gekommen. Das Leben einer alten Vettel konnte nicht unspannender sein. Und wieder blickte Bronstein enerviert von seiner Zeitung auf. Noch drei Stunden bis zur Ablösung.

Ein weiteres Mal wanderte Bronsteins Kopf nach links und nach rechts, doch die Schönbrunner Schlossstraße lag wie ausgestorben da. Nichts regte sich, nur der Wind nahm an Heftigkeit zu und veranlasste Bronstein, seinen Mantel fester zuzuziehen. Aus dessen Tasche holte er die Thermoskanne hervor und gönnte sich einen weiteren Schluck Tee, dabei mit größer werdender Sorge feststellend, dass dieser allmählich zur Neige ging. Es war nun, da die Sonne schon geraume Zeit verschwunden war, empfindlich kalt geworden, und Bronstein dachte darüber nach, wo er sich wärmen konnte, wenn sein Getränkevorrat endgültig aufgebraucht war.

Er verschraubte das Behältnis gerade, als gegenüber das Haustor aufging. Instinktiv ging Bronstein hinter einer Litfaßsäule in Deckung, ehe er vorsichtig auf die andere Straßenseite spähte. Tatsächlich, es war der Grusinier, der eben auf die Straße getreten war. Der Mann wandte sich nach rechts und hielt auf das Schloss zu. Bronstein wartete noch einen Moment, dann steckte er seine Zeitung weg, überquerte die Straße und folgte ihm. Einmal mehr fiel Bronstein der Umstand auf, dass die Person ihren linken Arm leicht anwinkelte. Irgendetwas war damit nicht in Ordnung, dessen war sich Bronstein sicher, doch er vermochte nicht zu sagen, worum es sich dabei genau handelte. Möglicherweise war der Arm einmal durch einen Unfall verkrüppelt worden, oder dieser Stalin hatte seit seiner Geburt eine kleine Behinderung. Beim Lebenswandel dieses Mannes war es aber auch durchaus möglich, dass er an den Folgen einer Schussverletzung laborierte, die nicht vollständig hatte ausheilen können.

Vorbei an einigen schäbigen Hütten mit trostlosen Gärten, erreichten sie jene Straße, die den Grünen Berg hinaufführte. Doch Stalin bog nach rechts ab und ging zur Wien hinunter. Bronstein folgte ihm weiter und kam sich dabei zunehmend blöder vor. Es war offensichtlich, dass Stalin nur seinen täglichen Spaziergang unternahm. Er würde den Wienfluss auf der anderen Seite entlangmarschieren, um dann irgendwann, wahrscheinlich auf der Ebene des Gürtels, nach Meidling zurückzukehren, und in einer Stunde würde Bronstein sich dann wieder vor dem Haus die Beine in den Bauch stehen. Ausgeschlossen, dass Stalin auf dieser Runde irgendjemanden treffen oder irgendetwas unternehmen würde. Aber Befehl war nun einmal Befehl. Bronstein seufzte und schritt weiter gegen den am Fluss besonders rauen Wind an.

Der Georgier fühlte sich sichtlich in keiner Weise beobachtet. Er flanierte am Ufer entlang wie ein pensionierter Hofrat, ohne auch nur ein einziges Mal nach links oder rechts zu sehen. Ob dieses Verhaltens war es Bronstein möglich, sich ein wenig abzulenken, indem er einen sehnsuchtsvollen Blick auf die Schlossgärten warf, aus denen matter Lichtschein drang. Ob der Kaiser in Schönbrunn weilte?

Beinahe wäre Bronstein gestolpert, doch im letzten Augenblick erfing er sich und starrte nervös nach vorn, ob er sich durch seine Tollpatschigkeit verraten hatte. Doch der Revolutionär aus dem Zarenreich war sichtlich in seiner eigenen Welt unterwegs und drehte sich nicht um. Es vergrößerte sich nur der Abstand zwischen den beiden Männern. Bronstein atmete durch, richtete sich den Mantel und ging weiter, immer die Wienzeile entlang.

Nach einer knappen halben Stunde wurden in der Dunkelheit die Bögen der Stadtbahn sichtbar, die Bronstein signalisierten, dass sie nun bald wieder in den 12. Bezirk überwechseln würden. Die Gegend war übel beleumundet, und wie Bronstein nicht anders erwartet hatte, stießen er und sein unbewusster Weggefährte hier erstmals auf andere Menschen. Auf Frauen, um genau zu sein. Gleich unter der Stadtbahnbrücke befand sich ein Bordell, vor dem einige Venusdienerinnen nach Kundschaft Ausschau hielten. Bronstein war gespannt, ob sie den georgischen Finsterling ansprechen würden. Tatsächlich trat eine Nymphe aus dem Schutz des Eingangsportals hervor und hob zu sprechen an. Der Wind trug ihre Worte auch an Bronsteins Ohr.

„Na, Masta, hamma …?"

Die Prostituierte erstarb. Deutlich hatte Bronstein gesehen, dass der Georgier leicht den Kopf in die Richtung der Frau gedreht hatte, und unmittelbar danach war dieser das Reden vergangen. Bronstein malte sich aus, welchen Blick der Mann aufgesetzt haben musste, denn es brauchte einiges, um einer Wiener Dirne die Red zu verschlagen. Doch er kam nicht dazu, länger über dieser Frage zu brüten, denn kaum eine Minute später befand er sich auf der Höhe der Liebesdienerin. Verstohlen betrachtete er sie von der Seite und kam zu dem Schluss, dass sie ein bemerkenswert schönes Gesicht besaß. Doch das mochte nicht viel bedeuten, denn im Halbdunkel der fortschreitenden Nacht wirkte wohl bald jemand hübsch. Vielleicht sogar er.

Er überlegte, wie er reagieren sollte, wenn die einschlägige Aufforderung an ihn gerichtet würde, doch zu seiner Überraschung blieb die Dame stumm. Entweder hatte Stalin sie nachhaltig verschreckt oder er, Bronstein, sah selbst für eine Evaspriesterin uninteressant aus. Wütend stapfte er weiter.

Tatsächlich bog Stalin nun erneut rechts ab und kehrte wieder auf die andere Seite des Flusses zurück. Bronstein fror und fluchte undeutlich in seinen Mantel hinein. So hatte er sich das Leben des Polizisten wahrlich nicht vorgestellt. Statt glorreich auf Verbrecherjagd zu gehen, schlich er hinter einem obskuren Zwerg hinterher. Wenn er doch nur endlich einmal einen wirklichen Fall bekäme! Ein Mord, das wäre es! Möglichst aufregend, und er derjenige, der ihn löste! Dann könnte er seinen Namen in der Zeitung lesen, und seine Eltern wären stolz auf ihn. Er könnte sich gebührend feiern lassen, und selbst die Damen der Nacht würden dann sagen: „San Sie ned der Kommissar, der was …"

Doch stattdessen würde er nur auf die Ablösung warten und dann einen weiteren Bericht verfassen, den vermutlich niemand las. Die einzige Gefahr, der er sich ausgesetzt sah, war die tödliche Langeweile, die mit dieser sinnlosen Aufgabe verbunden war. Und wenn er schon jemanden beschatten musste, warum konnte es dann nicht jemand von diesen Kaffeehausphilosophen sein, denn dann säße er wenigstens im Warmen, könnte sich an Speis und Trank gütlich tun und verbrächte seine Zeit jedenfalls in angenehmer Atmosphäre. Der Georgier und sein Schatten passierten das Längenfeld, und in wenigen Minuten würde das Haus in der Schlossstraße wieder erreicht sein. Bronstein holte mit klammen Fingern eine Zigarette aus seinem Etui. Er blieb für einen Augenblick stehen, öffnete den Mantel ein wenig, steckte seinen Kopf in den so entstandenen Windschutz und zündete die Zigarette an. Und noch zwei Stunden bis zur Ablösung.

Keine hundert Meter vor dem Ziel der Wanderung erblickte Bronstein auf dem Gehsteig eine achtlos liegengelassene Obstkiste. Im Vorübergehen hob er sie auf. Auf der würde er wenigstens sitzen können, während er seine Zeit vergeudete. Er blieb endgültig stehen und ließ den Grusinier ziehen. Tatsächlich ging dieser in sein Haus zurück, Bronstein brauchte ihm also nicht mehr zu folgen. Ein weiterer Bericht, der mit den Worten „Keine besonderen Vorkommnisse" zu umschreiben war.

Von weiter Ferne drangen die Glockenschläge der Meidlinger Pfarrkirche an sein Ohr. Die volle Stunde. In sechzig Minuten würde er endlich erlöst sein. Beiläufig registrierte er den späten Passanten, der, die Schiebermütze tief ins Gesicht gezogen, vom Gürtel her auf das Schloss zuhielt. Gute Zeiten schienen dem nächtlichen Spaziergänger fremd zu sein, denn seine Schuhe waren verschlissen, und der Mantel wies einige Löcher auf. Wahrscheinlich ein Arbeiter, der von seiner Schicht nach Hause zurückkehrte. Doch warum hielt der Mann just vor dem Wohnhaus der Trojanowskis? Und warum sah er sich so hektisch um? Wurde es am Ende doch noch interessant? Tatsächlich, der Mann verschwand im Inneren des Gebäudes. Bronstein sah angestrengt auf die gegenüberliegende Straßenseite. Nach einer knappen Viertelstunde tauchte die Person wieder auf. Nur dass sie nun unter dem Arm ein Paket trug. Was mochte darin enthalten sein? Flugblätter? Politische Pamphlete? Bronstein war sich nicht sicher, ob der Mann überhaupt bei den Trojanowskis gewesen war, doch es schien allemal abwechslungsreicher, ihm zu folgen, als noch eine volle Stunde angemauert zu sein. Bronstein warf seine Zigarette weg und heftete sich an die Fersen seiner neuen Zielperson.

Bei der Stadtbahnstation Meidling begab sich der Mann auf den Bahnsteig. Bronstein löste eine Perronkarte und folgte ihm. Tatsächlich ging es mit dem Zug weiter, doch anscheinend hatte der Paketträger kein konkretes Ziel. Oder, was wahrscheinlicher war, er wollte ebendieses verschleiern, denn alle paar Stationen verließ er ein Verkehrsmittel, um bald darauf ein anderes zu nehmen. Nach einer einstündigen Odyssee landeten sie schließlich am Nordwestbahnhof. Für Bronstein gab es nun keinen Zweifel mehr, der Mann hatte etwas zu verbergen, und umso wichtiger war es, in Erfahrung zu bringen, was sich in dem Päckchen befand.

Bronstein rang mit sich, ob er den von ihm Verfolgten anhalten und kontrollieren sollte, ehe dieser sich in der Menge verlor. Zu allem Übel war offenbar gerade ein Zug eingefahren, denn zahlreiche Menschen strömten vom Bahnsteig in die Schalterhalle. Bronstein konzentrierte sich auf seinen Mann – und wurde doch abgelenkt. Der honorig wirkende Herr, der ihm eben entgegenkam, war kein Unbekannter. Bronstein überlegte, wo er das Gesicht schon einmal gesehen hatte. Richtig, der Herr Abgeordnete Franz Schuhmeier, ein Schwergewicht der Sozialdemokratie. Kam wohl von einer Parteiveranstaltung. Bronstein war zufrieden mit sich, das Problem gelöst zu haben, und suchte wieder den Mann mit dem Paket, als er im Augenwinkel eine schmächtige Person wahrnahm, die sich bemerkenswert schnell auf Schuhmeier zubewegte. Ein Gesinnungsgenosse? Ein Bittsteller? Nein, Bronstein sah jetzt genauer hin, denn irgendetwas hatte ihn irritiert. Genau, die Gesichtszüge der Figur wirkten merkwürdig entgleist. Ein Irrer?

Bronstein schwankte, ob er sich wieder seinem Revoluzzer zuwenden oder doch den Mann hinter Schuhmeier beobachten sollte. Irgendetwas blitzte auf. Hatte der Kerl ... Tatsächlich, der Mensch hatte eine Waffe gezogen. Der legte ... der legte doch glatt auf den Abgeordneten an. Bronsteins Mund öffnete sich, er wollte „Achtung!" rufen, doch in just diesem Moment klang eine andere Stimme blechern durch die Halle: „Das ist meine Rache!" Noch ehe Bronstein das Gewicht seines Körpers in Richtung Schuhmeier verlagern konnte, ging die Waffe mit ohrenbetäubendem Lärm los. Bronstein sah das Mündungsfeuer und gleich darauf, wie der Abgeordnete zu Boden stürzte. Er glich einem gefällten Baum, denn ohne irgendeine Reaktion schlug er auf den Steinen auf, und Bronstein wusste sofort, dass der Attentäter sein Ziel nicht verfehlt hatte. Die Blutlache, die sich unter dem liegenden Schuhmeier ausbreitete, sprach Bände. Bronstein stürzte auf den Politiker zu und hielt ihm die Finger an den Hals. Er tastete zur Sicherheit noch eine Weile herum, dann sah er auf, erkannte, dass ihn eine große Menschentraube beobachtete, und schüttelte den Kopf. Der Mandatar war tot.

Verdammt, fluchte er innerlich. Eben hatte er sich noch einen Mord gewünscht. Aber doch nicht so einen. Nicht nur, dass es hier gar nichts aufzuklären gab, denn unzählige Menschen hatten mit eigenen Augen gesehen, wie dieser Wahnsinnige den Ottakringer Volkstribun niedergestreckt hatte, er hatte sich dabei noch nicht einmal mit Ruhm bekleckert, denn wäre er ein klein wenig schneller von Begriff gewesen, hätte er die Tat vielleicht noch verhindern können.

Einige Bahnbeamte hatten den Mörder in der Zwischenzeit überwältigt. Er lag nun selbst auf den steinernen Fliesen, das Gesicht in die Richtung seines Opfers gedreht. Einige uniformierte Polizisten eilten herbei und veranstalteten eine allgemeine Hektik. Bronstein wusste, für ihn gab es hier nichts mehr zu tun. Die Gerechtigkeit würde in diesem Fall ganz automatisch ihren Gang gehen, Zeugen gab es genug, es brauchte nicht auch noch ihn. Er stand auf und ging langsam auf den Ausgang zu, denn der Paketträger war mittlerweile sicherlich schon über alle Berge.

Bronstein wollte eben die Szene endgültig verlassen, als ihm eine dritte Person auffiel, die auf dem Boden lag. Eine junge Frau. Eine bemerkenswert hübsche junge Frau. Entsetzen packte Bronstein. War sie etwa auch zu Schaden gekommen? Mit einem großen Sprung war er bei ihr und beugte sich über sie. Verletzungen waren keine zu erkennen, und wenn er die Anzeichen richtig deutete, dann war sie lediglich ohnmächtig geworden. Er schnappte ihren Hut, der einige Handbreit entfernt lag, und fächelte ihr Luft zu. Dann hob er seinen Kopf an und rief: „Hat hier zufällig jemand Riechsalz?"

Eine ältere Dame trat auf ihn zu und reichte ihm ein Fläschchen. Bronstein öffnete es und hielt es der jungen Blondine unter die Nase. Ihr Kopf begann sich ruckartig zu bewegen, und ihre Hände zuckten auf und ab. Sie hustete und öffnete endlich die Augen. Ihr Blick traf jenen Bronsteins.

„Was ist geschehen?", hauchte sie.

„Sie sind ohnmächtig geworden, gnädiges Fräulein. Nichts Ernstes, es ist gleich alles wieder in Ordnung", entgegnete Bronstein.

„Und das verdanke ich Ihnen!" Die Blonde lächelte.

„Ich bitte Sie", stammelte Bronstein verlegen, „das ist nichts. Das ist doch selbstverständlich."

„Ganz und gar nicht", hauchte sie, „Sie sind mein Retter. Und noch so ein stattlicher dazu." Bronstein schlug seine Augen nieder. Es war wohl die Verwirrung im Gefolge der Ereignisse, welche die Frau so sprechen ließ. Dann besann er sich, versuchte, soweit es seine merkwürdige Stellung zuließ, Haltung anzunehmen. Er deutete eine Verbeugung an und meinte: „Oberkommissär David Bronstein. Zu Ihren Diensten."

Die Frau machte Anstalten, sich aufzusetzen. Bronstein half ihr dabei. „Ein Offizier! Wie fesch!" Dann hielt sie ihm, mittlerweile auf dem Boden sitzend, ihre Hand zum Kuss hin: „Marie Caroline Edle von Ritter. Angenehm, Ihre Bekanntschaft zu machen, Herr Oberleutnant." Bronstein ignorierte die Verwechslung des Dienstgrades und konzentrierte sich auf das Wesentliche. Er wusste, was sich gehörte, und so hauchte er die Andeutung eines Kusses auf den behandschuhten Körperteil. „Wenn ich Ihnen aufhelfen dürfte, Gnädigste."

„Sie dürfen."

Mit einer leisen Geste bedeutete Bronstein den Umstehenden, dass hier nun alles in Ordnung sei, und wandte sich dann wieder der Frau zu: „Sind Sie alleine hier? Brauchen Sie Geleit? Oder kann ich Sie jemandem übergeben? Dem Herrn Gemahl zum Beispiel, oder dem Herrn Papa?"

„Ich bin alleine hier. Und ich fühle mich noch etwas schwach. Wenn Sie also die Güte hätten, mich nach draußen zu begleiten, damit ich mir eine Mietdroschke nehmen kann, dann wäre ich Ihnen sehr verbunden."

„Aber mit dem allergrößten Vergnügen, Gnädigste." Bronstein winkelte den Arm an, sodass die Dame ihre Hand auf seinen Unterarm legen konnte. Dergestalt verließen sie sodann das Bahnhofsgelände. Davor sah sich Bronstein um und erkannte in einiger Entfernung ein Taxi. Er steckte Daumen und Zeigefinger in den Mund, um einen markanten Pfiff zu erzeugen. Tatsächlich wurde der Chauffeur auf ihn aufmerksam und steuerte das Automobil zu dem Paar.

„Wollen Sie mich nicht begleiten? Mein Herr Papa wird sehr begierig sein, den Mann, der seine Tochter aus einer solch unangenehmen Lage befreit hat, kennenzulernen."

„Wenn Sie darauf bestehen!" Bronstein lächelte schüchtern.

„Selbstverständlich bestehe ich darauf."

„Na dann. Wenn ich Ihnen behilflich sein darf?" Er löste den Fahrer ab und hielt Marie Caroline mit der einen Hand den Verschlag auf, während er ihr mit der anderen eine Stütze bot, um das Automobil zu besteigen. Als sie saß, klopfte sie mit ihren Fingern auf die Sitzbank und signalisierte Bronstein so, er möge sich zu ihr gesellen.

Der Fahrer hatte zwischenzeitlich wieder hinter dem Steuer Platz genommen. „Wohin soll's gehen, Meister?", fragte er über die Schulter. Marie Caroline nannte eine Adresse im vierten Bezirk.

Der Wagen begann zu ruckeln und setzte sich endlich in Bewegung. Durch die Scheibe meinte Bronstein das Gesicht von Polizeipräsident Gorup zu erkennen und dachte bei sich, es wäre nicht verwunderlich, wenn sich angesichts der Prominenz des Opfers der Präsident persönlich an den Tatort bemühte, und doch fand er es verwunderlich, dass dieser so schnell von der Angelegenheit erfahren haben sollte.

„Sie sind also Oberleutnant, Herr von Bronstein", hörte er mit einem Mal die Stimme der Ritter an sein Ohr schlagen. „Bei welcher Einheit?"

„Bei der Wiener Polizei. Und eigentlich ist der Titel Oberkommissär. Aber das macht nichts, denke ich."

Die Ritter machte ein fasziniertes Gesicht: „Ein Kriminalist. Wie aufregend! Haben Sie schon vielen Verbrechern das Handwerk gelegt?"

Bronstein mimte den Bescheidenen: „Man tut, was man kann."

„Und was ist Ihr Plaisir, Herr von Bronstein?"

Bronstein hob die Augenbrauen und sah die Frau fragend an. „Na ja", fuhr diese fort, „Sherlock Holmes spielt Geige, Auguste Dupin liebt das Lösen von Rätseln, wenn er nicht gerade Hieroglyphen entziffert, und Inspektor Tabarin verlässt seine Bettstatt so gut wie nie. Und was ist also Ihre geheime Leidenschaft?"

„Äh, ich fürchte, nichts von all dem?"

„Keine Hobbys, wie die Engländer so schön sagen?"

Bronsteins Ratlosigkeit war offenkundig. „Nun, äh, nein."

„O!"

Dieses „O" war so schnell und spitz ihrem Mund entflohen, dass es ihrer enttäuschten Mimik gar nicht mehr bedurft hätte, um Bronstein zu signalisieren, dass er gerade wieder in ihrer Achtung gesunken war.

„Ich konzentriere mich ganz auf die Lösung meiner Fälle", rang er daher um Reputation.

„Das mag sein", entgegnete sie leichthin, „aber ein wirklich großer Ermittler muss weit mehr können als nur Fälle zu lösen."

„Sie wissen aber schon, Gnädigste, dass Holmes, Dupin und Tabarin nicht echt sind, oder?"

Den Mund der Ritter umspielte ein sphingenhaftes Lächeln.

„Die sind erfunden", setzte Bronstein nach, „der Holmes von diesem Conan Doyle, der Dupin vom Poe, und der Tabarin von irgendsoeinem Franzmann."

Schweigen und Lächeln.

„Aber wirklich! Wenn ich's Ihnen doch sag."

Die Ritter sah nun zum Fenster hinaus. „Jetzt sind wir bald da", sagte sie abwesend. Bronstein war nahe daran, zu fluchen. Blödes Frauenzimmer, dachte er. Wenn sie nur nicht so hübsch wäre. Diese unergründlichen grünen Augen! Dieser schlanke

Hals! Diese süßen Grübchen, wenn sie lächelt. Bronstein, du wirst kitschig! Aber wenn's doch wahr ist!

„Wir sind da, Herr von Bronstein", hörte er wieder ihre Stimme.

„Bronstein genügt völlig", schränkte er ein.

„O!"

Na, das war's dann wohl. Kein berühmter Geiger und nicht einmal ein Von. Die Edle von Ritter würde ihn von ihrem Vater wie einen Lieferanten bezahlen lassen und weiter keinen Gedanken mehr an ihn verschwenden. Also war es besser, wenn er sich die grünen Augen und die süßen Grübchen gar nicht erst einprägte.

Die vom Fahrer eingeforderte Summe schreckte Bronstein aus seinen Gedanken. Eilig kramte er nach seinem Portemonnaie und entrichtete den genannten Betrag. Dann sprang er aus dem Wagen, umkurvte diesen und hielt der Ritter die Tür auf. Sie entstieg dem Gefährt wie eine Königin und blickte dabei stur geradeaus. Er schloss den Verschlag, der Wagen fuhr wieder an, während Bronstein die Stufen hinaufhastete, um der Ritter das Haustor zu öffnen. Er drückte die Klinke, doch nichts tat sich.

„Da ist um die Zeit natürlich schon zu, Herr Bronstein ohne von. Aber ich habe selbstverständlich einen Schlüssel." Die Ritter öffnete die Pforte und hieß Bronstein, ihr zu folgen. Über eine breite Treppe ging es ins Mezzanin, wo sich die Ritter nach links wandte. Sie zückte einen weiteren Schlüssel und sperrte nun auch die schwere, dunkle Eichentür auf, die offenkundig den Zutritt zur elterlichen Wohnung bildete.

Vor Bronstein tat sich ein riesiges Vorzimmer auf, das gleichwohl mit einer unendlichen Vielzahl an Nippes vollgestellt war. Achtlos warf die Ritter den Schlüssel auf eine der Kommoden, sodass um ein Haar ein Porzellanelefant darüber zerborsten wäre. Das scheppernde Geräusch hatte offenbar die Eltern aufgeschreckt, denn Sekunden später tauchte das Gesicht eines älteren Herrn in Abendgarderobe am anderen Ende des Vorraums auf: „Ma chère", sagte dieser Mann mit nicht geringem Erstaunen, „was tust denn du hier? Wir haben dich nicht vor übermorgen zurückerwartet. ... Und wer ist dieser Herr in deiner Begleitung?"

In die Ritter kam Bewegung. Sie lief zu ihrem Vater, umarmte und küsste ihn. „Gell, Papa, das ist eine Überraschung! Ich habe es dort einfach nicht mehr ausgehalten. Es war so unendlich langweilig. Da habe ich mir gedacht, ich überrasche euch."

„Aber ...", dem Vater schienen die Worte zu fehlen, „das ist doch ... höchst ungewöhnlich. ... Und ziemlich gefährlich obendrein. ... Um diese Zeit ..."

„Da hast du wie immer recht, Papa. Das war es auch. Stell dir vor, am Bahnhof, da haben sie jemanden erschossen. Keine zehn Meter von mir. Ich habe mich so erschrocken, dass ich in Ohnmacht gefallen bin. Und der Herr da, der war so nett und hat mich aus dieser unangenehmen Situation gerettet."

Es war evident, dass den Mann die Mitteilungen seiner Tochter ziemlich verwirrten. Aber die Kombination der Worte „der Herr da" und „gerettet" ließen es Herrn von Ritter geboten erscheinen, Bronstein überschwänglich zu danken. Mit ausgestreckter rechter Hand stürmte er auf Bronstein zu. „Mein Herr, wir sind Ihnen offensichtlich überaus zu Dank verpflichtet. Lassen Sie mich Ihnen diese unsere Dankesschuld umgehend abstatten."

„Das ist der Herr Oberleutnant Bronstein, Papa", sagte die Ritter in den Rücken des Vaters. Herr von Ritter hatte in der Zwischenzeit Bronstein, der die Hand halb zum Widerspruch erhoben hatte, um den falschen Titel zu korrigieren, erreicht, und dieser hatte auch schon seine Rechte angehoben, um zum offenkundig beabsichtigten Handschlag zu schreiten, als Ritter plötzlich stehen blieb. Er schien zu zaudern.

„Bronstein, wie?", sagte er zögernd, und sein Gesicht, das eben noch gestrahlt hatte, zeigte nun eine zweifelnde Miene. Dann aber hellte es sich wieder auf. Ritter ergriff nun doch Bronsteins Hand und schüttelte sie heftig. „Vielen, vielen Dank, Herr Oberleutnant. Sie geben uns doch sicher die Ehre, auf dieses Ereignis noch ein Gläschen von uns entgegenzunehmen."

Bronstein bemühte sich um ein Lächeln: „Da sage ich nicht nein." Ritter drehte sich um:

„Na, dann kommen Sie einmal mit, junger Mann."

Der Vorraum führte durch eine Doppeltür, die allerdings geöffnet war, direkt in den Wohnsalon, wo eine ältere Frau saß, bei der es sich um die Mutter von Marie Caroline handeln musste. Als sie Bronsteins ansichtig wurde, hob auch sie den Arm an, um den gebotenen Handkuss entgegenzunehmen. Herr von Ritter schritt unterdessen an die Bar und holte zwei Gläser hervor. „Cognac?", fragte er. Bronstein bejahte.

„Was habe ich da hören müssen?", fing die Mutter an. „Es hat einen Mord gegeben?"

„Ja", bestätigte Marie Caroline, während sie sich auf das Sofa fallen ließ, um sogleich mit aufgekratzter Stimme die Erlebnisse am Bahnhof zu schildern. Herr von Ritter überreichte währenddessen Bronstein das Glas, stieß mit ihm an und wiederholte ein simples „Danke".

„Um Gottes willen!", zeigte sich die Frau von Ritter echauffiert. „Weiß man, wer das Opfer ist?"

„So ein alter Mann war's", sagte die Tochter.

„Der Schuhmeier", ergänzte Bronstein, „der Sozi-Mandatar. Den hat's erwischt!"

„Na kein Wunder", entfuhr es dem Vater, „wer zum Schwert greift, sage man nur. Solche Agitatoren leben ohne Frage gefährlich. Aber so ein Glück, dass dir nichts passiert ist, mein Schatz."

Marie Caroline aber sah Bronstein an: „Sie haben g'wusst, wer das ist, Herr von ... Herr Bronstein?"

„Na ja, ist ja nicht gerade ein Unbekannter, der Herr Abgeordnete."

„Meinen Sie diesen Radikalinski aus Ottakring?", mischte sich die Mutter ein, „von dem man so viel in der Zeitung g'lesen hat? Der unseren lieben Herrn Bürgermeister immer so verunglimpft hat?"

Noch ehe Bronstein etwas sagen konnte, ergriff wieder der Vater das Wort: „Nicht dass ich diesem Volksverhetzer eine Träne nachweinen würde, aber wie kommen unbescholtene Bürger dazu, einer solchen Gefahr ausgesetzt zu sein? Nicht auszudenken, wenn unser Kind etwa durch einen Querschläger oder eine fehlgehende Kugel verletzt worden wäre. Da fragt man sich schon, was unsere Polizei an dieser Stelle ..."

„Papa, der Herr Oberleutnant ist von der Polizei", sagte Marie Caroline fröhlich. Der Herr von Ritter zeigte zum zweiten Mal eine zweifelnde Miene. „Gar nicht bei der Armee?", fragte er nach.

Bronstein schüttelte den Kopf. „Ich habe zuerst schon versucht, darauf hinzuweisen, dass ich eigentlich Oberkommissär bin. Und zur Sache selbst: Wissen Sie, Herr von Ritter, gegen so etwas ist selbst die allerbeste Polizei nicht gefeit. Man kann ja nicht jeden Bürger rund um die Uhr überwachen, nicht wahr."

„Das bräuchte sie ja auch nicht. Es würde genügen, wenn die Unruhestifter in diesem Land unter Beobachtung stünden."

„Glauben Sie mir, Herr von Richter", lächelte Bronstein schmal, „das tun sie ohnehin. Aber man kann ja nicht wissen, was so einem Wahnsinnigen einfällt, der mit einer Waffe in der Hosentasche herumläuft. Erinnern Sie sich, wie im Oktober vorvorigen Jahres um ein Haar der heutige Ministerpräsident im Parlament erschossen worden wäre. Derartige Wahnsinnstaten sind leider nicht vorhersehbar." Ritters Gesichtsausdruck verriet, dass Bronsteins Argument ihn nachdenklich stimmte.

„Das ist ja so furchtbar!", nutzte die Mutter die eingetretene Stille. „Du musst unendlich tapfer gewesen sein, mein Kind."

„Na ja, aufregend war es schon, sonst wäre ich ja nicht umgefallen. Ich bin da einfach zum Ausgang gegangen, und auf einmal hat es ganz furchtbar gekracht. Ich habe geglaubt, da ist eine Bombe oder so explodiert. Das war so laut, dass ich mir gedacht habe, jetzt muss ich sterben. Mir ist schwarz geworden vor den Augen, und dann bin ich auch schon am Boden gelegen." Marie Caroline strahlte, als hätte sie eben einen Preis gewonnen. Es war ihr anzusehen, dass sie mit dieser Geschichte bei allen ihren Freundinnen für lange Zeit zu reüssieren gedachte. Die Ermordung einer stadtbekannten Persönlichkeit, und sie war hautnah dabei!

Bronstein trank sein Glas aus. Der Anstand gebot, sich nun zurückzuziehen, immerhin war es beinahe Mitternacht. Bliebe er länger, würde es anmaßend oder zumindest unhöflich wirken. Also stellte er geräuschvoll sein Glas ab und erhob sich. „Meine Damen, sehr geehrter Herr von Ritter, es war mir eine Ehre, Ihrem Haus diese kleine Gefälligkeit leisten zu dürfen. Dazu ist die Polizei schließlich da. Ich bedanke mich ganz herzlich für die dargebotene Gastfreundschaft und darf mich mit den allerbesten Wünschen für Sie alle empfehlen."

Abermals hatte er die Hand der Mutter zu küssen, danach verabschiedete er sich standesgemäß vom Vater. Er wollte eben sagen, dass er schon allein hinausfinde, als Marie Caroline verkündete, sie geleite den Gast zur Tür. Das sei schließlich das Mindeste, was sie für ihren Retter tun könne. Noch ehe ihre Eltern Einspruch erheben konnten, hatte sie Bronstein an seiner Rechten gepackt und zog ihn zurück ins Vorzimmer. Dort öffnete sie die Tür und hielt ihm nun ihrerseits das Händchen hin.

„Was ist, Herr ohne von", fragte sie leise, „wollen S' mich wiedersehen?" Bronstein blinzelte verlegen.

„Wer wollte eine schöne junge Dame, wie Sie es sind, nicht wiedersehen?", entgegnete er gleichfalls flüsternd.

„Morgen um neun im Café Ritter. Das ist ja wohl nicht schwer zu merken, oder?"

Bronstein nickte. „Ich werde da sein. Ich freue mich darauf." Etwas lauter wünschten sie sich eine gute Nacht, und Marie Caroline dankte noch einmal für die geleistete Hilfe. Bronstein trat auf den Gang, und die Ritter schloss hinter ihm die Tür.

Na bitte, es gab doch noch Zeichen und Wunder, sagte sich Bronstein, während er selig lächelnd die Treppe nach unten ging. Da konnte man es getrost verschmerzen, kein Geigenspieler oder Hieroglyphenentzifferer zu sein. Selbst die Vorstellung, dass er am Morgen einen sinnlosen Bericht schreiben und erklären musste, warum er seinen Posten verlassen hatte, besaß nun nichts Schreckliches mehr. Der Himmel hatte sich aufgetan und einen Sonnenstrahl direkt auf ihn gelenkt. Und Bronstein wusste, er hatte sich verliebt.

Natürlich konnte er nicht einschlafen. Er war viel zu aufgekratzt. Immer und immer wieder erstanden ihm die Bilder des Zusammentreffens mit Marie Caroline. Die smaragdgrünen Augen bekam er einfach nicht aus seinem Gedächtnis, ebenso wenig die blonden, leicht gelockten Haare. Sobald er seine Lider schloss, war ihr Gesicht so wirklichkeitsnah vor ihm, als läge sie auf ihm und betrachtete ihn. Er hatte das Gefühl, er bräuchte nur die Lippen zu schürzen, und schon könnte er sie küssen. Bronstein erhob sich und ging in seine Küche. Dort machte er Licht und zündete sich dann eine Zigarette an. Er hielt Nachschau, ob er noch ein wenig Milch zu Hause hatte, fand einen Rest, der noch brauchbar war, und schüttete diesen in einen Topf, den er sodann auf den Herd stellte. Er befeuerte denselben und wartete, während er rauchte, darauf, dass die Milch warm wurde. Das sollte ja angeblich dabei helfen, einzuschlafen.

Unwillkürlich ließ er an dieser Stelle sein bisheriges Liebesleben Revue passieren, das, wie er sich eingestehen musste, innert einer Zigarette erschöpfend abgehandelt war. Auf diesem Gebiet war er ein echter Spätzünder gewesen. Lange Zeit waren Latein und Altgriechisch seine Geliebten gewesen, und dass es so etwas wie Mädchen gab, das wusste er höchstens aus dem Naturkundeunterricht. Erst kurz vor der Matura war er das erste Mal in Liebe entflammt, als die kleine Gitti in die Nebenwohnung eingezogen war. Doch hatte die ein derartiges Selbstbewusstsein ausgestrahlt, dass er es nicht einmal gewagt hatte, sie im Stiegenhaus zu grüßen, geschweige denn das Wort zu einer Frage an sie zu richten. Nach der Bürgerschule hatte sie einen Beruf ergriffen, und wenig später war sie von zu Hause ausgezogen, sodass Bronstein nicht zu sagen vermochte, was aus ihr geworden war. Das galt auch für Veronika, die gleichfalls blonde Kellnerin aus dem Café bei der Technischen Hochschule am Karlsplatz. Bei ihr hatte er während seines Studiums immer wieder einmal eine Schale Kaffee bestellt und sich daran erfreut, wenn sie ihm beim Servieren des Gewünschten ein Lächeln schenkte. Doch ihm war damals schnell klar gewesen, dass Frauen wie sie keinen Gedanken an jemanden wie ihn verschwendeten. Er war eine Kundschaft, nicht mehr. Und so hatte er schließlich seine Unschuld standesgemäß verloren. In einem Puff. Eine kleine und korpulente Dunkelhaarige namens Sara, mit Mondgesicht und enervierend vielen ungustiösen Leberflecken. Den Namen hatte er nie vergessen, obwohl die ganze Angelegenheit eigentlich insgesamt zum Vergessen gewesen war. Die Hure verkörperte das genaue

Gegenteil dessen, was er an einer Frau schön fand. Er begeisterte sich für groß und blond und besaß ohne Frage eine Vorliebe für weibliche Rundungen. Diese Sara war nichts davon gewesen, und trotzdem hatte er es kaum geschafft, in sie einzudringen, ehe es ihm auch schon gekommen war. Als er damals seinen Kronen auf dem Nachttisch Adieu sagte, fragte er sich, warum alle Welt der Kopulation eine solche Bedeutung beimaß. Wenn das alles war, dann hatte er ja wohl kaum sonderlich viel versäumt.

Die Jahre gingen dahin, seine Mutter lag ihm mehr und mehr in den Ohren, er solle sich endlich eine Frau suchen, damit er ihr Enkelkinder schenken konnte, doch da war weit und breit niemand zu finden, der ihn auch nur annähernd interessiert hätte. So schöne Frauen wie die Veronika und die Gitti, die waren ihm einfach nicht mehr untergekommen. Bis er über Marie Caroline gestolpert war. Das war endlich ein Geschenk des Schicksals. Das war einfach … Scheiße!

Fluchend warf Bronstein die Zigarette in den Aschenbecher und stürzte auf den Herd zu. Er hatte die Milch nur einen Moment aus den Augen gelassen, und schon hatte sie zu kochen begonnen und war übergegangen. Eilig zog er den Topf weg und versuchte dabei, den Schaden in Grenzen zu halten. Doch der penetrante Geruch verbreitete sich bereits in der gesamten Wohnung. Die erhoffte Wirkung würde nun sicher nicht mehr einsetzen, war Bronstein überzeugt. Immerhin, ein kleiner Rest schien noch brauchbar. Diesen goss er in eine Tasse, mit der er sich dann wieder an den Küchentisch begab. Er suchte nach einer weiteren Zigarette, fand schließlich eine und zündete sie an.

Das konnte aber eigentlich nicht die Wahrheit sein, oder? Fieberhaft überlegte Bronstein, ob seine Erlebnisse mit der holden Weiblichkeit wirklich auf einen derart erbärmlichen Nenner gebracht werden mussten. Er stand wenige Monate vor seinem 30. Geburtstag, da konnte es doch unmöglich sein, dass er über weniger Erfahrungen verfügte als ein Mönch. Dass er bislang keine wirkliche Liaison gehabt hatte, das wusste er. Aber dass da praktisch auch keine Abenteuer und Affären sein Leben gewürzt hatten, das fiel ihm erst jetzt so richtig auf. Gute Güte, es wurde höchste Zeit, dass er sich endlich verliebte und ein Weib nahm.

In seinem Alter und in seiner Stellung kamen wahrscheinlich nicht mehr viele Gelegenheiten, also war es besser, es bei Marie Caroline nicht zu versieben. Ihre Familie stand zwar gesellschaftlich deutlich über der seinen, aber heutzutage, so dachte er sich, sollte das kein Problem mehr sein. Außerdem schien Marie Carolines Vater in seine Tochter so vernarrt zu sein, dass er ihrem Glück sicher keine Steine in den Weg legen würde. Also musste er, Bronstein, nur noch dafür sorgen, dass sie ihn als ihr ganz persönliches Glück empfand. Und daran würde er gleich am nächsten Morgen zu arbeiten beginnen.

Was die Frage aufwarf, was er ihr mitbringen sollte. Blumen in ein Kaffeehaus? Sicher nicht, das ging auf keinen Fall. Schmuck? Viel zu früh, das wirkte nur zudringlich. Nein, er brauchte irgendeine Kleinigkeit, die von Aufmerksamkeit zeugte, ohne prahlerisch oder aufdringlich zu wirken. Schokolade! Das war's. Er würde einfach auf dem Weg ins Kaffeehaus noch in einer Confiserie vorbeigehen und ein paar Bonbons erwerben, welche die Verkäuferin dezent, aber schön verpacken sollte. Ein derartiges Präsent war nicht zu teuer, musste nicht sofort konsumiert werden und zeugte dennoch davon, dass man an die betreffende Person gedacht hatte.

Mit einem zufriedenen Lächeln trank er die Milch und dämpfte sodann die Zigarette aus. Er stand auf, löschte das Licht und ging wieder ins Bett. Als er die Augen schloss, da sah er abermals das Gesicht von Marie Caroline, aber diesmal lutschte sie vergnügt an einem Bonbon. Und als er sich sicher war, diese Nacht einfach durchzuwachen, schlief Bronstein ein.

III.
Mittwoch, 12. Februar 1913

Dementsprechend ramponiert traf er einige Stunden später im Kommissariat ein. Den mitleidigen Blick des Journalbeamten bezog er auf sein Erscheinungsbild, doch gleich danach signalisierte ihm dessen Kopfbewegung, dass sich das Mitleid auf das neuerlich zu erwartende Donnerwetter des Postenkommandanten bezog. Vorsichtig klopfte Bronstein an die Tür des Vorgesetzten.

„Sag einmal, machst du das absichtlich?", empfing ihn dieser.

„Aber diesmal bin ich mir wirklich keiner Schuld bewusst", setzte Bronstein zu einer Apologie an.

„Du hast deinen Posten verlassen, du Wahnsinniger. Und zwar ganz eindeutig weisungswidrig!", brüllte der Kommandant. „Als deine Ablösung eintraf, fand er dich nicht vor. Das ist ... das ist ... Desertion!"

„Aber Chef, wir haben doch ganz eindeutig den Befehl, alle Bewegungen rund um diesen Georgier zu verfolgen. Und das habe ich gemacht."

Bronsteins Vorgesetztem blieb der Mund offen. Er brauchte eine Weile, um sich zu fassen, dann sagte er nur: „Was?"

Und Bronstein erklärte detailreich, welche Aktionen er in der Nacht zuvor gesetzt hatte.

Sein Gegenüber schüttelte nur den Kopf: „Und in der Zwischenzeit ist unser georgischer Vogel ausgeflogen. Bist du nicht auf die Idee gekommen, dass dieser Paketträger oder wie immer du ihn nennen willst, nur ein Ablenkungsmanöver war, um dich loszuwerden? Du hast dich leimen lassen wie der blutigste Anfänger!"

Dann beugte sich der Kommandant formatfüllend über seinen Schreibtisch und stützte sich dabei mit beiden Armen auf der Tischplatte ab. „Bronstein, du Stiefkind von Vernunft und Weisheit! Dich wird's da nicht mehr lange geben auf diesem Kommissariat. Das sehe ich klar und deutlich."

„Aber …"

„Nichts aber", wurde Bronstein das Wort abgeschnitten, „ich werde deine Versetzung beantragen. So geht das nicht weiter, das ist absolut nicht hinnehmbar. Du solltest eine Weile lang etwas weniger Anstrengendes machen. Dorfgendarm in Stammersdorf oder in Hirschstetten. Das dürfte deinen Fähigkeiten eher entsprechen. Da darfst dann Vogelscheuchen bewachen, die werden dir ja hoffentlich nicht entkommen."

Bronstein setzte noch einmal zu einer Verteidigung seiner Vorgangsweise an, doch die Hand seines Chefs gebot ihm Einhalt: „Genug, Bronstein! Genug. Es ist einfach genug. Ich hab dich so satt, dass mir die Worte dafür fehlen. Geh einfach, geh!"

Und als hätte ihm eben jemand die absolut niederschmetternde Hiobsbotschaft überbracht, fiel der Kommandant zurück auf seinen Sessel und vergrub das Gesicht in seinen Händen. Bronstein blieb nur, wie ein geprügelter Hund die Szene zu verlassen.

Doch mit jedem Meter, dem er sich seinem eigenen Schreibtisch näherte, wuchs seine Wut. Schon wieder war er vollkommen ungerecht behandelt worden. Der Postenkommandant hatte ihn offensichtlich im Visier, und das noch dazu absolut ungerechtfertigt.

Nein, so brauchte er nicht mit sich umspringen zu lassen! Wenn man seine Leistungen partout so gar nicht schätzte, dann war es auch weiter nicht nötig, hier sinnlos Zeit zu versitzen. Es gab ohnehin interessantere Dinge, denen man sich zuwenden konnte. Bronstein entschlüpfte durch die Hintertür und sah zu, dass er zum Café Ritter kam. Nun brauchte er nur noch ein passendes Präsent.

Beim Hotel Kummer wurde er fündig. Dort gab es eine kleine Konditorei, die auch Bonbons anbot. Bronstein entschied sich für Schokotrüffel, die er sich geschenkmäßig verpacken ließ. Dann umrundete er den Hotelkomplex und stand vor den Türen des Café Ritter. Mit einer gewissen Bangigkeit trat er ein. Mit einem Mal war er sich gar nicht mehr so sicher, ob seine Kleiderwahl richtig gewesen war. Sah er nicht wirklich wie ein Geck aus? Er blieb noch einmal einen Augenblick stehen, straffte sich und hauchte sich eine Prise Selbstbewusstsein ein. Nun war es ohnehin zu spät für irgendwelche Änderungen, also musste er das Beste aus der Situation machen. Er hängte sich ein charmantes Lächeln ins Gesicht und machte sich auf die Suche nach Marie Caroline.

Das „Juhu!" hatte tatsächlich ihm gegolten. Schon aus einiger Entfernung sah er Marie Caroline winken. Aber sie war nicht allein, was Bronstein mit einer gewissen Enttäuschung registrierte. Nicht weniger als fünf weitere Personen saßen mit ihr am Tisch. Bronstein gestand sich ein, er hatte mit einem Rendezvous gerechnet, und jetzt war er zu einer Art Picknick geladen. Mit der Schokolade wartete er besser noch zu. So männlich wie möglich trat er an den Tisch, grüßte erst allgemein in die Runde, indem er eine Verbeugung andeutete, dann beugte er sich zu Marie Caroline hinab und küsste ihr die Hand. „Ihr Lieben", hörte er sie dabei sagen, „das ist mein Retter." Zustimmendes Gemurmel erhob sich. „Der Herr von Braunstein." Unwillkürlich zuckte Bronstein bei dieser Vorstellung zusammen. Steif erhob er sich und sah auf die übrigen Personen, die samt und sonders weitaus jünger zu sein schienen, als er es war.

Marie Caroline übernahm die Vorstellung: „Meine allerbeste Freundin Sisi." Dabei zeigte sie auf eine sommersprossige Elfengestalt, die direkt neben ihr saß. Bronstein küsste auch dieser Person die Hand. „Von Clary-Aldringen", fuhr Marie Caroline fort und genoss dabei den Schauer, den sie bei Bronstein evozierte. Die Clary-Aldringen zählten zu den ältesten und einflussreichsten Adelsgeschlechtern des Landes. Bronstein richtete die Augen auf das Mädchen: „Der Herr Ministerpräsident ..." Sie nickte. „Ist mein Opapa." Der alte Clary-Aldringen war zwar vor rund eineinhalb Jahrzehnten nur wenige Monate Regierungschef gewesen und seitdem Landeshauptmann der Steiermark, doch in Österreich sprach man Persönlichkeiten stets mit der höchsten Funktion an, die sie irgendwann einmal eingenommen hatten. „Minister" blieb man auf ewig, egal, wie lange man der Regierung tatsächlich angehört hatte. Und selbst wenn man unehrenhaft aus der Armee ausgeschieden war, so trug man dennoch den höchsten Offiziersrang bis ans Ende seiner Tage.

„Josef von Rohan", fuhr Marie Caroline in der Zwischenzeit fort. Auch die Rohans zählten zur Crème de la Crème des Staates, wenn sie auch nicht ganz so einflussreich waren wie die Clarys.

Beim Namen der nächsten Person merkte Bronstein auf. Anton von Segur-Cabanac. „Verwandt mit August?", fragte Bronstein, während er dem Jungen die Hand gab. „Mein älterer Bruder", antwortete dieser, „Sie kennen ihn?" „Ich habe mit ihm Jus studiert. Guter Mann", sagte Bronstein knapp.

„Tussi von Hardegg, sie ist die Enkelin des Grafen von Hardegg", erklärte nun Marie Caroline, „und schließlich Franziska Josefa von Harrach, die Tochter des Adjutanten Unserer Kaiserlichen Hoheit des Thronfolgers."

Bronstein hatte das dringende Bedürfnis, sich zu setzen. So viel geballtes blaues Blut, das war zu viel für diese frühe Stunde. Und mit einem Mal kam ihm seine Garderobe gar nicht mehr geckenhaft vor. Vielmehr dünkte sie ihn schäbig und minderwertig. Endlich erlöste ihn Marie Carolines „Aber setzen Sie sich doch" aus seiner Erstarrung. Er nahm neben ihr Platz und legte den Borsalino, mit dem er bisher verlegen gespielt hatte, ans Ende des Tisches.

„Von Braunstein der Name", ließ sich der junge Rohan vernehmen. „Da haben Sie ja Glück, dass Sie Braunstein und nicht Bronstein heißen. Da könnte man Sie ja glatt für irgend so einen Judenbengel aus dem galizischen Ghetto halten. Dann dürften Sie sich von meinem Vetter, dem Prinzen, aber nicht erwischen lassen. Der würde Sie glatt ohrfeigen und aus dem Lokal jagen", lachte er. Na, das konnte ja heiter werden! Bronstein riss eine neue Packung „Egyptische Sorte" auf und sich dann zusammen. „Keine Sorge, der Herr. Das Stetl, aus dem ich komme, heißt sich die Wieden." Dabei bemühte er sich um ein neutrales Lächeln.

„Schöner Hut", hörte er das Mädchen sagen, das die Tochter des Adjutanten war, „ist der echt?" Es war ihr anzusehen, dass die Spitze ihres Freundes nicht auf ihre Zustimmung gestoßen war.

„Ja", nickte Bronstein, „den hat mir meine Tante aus Italien mitgebracht, als sie zur Kur in Meran weilte. Ein echter Borsalino." Angesichts der hier versammelten Eitelkeit, befand er, konnte ein wenig Angabe nicht schaden.

„Na, Sie Glücklicher", merkte Segur an, „es geht nichts über einen guten Hut. Kannst dich erinnern, Sepp, an den Panamahut, den ich mir im vorigen Sommer gekauft hab? Sauteuer und doch nichts wert."

„Ja, freilich. Den hast ja auch für einen absoluten Nepp erworben. Da hätt dir schon beim Preis klar sein müssen, dass d' mit dem Tinnef über den Tisch gezogen wirst."

„Ich bitt dich, acht Kronen! Darum kriegst den ganzen Meyer. Illustriert und in Leder gebunden!"

„Ein guter Panamahut, das hab ich dir damals schon gesagt, den kriegst nicht unter vierzig Kronen! Der wird unter Wasser geflochten …"

„Unter Wasser oder ober Wasser, so ein Schmarren. Hauptsache, dass er schön ist."

„Na ja, lieber Freund, das war er ja auch nicht. Allein schon die Form. Furchtbar grauslich. Ich hoffe, du hast ihn irgendeinem Ackergaul aufg'setzt, damit ihm die Sonn ned das letzte bisserl Hirn rausbrennt."

Das Mädchen, das Bronstein als „Tussi" vorgestellt worden war, hüstelte dezent. Die beiden Knaben sahen einander an. „Es scheint", statuierte Segur, „wir langweilen die Damen."

„Und unseren verehrten Ehrengast", ergänzte Rohan mit unverhohlener Verachtung. „Nette Garderobe, die Sie da anhaben, Herr Braunsteiner. Ein slawischer Schneider, möcht ich wetten."

„Äh, wieso?" Bronstein war verwirrt.

„Na ja, dieses Jackett. Das ist doch ... Wenden, sage man nur." Dabei prustete er los, und auch Segur verkniff sich das Lachen nicht.

„Aber ich muss doch sehr bitten!", ergriff Marie Caroline für Bronstein Partei. „Ich finde, das ist ein ausgezeichneter Cut. Ich weiß gar nicht, was ihr zwei habt. Euer Gehrock ist ja auch nicht gerade der dernier cri."

„Aber meine Liebe. Ein Sankt-Andreas-Knoten! Wer, bitte schön, verwendet denn so etwas? Das ist doch ... zutiefst provinziell. Ein Windsor, bitte, das lasse ich mir gefallen, auch wenn ein Hannover allemal angebrachter ist. Aber ein Sankt Andreas? Das ist ..." Rohan sprach nicht weiter und schüttelte nur den Kopf.

„Also mir gefällt er", entgegnete Bronstein leichthin und blickte dabei Marie Caroline dankbar an.

„Sie sind Oberleutnant, Herr von Braunstein?", fragte nun die Hardegg nach.

Noch ehe er Zeit zu antworten fand, ließ sich erneut Rohan vernehmen. „Da können S' uns sicher Aufklärung geben, wie

das jetzt ist am Balkan. Militärisch gesprochen." Wieder grinste
der junge Gimpel schamlos und zwinkerte Segur dabei zu.

„Ich hab euch doch g'sagt, er ist ..."

„Lassen Sie nur, Verehrteste", winkte Bronstein ab, der sich
diebisch freute, am Abend zuvor die Zeitung so ausgiebig studiert zu haben, „die Herrschaften haben ein Recht auf Antwort."

Rohan riss den Kopf hoch. Damit hatte er anscheinend nicht
gerechnet.

„Also", begann Bronstein, „ich sehe das so: Der Türke wird
sich keinesfalls halten. Der Fall von Ioannina und Adrianopel
ist nur eine Frage von wenigen Tagen. Der Serbe wird nach-
setzen und bis Shkodra durchmarschieren. Die Türkengefahr
ist Geschichte, meine Herren, es würde mich nicht wundern,
wenn auch Konstantinopel selbst den Besitzer wechseln würde.
Und das ist auch durchaus im Sinne einer neuen europäischen
Ordnung. Der Osmane gehört nach Asien, nicht nach Europa.
Schon allein aus religiösen und kulturellen Gründen, wenn die
Herren verstehen, was ich meine."

Eigentlich hatte Bronstein gehofft, mit der kühnen Ansage
Sympathiepunkte zu sammeln. Doch die beiden Adeligen schie-
nen wild entschlossen, dem Eindringling in ihre Runde eine
Lektion zu erteilen.

„Sie sind also der Ansicht, der Slawe sollte das Sagen auf dem
Balkan haben?"

„Besser jedenfalls, als regierte dort immer noch der alte Mann
vom Bosporus", gab sich Bronstein überzeugt.

„Keinesfalls, Herr Braunhuber! Der Balkan ist unser histo-
risches Hinterland. Da darf einzig und allein das Wort unseres
geliebten Kaisers gelten."

„Das sagt mein Herr Papa auch immer", meldete sich die
kleine Harrach nun.

„Aber so gesehen ist es doch gut", lenkte Segur ein, „dass sich diese Wilden gegenseitig an die Gurgel gehen. Dann wird uns die Ernte wie von selbst zufallen."

„Aber bis es so weit ist, ruinieren die doch alles", ereiferte sich Rohan. „Diese Serben, die sind doch die reinsten Barbaren. Die massakrieren sich sogar gegenseitig, wenn sie gerade keinen Feind zur Hand haben."

„Ja, schrecklich, nicht?" Offenbar musste die Hardegg jetzt auch etwas beisteuern. „Wie die ihren eigenen König …"

„Und erst die Königin …", ergänzte die Harrach.

„Schrecklich, schrecklich!", pflichtete Marie Caroline den beiden bei. „In tausend Stücke gehackt! Unglaublich."

„Genau", riss Rohan das Gespräch wieder an sich, „und daher muss Österreich da unten endlich für Ordnung sorgen. So wie unsere deutschen Waffenbrüder dem Hottentott zeigen, wo die Kultur zu Hause ist, so müssen wir den Balkanneger Mores lehren. Oder sind Sie da anderer Ansicht, Herr Braunmeier?"

In Bronstein stieg allmählich die Wut hoch. Der Kerl war wirklich zu impertinent. „Starke Worte, Herr von Rohan. Haben Sie schon gedient?"

„Frechheit!", belferte der junge Mann und schickte sich an, sich von seinem Stuhl zu erheben. „Das muss ich mir von einem Juden nicht sagen lassen. Sie haben hier gar nichts verloren, Sie Ostler. Weder an diesem Tisch noch in diesem Land."

„Aber ich muss doch sehr bitten", bemühte sich die Hardegg um Deeskalation. Doch ihre Worte gingen in Rohans Tirade unter.

Bronstein, der eben noch kurz vor der Explosion gestanden war, wurde durch die an den Kopf geworfene Beleidigung plötzlich ganz ruhig. „Die Rohans sind ja auch nicht gerade echte Österreicher, oder täusche ich mich da?"

Rohan blieb der Mund offen.

„Na ja", erklärte Bronstein in Richtung der anderen am Tisch Versammelten, „die haben sich erst vor ein paar Jahrzehnten in Böhmen eingekauft. Die kommen aus der hintersten französischen Provinz, aus der Bretagne. Dort haben sie sich aber von Bauern mit Dreschflegeln und Sensen vertreiben lassen. Aber nicht während einer Revolution, wie man vielleicht glauben möchte. Nein, die waren einfach pleite. Haben alles Vermögen verprasst und mussten sich bei Nacht und Nebel aus Frankreich davonmachen. Und nachdem sie einige Zeit kreuz und quer durch Europa geirrt sind, hat sich unser lieber Kaiser ihrer erbarmt und sie bei uns aufgenommen. Ein Beispiel für österreichische Großzügigkeit Fremden gegenüber." Bronstein lehnte sich zurück und zeigte ein entwaffnendes Lächeln.

„Du … du … Judensau!", brüllte Rohan so laut, dass automatisch die anderen Gäste des Cafés in seine Richtung sahen.

„Josef!", rief Marie Caroline und zog ihn am Ärmel. „Was ist denn bloß in dich gefahren? Dieses Verhalten ist höchst unerfreulich! Jetzt benimm dich gefälligst!"

„Ja, mei, eifersüchtig ist er halt", bemerkte Segur lakonisch.

„So ein Blödsinn", eiferte sich Rohan, „ich lass mich doch von einem Itzig ned beleidigen! Das habe ich, ja, das hat meine ganze Familie nicht notwendig!"

„Ach ja", antwortete Bronstein leise, „ist diese Ausdrucksweise die Kultur, die Sie den Balkannegern, wie Sie sich so formschön auszudrücken beliebten, beibringen wollen? Na dann muss man der Kultur wohl gute Nacht sagen."

„Wenn Sie satisfaktionsfähig wären, dann würde ich Sie auf der Stelle zum Duell fordern", erklärte Rohan schneidend.

„Und wenn du eine ganze Person wärst, dann würd ich dich ernst nehmen. So aber kann ich dir nur raten, dich zu mäßigen. Sonst sag ich deinem Papa, er soll dich übers Knie legen." Den letzten Satz hatte Bronstein mit einem belustigten Schmunzeln von sich gegeben, und selbst Segur konnte sich ein Lächeln nicht verkneifen.

„Jetzt reicht's aber", sagte Marie Caroline ungewöhnlich schrill, „der Herr von Bronstein hat mir gestern das Leben gerettet, und ich erwarte von meinen Freunden, dass sie ihn respektieren und ihm die Freundlichkeit entgegenbringen, die er verdient und die sich im Übrigen auch geziemt. Ende der Debatte! Josef, entschuldige dich gefälligst!"

„Den Teufel werd ich tun", schmollte der, setzte sich aber wieder.

„Josef!" Marie Carolines Stimme wurde gebieterisch. „Entweder du entschuldigst dich jetzt auf der Stelle oder du kannst deine Spielschulden gefälligst selbst begleichen. Haben wir uns verstanden!?"

Rohan wurde puterrot. Anscheinend der wunde Punkt, dachte Bronstein, der sich ohnehin schon gefragt hatte, weshalb eine simple Edle in einer solchen Runde wohlgelitten war. Vermutlich war sie diejenige, welche die Rechnungen beglich. Bei Rohan schien dies definitiv der Fall, denn er maulte etwas Unverständliches, das mit viel gutem Willen als eine Bekundung, er habe es nicht so gemeint, durchgehen mochte. Bronstein deutete ein Nicken an.

Dennoch dehnte sich ein unangenehmes Schweigen um den Tisch aus.

„Marie Caroline hat uns erzählt, Sie sind ein Kommissar", wandte sich nun die Hardegg an ihn.

„Das ist richtig", bestätigte er. Nun, richtig war es zwar nicht im Wortsinne, aber in der Tendenz mochte es angehen.

„Das ist sicher sehr aufregend", steuerte die Harrach bei.

„Nun, ich würde nicht so weit gehen, unsere Arbeit mit jener der Armee zu vergleichen, die ohne Frage weit Größeres leistet, als wir es tun, aber auch wir stehen ganz im Sinne des Kaisers und des Reiches unseren Mann. So wie unsere Armee die Grenzen des Reiches verteidigt, sichern wir das Reich im Inneren."

Das „Pff" Rohans überhörte er.

„Und, haben Sie schon einmal einen Mörder überführt?"

„Oder einem Räuber das Handwerk gelegt?"

„Um ehrlich zu sein, meine Damen, im Augenblick bin ich gerade hinter einem Mann her, auf den beides zutrifft."

Natürlich war das hinsichtlich des Georgiers stark übertrieben, auch was seine eigene Rolle dabei anbelangte, aber es mochte nicht schaden, sein Licht ein wenig unter dem Scheffel hervorzuholen.

„Und der läuft noch frei herum? Wieso das denn?" Rohan konnte sich anscheinend mit seiner Rolle als Zuschauer nicht abfinden.

„Nun ja, um ehrlich zu sein, habe ich ihn gestern bis auf den Bahnhof verfolgt", sagte Bronstein mehr in die Richtung der anderen, „als es zu diesem Attentat kam, das auch für unser verehrtes Fräulein von Ritter nicht ohne Folgen blieb. Darum ist er mir gestern noch einmal entwischt. Aber es ist nur eine Frage von Tagen, bis wir auch ihn dingfest gemacht haben werden." Dann drehte er sich demonstrativ den Frauen zu: „Keine Angst also, die Damen!"

„Und heute haben Sie keinen Dienst?" Die Frage kam von Segur.

„Doch, aber erst am späteren Abend. Bis dahin stehe ich ganz zu Diensten."

„Apropos", Marie Caroline schob ihr Kinn nach vorn, „was machen wir noch mit dem angebrochenen Tag? Fürs Casino ist's entschieden zu früh, und zum Paradieren ist's ganz entschieden zu kalt."

Auf den Gesichtern der anderen zeichnete sich Ratlosigkeit ab. Ihre Kiefer mahlten, während ihre Blicke im Raum umherschwirrten. „Wir könnten in ein Museum gehen", schlug die Harrach vor.

„Uaaah", machte Segur, „willst uns verblöden? Was sollen wir dort bei all dem verstaubten Krempel! Nein, da braucht's schon etwas Aufregenderes. Alles andere wär denn doch zu fad."

„Wieso bleiben wir nicht da?" Die Hardegg sah sich um. „Das ist doch eh ganz lustig da."

„Ja, vor allem wenn sich die zwei Gockel da weiter um das Mariedl balgen", gluckste Segur und erntete dafür sofort böse Blicke von allen anderen, sodass er nur „Tschuldigung schon" maulte. „Na, des is nix! Außerdem wird's bald Zeit zum Soupieren, und das kannst ja wohl kaum da machen."

„Wie wär's mit dem Meissl & Schadn?", warf Bronstein großtuerisch ein. „So ein Tafelspitz, das wär jetzt grad das Richtige." Außer natürlich, dass er sich den niemals würde leisten können.

„Eine superbe Idee! Gratuliere, Bronstein! Das haben S' jetzt aber hervorragend g'macht." Segur zeigte sich rundum begeistert. „Das ist genau unsere Kragenweite, dort g'hören wir hin. Und die Tussi kann sich einstweilen im Lesezimmer bilden, das ist fast so gut wie ein Museum, gelt!"

In der Tat ging es auf elf Uhr zu, und wenn man bis zu besagtem Hotel kaum länger als dreißig Minuten brauchte, so war es durchaus angezeigt, sich rechtzeitig dorthin zu verfügen, um noch einen Tisch zu bekommen, wiewohl sich Bronstein sicher war, dass die Jeunesse dorée dort ohnehin jederzeit willkommen war. Während sich die anderen nach ihrer Überbekleidung umsahen, linste Bronstein unauffällig in sein Portemonnaie und bekam eine Idee: „Meine Herrschaften, da ich von Ihnen so herzlich aufgenommen wurde, geht die Rechnung hier auf mich."

„Vivat!", rief Segur.

Und Bronstein hoffte inständig, im Restaurant würde diese Idee jemand anderer haben. Er stand auf und begab sich zum Zahlkellner. Der nannte ihm gelangweilt eine obszön hohe Summe. Was hatten die zu sich genommen, bevor er gekommen war? Weinbergschnecken und Château Lafite? Unsinn, dann hätten sie ja gleich zu Hause bleiben können, denn Letzterer gehörte ja den Segurs, wie sich Bronstein undeutlich erinnerte. Er seufzte und gab dem Ober die gewünschte Summe plus Trinkgeld. Na bitte, dachte er sich, jetzt besaß er noch eine Krone und 33 Heller. Damit würde er bei Meissl & Schadn im günstigsten Fall Feuer bekommen. Instinktiv räusperte er sich. Dann ging er zurück und holte seinen Borsalino, um schließlich gleich den anderen dem Ausgang zuzustreben.

Eisige Luft schlug ihnen entgegen, als sie auf die Straße traten, und Bronstein fürchtete bereits den kommenden Nachtdienst. Er musste sich unbedingt irgendwo eine Thermosflasche mit Tee organisieren, sonst würde er die Nacht nicht überstehen. Die Damen diskutierten, ob man eine Mietdroschke suchen sollte, doch Segur trat dafür ein, den Weg zu Fuß zu machen, da dadurch ein ansprechender Appetit gezüchtet werden würde. Nach einigem Zögern stimmten ihm die anderen zu. Vorbei an der Stifts- und der Barnabitenkirche, erreichten sie nach etwa zwanzig Minuten den Ring, auf dem hektische Betriebsamkeit herrschte. Autos hupten wie wild, um die Fuhrwerke beiseite zu drängen, Zeitungsjungen priesen lautstark ihre Ware an, und Fußgänger sahen hektisch um sich, um nicht von einem schnelleren Verkehrsteilnehmer niedergestoßen zu werden.

„Wie gehen wir jetzt am g'scheitesten?", fragte die Harrach.

„Ich kenn eine Abkürzung", gab Bronstein von sich. Er führte die Gruppe durch den Burggarten, hob an einer Nebenpforte des Burgkomplexes seine Kokarde und winkte damit die Gruppe durch. Sie passierten einige Gänge im Dienstbotentrakt und standen mit einem Mal auf dem Josefsplatz. „Jetzt noch vor zum Lobkowitz, und schon sind wir da", erklärte er mit einem triumphierenden Lächeln.

„Na, das haben wir doch gut gemacht", ätzte Rohan und trat auf ihn zu. Er schien ihm die Hand zu reichen, die Bronstein, überrascht von dieser neuerlichen Attacke, ergriff. Als ihn Rohan wieder losließ, spürte Bronstein einen Fremdkörper in seiner Hand. Er öffnete sie und sah ein Stück Papier, das sich bei näherer Betrachtung als ein Zweikronenschein entpuppte. Unwillkürlich musste er grinsen. Rohan hatte, freilich ohne es zu wissen, Bronsteins Barschaft mehr als verdoppelt.

Bronstein ließ seinen Blick auf dem Schein ruhen. Schon als kleinen Jungen hatte ihn, als die Kronenwährung vor über zwanzig Jahren eingeführt worden war, der Satz „Die Oesterreichisch-ungarische Bank zahlt gegen diese Banknote bei ihren Hauptanstalten in Wien und Budapest sofort auf Verlangen x Kronen in gesetzlichem Metallgelde" ungemein fasziniert. Ebenso konnte er sich noch gut daran erinnern, wie er, kaum zehn Jahre alt, versucht hatte, die unterschiedlichen Sprachen zuzuordnen, in denen dieser Satz auf der Banknote abgedruckt war. Und jedes Mal, wenn er diesen Versuch unternahm, war es ihm ein neues Rätsel, das sich da vor ihm auftat. So auch jetzt: Tschechisch, Polnisch, Slowenisch, Ruthenisch. Dessen war er sich sicher. Aber was kam dann? Serbokroatisch? Die letzten beiden, auch da gab es keinen Zweifel, waren Italienisch und Rumänisch. Aber was war die achte Sprache? Wenn er nur in Staatsbürgerkunde besser aufgepasst hätte, dann wüsste er das jetzt. Aber seine Begleiter zu fragen kam auch nicht in Frage, denn dann wäre er tatsächlich der Blamierte, und Rohan hätte am Ende doch seinen Willen bekommen.

Bronstein wandte seinen Blick vom Geldschein ab und sah sich erstaunt um. Die Gruppe um Marie Caroline war einfach weitergegangen und befand sich schon beinahe bei der Albertina. Sie wechselten eben die Straßenseite und schickten sich an, in der Seitengasse zu verschwinden. Bronstein hetzte ihnen nach, überquerte die Augustinerstraße und wäre beinahe in einen Fiaker gelaufen. „Öha, Hirnschüssler!", rief der Kutscher empört. „Pass doch auf, wost hinrennst!" Bronstein achtete nicht auf den Mann, sondern bemühte sich, wieder Anschluss an die Gruppe zu finden. An der nächsten Quergasse blickte er nach rechts und sah sie auf den Donnerbrunnen zuhalten. Ein paar schnelle Schritte noch, und er hatte sie endlich eingeholt.

„Da sind S' ja wieder, Herr von Bronstein", lächelte ihn Marie Caroline an, „wo waren S' denn?"

„Polizeiroutine", gab er knapp zurück.

Segur und Rohan betraten das Hotel von der Seite des Neuen Marktes her, wo ihnen ein livrierter Diener mit tiefer Verbeugung die Tür aufhielt. Ohne Umschweife hielten sie auf den Restauranttrakt zu, wo sie von einem weiteren Bediensteten in Empfang genommen wurden. Auch dieser übte sich in der Kunst der Verbeugung: „Der Herr Prinz und der Herr Graf geben uns wieder einmal die Ehre. Welch eine Freude für unser Haus! Den üblichen Tisch, die Herrschaften?"

„Wir sind zu sechst", begann Rohan.

„Zu siebent", besserte ihn Segur aus.

„Zu siebent also", knurrte Rohan. „Geht sich das aus?"

„Wir werden selbstverständlich einen Tisch hinzufügen. Wenn Sie sich einen kleinen Moment gedulden wollen? Vielleicht legen die Herrschaften in der Zwischenzeit ab." Ein Pikkolo begleitete sie zur Garderobe, wo ein junges, aber unscheinbares Mädchen die Mäntel in Empfang nahm. Bronstein gab seinen Borsalino ab und kam dabei direkt neben Rohan zu stehen. Er zog den Zweikronenschein aus seiner Tasche und reichte ihn der Garderobenfrau. „Für Ihre Mühewaltung", sagte er und wusste, dass er eben ein obszön hohes Trinkgeld für eine solche Dienstleistung gegeben hatte. Er drehte den Kopf seitwärts und wartete auf Rohans Reaktion. „Das ist von uns allen", erklärte der und schickte Bronstein einen wütenden Blick. Der aber grinste nur.

In der Zwischenzeit war der Tisch hergerichtet worden. Segur nahm neben der Harrach, Rohan an der Seite der Hardegg Platz, neben die sich auch die Clary-Aldringen setzte, sodass für Marie Caroline und Bronstein die beiden Kopfseiten des Tisches blieben. Wenigstens hatten sie, so sagte sich Bronstein, Blickkontakt. Als es an die Bestellung ging, hielt er an seinem Tafelspitz fest, einer Order, der sich Marie Caroline anschloss. Die anderen wählten in Rindsuppe gekochtes Ochsenbeinfleisch, wobei sie aber in der Auswahl der Beilagen voneinander abwichen. Dazu verlangte man nach leichtem Landwein. Bronstein wusste, er hatte nicht die geringste Chance, für diese Konsumation die nötige Summe aufzutreiben, und umso mehr hoffte er, die Sache würde sich gütlich regeln.

Die Tischgespräche begannen ihn bald zu langweilen. Nun zeigte sich, was junge Adelige wirklich beschäftigte, und das war völlig außerhalb seiner Welt. Er ließ sich einfach die Gerichte schmecken, genoss jeden einzelnen Bissen und schickte immer wieder einmal einen aufmunternden Blick in Richtung Marie Caroline, die diesen stets mit einem leichten Lächeln beantwortete.

Gute zwei Stunden später ließ sich die Runde das Mehlspeisenbuffet zeigen, für welches das „Meissl & Schadn" mindestens ebenso berühmt war wie für seine Rindergerichte. Bronstein entschied sich für eine Schwarzwälder Kirsch, dazu nahm er wie alle anderen Kaffee. Und als Segur und Rohan nach einer Zigarre verlangten, schloss er sich diesem Wunsch an. In 150 Minuten hatte er beinahe ein ganzes Monatsgehalt verprasst, und so war er wohl der Einzige am Tisch, dem es entschieden zu heiß war. Gern hätte er seine Weste abgelegt, doch wusste er nur zu genau, dass dies als höchst unhöflich galt und ihn als einen wahren Rüpel kenntlich gemacht hätte. Also schwitzte er still weiter und hoffte dabei, dass dieser Umstand den anderen nicht auffiel.

Als die Zigarre endgültig zu Asche geworden war, holte Bronstein verstohlen seine Uhr hervor und entnahm der Stellung der Zeiger, dass es bereits 15 Uhr war. In einer Stunde musste er wieder auf dem Kommissariat sein. Die peinliche Frage nach der Begleichung der Rechnung ließ sich kaum noch länger aufschieben. Er nützte eine kurze Gesprächspause und meldete sich zu Wort.

„Sehr geehrte Damen, meine Herren, meine dienstlichen Obliegenheiten dulden nun keinen Aufschub mehr, und sosehr ich es auch bedaure, so muss ich dieser erlesenen Gesellschaft doch Lebewohl sagen. Lassen Sie mich Ihnen versichern, dass ich Ihre Bekanntschaft in höchstem Ausmaß genossen habe, und so möchte ich mich mit dem Wunsch verabschieden, dass dieses Zusammensein nicht das letzte gewesen sein möge. Ich wünsche Ihnen allen noch einen vergnüglichen Tag und darf mich empfehlen."

Er deutete eine Verbeugung an und signalisierte dann dem Kellner, dass er zahlen wolle.

„Lassen Sie nur, Bronstein, Sie sind selbstverständlich mein Gast. Das sind wir Ihnen in jeder Hinsicht schuldig", erklärte Segur. Bronstein fiel ein Stein vom Herzen. Seine Knie hatten bereits gezittert, und er war einer Ohnmacht nahe gewesen, doch nun konnte er doch den Gentleman spielen und sich mit einer abermaligen Verbeugung für diese Geste bedanken. Er küsste sodann den drei Damen die Hand, reichte selbige den Herren und wandte sich dann an Marie Caroline.

„Warten Sie, Herr von Bronstein, ich geleite Sie nach draußen." Na, das war doch mehr, als er hatte erwarten dürfen.

Marie Caroline stand auf, Segur und Rohan taten es ihr gleich. „Bin gleich wieder da, ihr Lieben", sagte sie leichthin und bot dann Bronstein ihren Arm dar. An der Garderobe angekommen, sah sie ihm tief in die Augen.

„Ich danke Ihnen noch einmal von ganzem Herzen für Ihre Ritterlichkeit. Und auch dafür, dass Sie dem dummen Josef seine Blödheiten nachgesehen haben. Der arme Kerl ist, glaube ich, tatsächlich ein wenig in mich verschossen, aber da beißt er auf Granit." Ihr Blick wurde noch intensiver, sodass er eigentlich bereits die Grenze des Erlaubten überschritt. So durften sich in der Öffentlichkeit nicht einmal Ehepaare ansehen, und Bronstein spürte, wie seine Nervosität zunahm.

„Ich danke Ihnen für diesen wunderschönen Tag", nuschelte er. „Und es wäre mir eine Ehre, wenn ein Wiedersehen beizeiten gewünscht würde."

„Das wird in jedem Fall erwünscht sein", hauchte Marie Caroline, „schon sehr bald, würde ich sagen. Dann aber vielleicht ohne Anhang." Dabei blinzelte sie. „Vielleicht", nun zog sie ein Schnoferl und blickte scheinbar naiv zu Boden, „führt mich der Herr ja einmal ins Kabarett aus. Am Freitagabend vielleicht."

Bronstein stellte fest, wie gut Marie Caroline sich auf das Kokette verstand. Eben hatte sie noch ihre Augen auf das Parkett gerichtet gehabt, nun wanderten diese nach oben und ließen sie als ein kleines Kind erscheinen, das den guten Onkel um ein Bonbon angeht. Bronstein spürte einen Kloß im Hals, räusperte sich umständlich und krächzte dann: „Ich werde mir erlauben, Sie am Freitag von zu Hause abzuholen. Wäre acht Uhr genehm?"

„Acht Uhr passt perfekt."

Sie hielt ihm ihre rechte Hand entgegen, zum Zeichen, dass sie nun die Unterhaltung als beendet betrachtete. Er küsste sie, verbeugte sich nochmals und nahm dann seinen Borsalino in

Empfang. Möglichst würdevoll schritt er nach draußen, wo er sofort nach rechts abbog. Als er sich außer Sichtweise wusste, sackte er in sich zusammen. Darauf brauchte er dringend einen Schnaps. Einen möglichst hochprozentigen!

Als er vor dem Wohnhaus Stalins eintraf, stand ein Kollege dort, der gelangweilt einen Zigarettenstummel auf das Trottoir warf. „Bronstein, was machst denn du da?", entfuhr es ihm.

„Na Schicht hab ich", entgegnete der.

„Hat dir der Chef nichts g'sagt?" Ungläubig musterte der Beamte sein Gegenüber.

„Was gesagt?" Bronstein schwante Übles.

„Du bist von dem Fall da abgezogen. Das heißt auch von diesem Fall. Von allen Fällen eigentlich."

„Was soll das heißen?" Bronstein begann unwillkürlich schneller zu atmen.

„Was soll ich dir sagen, Bronstein. Dass du heute den ganzen Tag nicht im Büro warst, das hat deinen Stellenwert beim Chef nicht gerade gesteigert. Getobt hat er wie das Rumpelstilzchen. Ein Disziplinarverfahren will er dir anhängen. An deiner Stell' tät ich mich warm anziehen", fügte der Kollege hinzu.

„Aber wieso das denn? Er hat ja gewusst, dass ich ab 16 Uhr wieder da Dienst schieb, da ist es doch keine Affäre, wenn man zwischendurch einmal anderswo ist. Das machen doch alle so."

Bronsteins Kollege brachte seinen Kopf ganz nahe an den des Oberkommissärs: „Du hast zwei große Fehler g'macht, Bronstein. Erstens wollte er den Bericht von gestern sofort haben, und zweitens hat er deine Absenz natürlich dahingehend gedeutet, dass du schon wieder eigenmächtig in dieser Offizierssache da ermittelst, obwohl er dir das expressis verbis verboten hat."

„Aber ich war gar nicht …"

„Das ist wurscht, Bronstein! Er hat es jedenfalls angenommen, und das ist das Einzige, was in diesem Fall zählt. Dir muss schon eine gute Ausrede einfallen, wenn du nicht willst, dass sie dich nach Stein versetzen, wo du als Schließer wie die dortigen Verbrecher im Kotter verrottest."

Bronstein erstarrte. Von der mitfühlenden Miene seines Visavis konnte er sich nichts kaufen. Anscheinend ging es jetzt wirklich um Kopf und Kragen.

„Gibt es noch etwas, das ich wissen sollte?"

„Ja", meinte der so Angesprochene, „du sollst dich morgen um zehn Uhr am Deutschmeisterplatz einfinden. Dort wird man dir sagen, wie deine Zukunft bei der Polizei aussieht. ... Das heißt, falls es für dich noch eine Zukunft bei der Polizei gibt."

„Na servus." Wie erschlagen taumelte Bronstein ein paar Schritte rückwärts. Ratlos stand er noch einen Augenblick auf dem Gehsteig, dann nickte er dem Kollegen traurig zu und machte allmählich kehrt. Mit der Stadtbahn fuhr er auf den Margaretengürtel, wo er die Tramway nahm, die ihn Richtung Hernals brachte. Und sosehr er sich auch wünschte, einfach an gar nichts zu denken, zermarterte er sich das Gehirn auf der verzweifelten Suche nach einem Ausweg aus dieser seiner verfahrenen Situation.

Wie hatte es überhaupt so weit kommen können? All die Jahre war er davon ausgegangen, dass sein Vorgesetzter ihn im Prinzip schätzte, allen gelegentlichen Disputen zum Trotz. Und eigentlich hatte er sich weit mehr darüber gewundert, warum sein Aufstieg ausblieb, als dass er sich um seinen Weiterverbleib beim „Verein" gesorgt hätte. Und das sollte nun von heute auf morgen anders werden? Obwohl er sich praktisch nichts zuschulden hatte kommen lassen? Bronstein musste sich eingestehen, er verstand die Welt nicht mehr.

Anstatt noch ein zweites Mal umzusteigen, beschloss er, ungeachtet aller Kälte, den Weg vom Gürtel nach Dornbach zu Fuß zurückzulegen. Ruhe, so wusste er, würde er ohnehin keine finden, und ein derartiger Marsch sorgte mit etwas Glück für ein wenig Müdigkeit, sodass er nicht die ganze Nacht damit zubringen musste, über sich und sein Schicksal nachzusinnen. Eine Disziplinarkommission! Er war ja nicht einmal abgemahnt worden! Oder doch? Wertete der Postenkommandant seine Wutausbrüche als offiziellen Tadel Bronsteins? Wenn dem so war, dann sah es freilich wirklich übel für ihn aus. Um zehn Uhr am Deutschmeisterplatz! Bronstein zog seine Taschenuhr hervor. Erst in 16 Stunden würde er Klarheit über seine Zukunft haben. Eigentlich, so fand er, schrie das nach einem Besäufnis.

Retten konnte ihn nur entsprechende Ablenkung. Am Elterleinplatz bog er nach links ein, wo ein Altwiener Gasthaus hervorragende Hausmannskost versprach. Bronstein betrat die Wirtschaft, setzte sich an einen freien Tisch und bestellte einen Schweinsbraten mit Kraut und Knödel, dazu orderte er ein Krügel Ottakringer. Zwar stand das Bier vor ihm auf dem Tisch, kaum, dass er sich eine Zigarette angezündet hatte, doch das Essen würde, so ließ die Kellnerin verlauten, zwanzig Minuten auf sich warten lassen, da es ja frisch zubereitet würde, wie sie eilig hinzufügte.

Bronstein verspürte keine Lust, einstweilen in Grübelei zu versinken, und so sah er sich nach Lesematerial um. Auf der Schank fand er die Ausgabe der „Neuen Zeitung" vom Tage und begann, wieder an seinem Tisch sitzend, gelangweilt darin herumzublättern. Doch schon auf Seite 3 wurde seine Neugier geweckt, und erstmals seit Stunden dachte er tatsächlich nicht mehr an seine ungewisse Zukunft.

„Abgeordneter Schuhmeier erschossen", lautete die Überschrift, die ihn fesselte. Wie Bronstein schon vermutet hatte, war Schuhmeier als Redner bei einer Parteiversammlung in Stockerau aufgetreten. Der Mörder war laut Zeitung als der 43-jährige Paul Kunschak identifiziert worden, der Bruder eines christlichsozialen Mandatars. Das freilich, dachte Bronstein, während er einen tiefen Schluck aus seinem Bierglas nahm, verlieh dem Fall zusätzliche Brisanz. Das Blatt wusste weiter zu berichten, dass der Täter gegenüber dem ihn einvernehmenden Oberkommissär Doktor Czech voll geständig gewesen sei.

Diesen Satz hätte er nun besser nicht gelesen! Bronstein musste wieder an die bevorstehende Disziplinarkommission denken und war heilfroh, dass just in diesem Augenblick sein Schweinsbraten serviert wurde. Eilig griff er nach Messer und Gabel, und erst als die Hälfte der Portion in seinem Schlund verschwunden war, wandte er sich wieder der Zeitung zu. Der Artikel über das tragische Ende der Südpolexpedition Captain Scotts weckte sein Interesse. Dieser hatte, wie er sich vage erinnerte, den Wettlauf zum Pol gegen seinen norwegischen Kontrahenten Roald Amundsen verloren und war offenbar, wie die Zeitung wusste, auf dem Rückweg von seiner Niederlage mitsamt seiner Mannschaft erfroren. Illustriert war die Reportage mit Auszügen aus Scotts Tagebuch, die Bronstein unwillkürlich frösteln ließen. Aber das schien auch die richtige Einstimmung für die kommenden Stunden zu sein, die wohl alles andere denn warm und behaglich zu werden versprachen.

Er zahlte und verließ das Gasthaus, um im Anschluss die Hernalser Hauptstraße weiter mutig stadtauswärts zu schreiten. Nach einer kleinen Ewigkeit erreichte er endlich deren Ende, sodass er sein Wohnhaus allmählich in den Blick bekam. Bronstein kramte in seinen Taschen und förderte den Schlüssel zutage. Nach dem Öffnen des Haustors marschierte er die Stufen hinauf, um ein weiteres Mal ein Schloss zu entsperren. Seufzend begann er, den Ofen mit Holz zu füllen, um ein wenig Wärme in seine Behausung zu bringen. Während er darauf wartete, dass das Feuer im Herd seine Wirkung entfaltete, holte er aus der Kredenz eine Flasche Obstler hervor. Er stellte Tee zu und schüttete in das Aufgussgetränk schließlich ein nennenswertes Quantum der hochprozentigen Substanz. Mit dieser Kombination bewaffnet kroch er sodann ins Bett, wo er die Flüssigkeit in kleinen Schlucken zu sich nahm. Endlich wurde ihm innen und außen warm. Unter diesen Umständen würde er, leicht beduselt wie er war, leidlich gut schlafen, dachte er noch, ehe ihn Gott Hypnos umfing.

IV.
Donnerstag, 13. Februar 1913

Mit schwerem Kopf erwachte er. Die Uhr zeigte kurz nach sieben. Er hatte also genügend Zeit, um sich seinen Richtern in ansprechender Aufmachung zu stellen. Während er darauf wartete, dass die Kaffeemaschine ihren Dienst verrichtete, setzte er sich an seinen Küchentisch und zündete sich die erste Zigarette des Tages an. Als er diese, nachdem er den Rauch des ersten Zuges ausgeblasen hatte, wieder zum Mund führte, registrierte er, dass seine Hand zitterte. Fürchtete er wirklich eine Entlassung aus dem Polizeidienst?

Er versuchte sich zu beruhigen. Sie konnten ihm nicht wirklich etwas anhängen. Nichts, was ein Ende seiner Laufbahn bei der Exekutive rechtfertigen konnte. Viel wahrscheinlicher war eine Versetzung, und selbst die würde nur aus dem einen Grund erfolgen, dass sein Vorgesetzter mit ihm nicht mehr konnte und wollte. Natürlich bedeutete dies, dass er es sich nicht verbessern würde. Kommissariate wie Stammersdorf oder Essling waren mithin wirklich eine realistische Perspektive. Aber vielleicht war das gar nicht einmal so schlecht. Dort würde man nicht allzu viel zu tun haben, und so konnte man die Zeit vielleicht sinnvoller nutzen als bloß mit dem Sitzen in unbequemen Amtsstuben. Doch bevor er sich mit solchen Gedanken verrückt machte, sollte er sich besser auf andere Fragen konzentrieren, dachte er endlich, während er sich den frischen Kaffee in eine Tasse goss.

Wenn er schon über die Eigenmächtigkeit, in einem Fall zu ermitteln, der nicht der seine war, stolperte, dann war es nur würdig und recht, wenn er ihn bis zum letzten Augenblick weiterverfolgte, sagte er sich plötzlich. Er sollte sich diesen Zeno von Baumgarten vorknöpfen, denn der schien offenbar der Dreh- und Angelpunkt der ganzen Affäre zu sein. Und Klarheit in die Sache zu bringen, das war er nicht nur sich selbst, sondern auch dem toten Mészáros schuldig. Der Mann war entschieden zu zielstrebig gewesen, um sich selbst ins Jenseits zu befördern, davon war Bronstein überzeugt, auch wenn sonst offenbar jeder von einem Selbstmord ausging.

Aber wo und wie sollte er Baumgarten finden? Er konnte unmöglich noch einmal zum Meldeamt gehen, denn dieses war ja eben Ursprung seines Verhängnisses gewesen. Bronstein blickte auf die Uhr. Es war wenige Minuten vor acht Uhr. Am besten, er fuhr zur Stiftskaserne. Mit etwas Glück war Baumgarten an diesem Tag diensthabender Offizier. Und wenn nicht, dann würde man dort erfragen können, wo man den Mann am besten antraf.

Entschlossen dämpfte Bronstein die Zigarette aus, die er sich zum Kaffee noch gegönnt hatte. Wenn er schon seiner Polizeikarriere Adieu sagen musste, dann wenigstens mit einer letzten selbstständig gesetzten Tat.

Eine halbe Stunde später befand er sich erneut vor dem Stehposten an der Einfahrt zur Stiftskaserne. Abermals erklärte er, er wünsche den diensthabenden Offizier zu sprechen. Ein blasser Blondschopf trat ihm nach einer kleinen Weile entgegen. Bronstein hielt seine Kokarde hoch. „Mit wem habe ich das Vergnügen?"

„Oberleutnant Zeno von Baumgarten."

Na bitte, manchmal hatte man eben auch Glück. Bronstein entwich ein kleines Lächeln.

„So ein Glück! Herr Oberleutnant, genau Sie wollte ich sprechen. Es geht um das Hinscheiden von Oberleutnant Mészáros. Sie haben sicher davon gehört."

„Ja, sicher. Selbstmord. Der Ärmste. Eine verlorene Seele mehr. … Aber wieso kümmert sich da die Polizei darum?"

„Wissen Sie, Herr Oberleutnant, für uns ist noch nicht zweifelsfrei geklärt, dass es sich tatsächlich um Selbstmord handelt. Deshalb müssen wir eben noch ein paar Ermittlungen durchführen. Sie kannten den Verstorbenen näher, wie ich gehört habe?"

Baumgarten zuckte mit den Schultern. „Was heißt schon näher, gelt?! Er war in letzter Zeit sehr anhänglich, der Lajos. Ich glaub fast, der hat sich eine Art Avancement erhofft, wenn er sich in meiner Nähe aufhält. Das war natürlich nur eine Spintisiererei von ihm, falls er das wirklich geglaubt hat. Weil reüssieren musst schon selber, ned wahr, das nimmt dir keiner ab. In der Armee schon gar ned."

Baumgarten wirkte reichlich abwesend und richtete nebenher wie selbstverständlich seine Uniformhandschuhe. Dann sah er Bronstein direkt an: „Also ich kann da gar nichts dazu sagen, zu der ganzen Angelegenheit, gelt?! Ich hab den Mann ja praktisch nicht gekannt. Wenn Sie etwas über den wissen wollen, dann müssen Sie sich schon an den Binder oder den Hevesi halten. Die sind ja andauernd mit dem Mészáros zusammeng'steckt."

„Merkwürdig, Herr Oberleuntnant, denn genau die beiden Herren haben mich zu Ihnen geschickt."

„Zu mir? Weshalb denn das, um Gottes Willen?"

„Ich hoffte, das könnten Sie mir sagen."

„Na hören Sie einmal! Was glauben Sie denn, mit wem Sie es zu tun haben, lieber Herr. Ich verkehre nicht in solchen Kreisen. Ich kann Ihnen also in keinster Weise behilflich sein."

Bronstein sah den Oberleutnant lange schweigend an. Dieser versuchte zunächst, dem Blick standzuhalten, dann bröckelte die Fassade allmählich, und Baumgarten wurde unruhig.

„Ja, gut, ich habe gerade in letzter Zeit mehrmals den einen oder anderen Abend mit Mészáros verbracht. Aber wenn Sie nun glauben, deshalb wüsste ich etwas über den Mann, dann muss ich Sie leider enttäuschen. Nichts hat der g'sagt. Gar nichts. Ist einfach nur dagesessen, hat sein Achtel Wein getrunken und einen angeschaut. So einfach war das."

„Und warum, wenn man fragen darf, sind Sie dann ausgerechnet mit so jemandem am Abend fortgegangen?"

„Ganz einfach. Aus zwei simplen Gründen: Erstens wollt ich abends meine Ruh haben. Und zweitens hat er gezahlt. Immer."

„Sie wollen mir jetzt aber nicht sagen, Sie waren von den … Zuwendungen des Herrn Mészáros abhängig?"

„Na ja, was heißt schon abhängig. Mein alter Herr … er hält mich bezüglich des Taschengelds ein wenig an der kurzen Leine, verstehen Sie? Er spart überhaupt nicht an der Ausstattung, da kann ihm nichts teuer genug sein. Aber andererseits vertritt er offenbar die Ansicht, dass ein Offizier einfach nur seinen Dienst tun soll und sich sonst in der Kaserne aufzuhalten hat. Dass man als Offizier Seiner Majestät des Kaisers auch ein wenig repräsentieren muss, das hat sich leider noch nicht bis zu ihm durchgesprochen. Und, na ja, so war das Angebot vom Mészáros dann doch nicht so unattraktiv, wenn Sie wissen, was ich meine."

Bronstein blieb abwartend. Der Oberleutnant versuchte es mit ein wenig Kumpanei. Er beugte sich zu Bronstein hinüber und stupste ihn kaum merklich mit dem Ellenbogen an: „Sie sind doch auch ein Mann im besten Alter! Da muss man doch auch Eindruck schinden, nicht wahr?! Und das kostet eben Geld. Das wenige, das ich besitze, das muss ich mir gut einteilen, damit es richtig eingesetzt werden kann. Und so achte ich darauf, dass ich mir das tägliche Quantum Alkohol halt auf andere Weise finanziere."

Bronstein machte eine kleine Pause: „Das heißt, Sie wollen mir erklären, der Mészáros war einfach ein guter Latsch, der den täglichen Rausch finanziert hat?"

„Meine Güte, so wie Sie das sagen, klingt das ja schon fast nach etwas Widernatürlichem. Aber ja, wenn Sie es so drastisch formulieren wollen: Wenn er gezahlt hat, dann bin ich halt mitgegangen. Besser ein Glaserl oder zwei in seiner Gesellschaft als auf dem Trockenen sitzen."

„Aha, und wann haben Sie ihn zum letzten Mal gesehen?"

„Was weiß denn ich? Irgendwann vorige Woche, nehme ich einmal an."

„Und am Wochenende waren Sie wo?"

„Pfuh, da müsste ich jetzt scharf nachdenken. Am Samstag hab ich Journaldienst g'habt, das heißt, ich war da in der Kaserne. Und am Sonntag war ich ..."

Baumgarten erstarrte mitten im Satz: „Sagen Sie einmal, fragen Sie mich da wirklich nach einem Alibi? Ja, was erlauben Sie sich? Sie! Ich werde mich höheren Orts über Sie beschweren. Das ist ja impertinent. Diese Unterhaltung ist beendet!"

Ohne noch auf irgendeine Reaktion Bronsteins zu warten, machte Baumgarten auf den Stiefelabsätzen kehrt und ging in die Kaserne zurück.

Na fein, dachte Bronstein, das passt perfekt. Das Tüpfelchen auf dem i für seine Disziplinarkommission ... Er schlug sich mit der flachen Hand auf die Stirn, dann zog er blitzschnell seine Uhr aus der Weste hervor. Zwanzig Minuten vor zehn Uhr. Mit etwas Glück schaffte er es noch rechtzeitig bis zum Deutschmeisterplatz. Im Laufschritt hastete er die Mariahilfer Straße hinunter, um, an deren Ende angekommen, keuchend in einen Ringwagen einzusteigen. Ihm fehlte sogar die Kraft für eine Zigarette, und so saß er einfach nur da, bis der Schaffner seine Station ausrief. Bronstein überquerte den Platz hin zum Polizeigebäude und fragte den Portier, wohin er sich wenden müsse.

„Zimmer 105 im ersten Stock. Aber tummeln S' Ihnen, Sie sind spät dran."

Bronstein verkniff sich den Kommentar, das wisse er selbst, und hechtete die Stufen hinauf. Als er an die Tür zum zugewiesenen Raum klopfte, zeigte die Ganguhr Schlag zehn.

„Ah, der Herr Oberkommissär Bronstein", empfing ihn ein älterer Polizist, der ihm namentlich nicht bekannt war, mit einem freudigen Lächeln. „Schön, dass Sie es einrichten konnten!"

Schön, dass Sie es einrichten konnten? Der Mann hatte einen eigenartigen Humor. Ob er Ludwig XVI. auf der Guillotine auch so willkommen geheißen hätte?

„Nun ja, Herr Hofrat, man sagte mir, ich solle mich hier einfinden", begann Bronstein vorsichtig.

„Ja, das ist ganz richtig", meldete sich ein zweiter, etwas jüngerer Mann zu Wort, der neben dem alten Herrn saß, „aber nehmen Sie doch erst einmal Platz. Bitte schön, Herr Oberkommissär."

Das war doch wirklich typisch für Österreich. Da achtete man selbst bei Hinrichtungen auf die Etikette. Mochte man einen Mann auch ins Verderben stürzen, so hatte dieser Vorgang doch höflich und zuvorkommend zu geschehen. Beinahe hätte Bronstein hysterisch aufgelacht. Aber bitte, wenn diese Scharade zu seiner Verdammung dazugehörte, dann sollte es halt so sein. Bronstein richtete seine Adjustierung und setzte sich auf den zugewiesenen Sessel, der sich genau gegenüber der Kommission befand, die neben den beiden Herren noch aus einer dritten Person bestand, die bislang geschwiegen hatte. Just diese öffnete nun einen Aktendeckel und blätterte scheinbar oberflächlich in den darin enthaltenen Papieren.

„Herr Oberkommissär …, Sie tun derzeit Dienst … im Kommissariat Rudolfsheim. Ist das richtig?"

Bronstein nickte.

„Sind Sie zufrieden dort?"

Wie sollte er reagieren? Er hielt es für am sichersten, erneut zu nicken. Der Mann ging darauf jedoch nicht ein. Er blätterte weiter in seinen Unterlagen.

„Was, Herr Oberkommissär, hielten Sie von einer beruflichen Veränderung?"

Also doch! Man versetzte ihn ins Niemandsland. Doch immerhin tat man es taktvoll. Man hätte ihn ja auch anbrüllen oder abkanzeln, sogar einschlägige Drohungen aussprechen können, doch stattdessen bemühte man sich um den Eindruck, er selbst komme um diese Versetzung ein. Das half immerhin, das Gesicht zu wahren, konstatierte Bronstein.

„Und wie sieht sie aus?", fragte er gottergeben.

Nun war sein Gegenüber irritiert. „Wie sieht wer aus?"

„Na die berufliche Veränderung, von der Sie sprechen."

„Ach so, ja, das wird Ihnen der Herr Hofrat mitteilen", sagte der Mann nur und verfiel wieder in das zuvor geübte Schweigen. Bronstein richtete seinen Blick nun wieder auf den Alten aus, und die beiden anderen Anwesenden taten es ihm gleich.

„Herr Oberkommissär, ich denke", begann dieser, „ich habe vielleicht gute Neuigkeiten für Sie." Dann machte er eine dramatische Pause, die Bronstein beinahe veranlasste, laut loszuschreien.

„Ich hab gehört", griff der Hofrat den Gesprächsfaden wieder auf, „Sie haben sich zuletzt besonders an einer Geschichte rund um einen Oberleutnant aus dem Generalstab interessiert gezeigt. Wie es heißt, glauben Sie nicht, dass der Mann Selbstmord begangen hat. Ist das korrekt?"

„Nun …, ja, es stimmt."

„Das heißt, Sie gehen davon aus, dass es sich bei dieser Angelegenheit um Mord handelt?"

„Äh, na ja, … nun … ja, davon gehe ich aus."

„Dann ist das also Ihrer Meinung nach ein Fall für die Abteilung Leib und Leben. Sehe ich das richtig?"

Bronstein bestätigte diesen Satz durch die einschlägige Bewegung seines Kopfes.

„Na, was halten Sie dann davon, dass wir diesen Fall tatsächlich besagter Abteilung zuweisen?"

„Das würde ich empfehlen, wenn man mich früge", entgegnete Bronstein.

„Gut. Sehr gut. Dann soll das so sein. Und ich weiß auch schon, wem wir denn Fall dort anvertrauen." Auf den Lippen des Hofrats zeigte sich der Anflug eines Lächelns.

„Dem Oberkommissär Bronstein", fuhr er endlich fort.

„Na", ergänzte nun der dritte Mann in der Kommission, sich somit wieder in die Unterhaltung einbringend, „was halten Sie davon. Wir versetzen Sie zum Mord. Tät Sie das interessieren?"

„Aber wie auch noch!" Bronstein traute seinen Ohren nicht. Er war in der festen Überzeugung erschienen, man würde ihm den Kopf abreißen, und stattdessen deutete alles darauf hin, dass er de facto befördert wurde. Er konnte das Ganze noch nicht glauben, rechnete immer noch mit einem finalen Schlag, während er sich schon in Sicherheit wähnte. „Ich meine, es wäre mir eine große Ehre", erklärte er schließlich, „wenngleich ich mir nicht sicher bin, womit ich sie verdiene."

„Papperlapapp. Sie sind ein guter Mann, Bronstein. Solche können wir bei Leib und Leben gut brauchen. Sie sind viel zu schade für die Pflasterhirschen. … So, da haben S' Ihre Bestallungsurkunde, ist alles schon unterfertigt. Mit der melden Sie sich gleich einmal beim zuständigen Leiter des Agenteninstituts. Der weiht Sie dann in alles Weitere ein. Herr Oberkommissär, das wär so weit alles. Schönen Tag noch."

Mit einer nachlässigen Grußbewegung war er entlassen. Der dritte Mann drückte ihm an der Tür noch die angesprochene Urkunde in die Hand, dann wies er Bronstein den Weg zu den Kriminalpolizisten von der Mordkommission.

Alles war so schnell gegangen, dass Bronstein kaum Zeit zum Überlegen geblieben war. Wie in Trance ging er den Gang entlang und kam schließlich zum Journaldienstzimmer der Mordkommission. Dort klopfte er, schüchtern wie der Zögling eines Knabenseminars, an die Tür. Ein genervter Agent öffnete und starrte Bronstein feindselig an. Dann wurde der Mann des Zettels in Bronsteins Hand gewahr, und seine Haltung änderte sich spornstreichs. Auf dem Gesicht zeigte sich nun ein breites Lächeln.

„Ah, Sie sind der Neue! Sie sind schon avisiert! ... Pokorny!!"

Aus einem Nebenraum scharwänzelte eine kleine, gedrungene Gestalt herbei, die sicher schon auf die sechzig zuging. Sie wirkte wie ein Dienstmann und blieb in devoter Haltung neben dem Agenten stehen.

„Das ist der Pokorny. Der zeigt Ihnen hier alles, was Sie wissen müssen. Der gehört auch der Gruppe an, der Sie zugeteilt sein werden. Aber bevor er Sie in die Geheimnisse dieses Instituts einweiht, gehen S' noch schnell zum Chef. Der will Sie sicher zuerst sehen und Sie persönlich an Bord begrüßen. ... Pokorny, bring den neuen Kollegen hin!" Der Agent schüttelte Bronstein noch schnell die Hand, dann wandte er sich wieder seinen Aufgaben zu, während Pokorny Bronstein bedeutete, er möge ihm folgen.

„Und, der Herr? Wissen S' schon, warum Sie bei uns gelandet sind?"

„Ehrlich gesagt nicht", entfuhr es Bronstein. Er verkniff sich gerade noch, einer wildfremden Person zu gestehen, dass er weit eher mit seinem Rauswurf gerechnet hatte als mit der Erfüllung seiner beruflichen Träume.

„Sie haben Protektion g'habt. Von ganz oben. Ist aber eh klar. Einfach so kommt man nicht hierher. Präsident Brzesowsky hat persönlich angeregt, Sie hierher zu versetzen, heißt es."

„Der Polizeipräsident persönlich? Wieso sollte der mich überhaupt kennen?" Bronsteins Verwirrung steigerte sich neuerlich.

„Na ja, der Herr, vielleicht wird Sie irgendjemand kennen, der wiederum den Präsidenten kennt. Aber des kann uns ja egal sein. Jetzt sind S' da – und wir sind auch da. Bitte schön, nach Ihnen."

Sie hatten eine ehrfurchtgebietende Doppeltür erreicht, an der deutlich der Name „Joseph Maria Nechyba" zu lesen stand. Bronstein erstarrte. Der Fehlerlose! Seit der spektakulären Aufklärung der sogenannten Naschmarktmorde vor etwa zehn Jahren war Nechyba weit über die Reihen der Polizei hinaus ein Begriff. Mehr noch, er war eine Institution und ohne Frage weit bekannter als der Polizeipräsident selbst. Fieberhaft überlegte Bronstein, wie er sich dieser Ermittlerlegende nähern sollte, doch er kam nicht dazu, auch nur einen klaren Gedanken zu fassen, denn schon hatte Pokorny angeklopft, und ein mächtig donnerndes „Herein!" beschied Bronstein, sich in den Nebenraum zu begeben.

Nechyba war nicht minder ehrfurchtgebietend als seine Flügeltür. Eine gute Zigarettenlänge größer als Bronstein, wog der Mann, der Mitte fünfzig sein mochte, sicher weit über hundert Kilo. Bronstein kam sich gegen Nechyba vor wie ein Krispindl, und so beschränkte er sich darauf, scheu die Augen zu Boden zu richten.

„Ah", polterte Nechyba, während er auf Bronstein zuging, „der Neue. Sie sind ja ein echtes Genie, wenn man dem Ritter glauben darf."

Daher wehte also der Wind! Marie Carolines Vater hatte für ihn interveniert. Er fühlte sich Bronstein wohl wegen der vermeintlichen Rettung seiner Tochter verpflichtet. „Und ich habe gehört, Sie haben da so eine Idee, ein Offizier Seiner Majestät könnte nicht schändlich in den Selbstmord geflüchtet, sondern vielmehr ums Leben gebracht worden sein."

Bronstein sah abrupt auf: „Woher wissen Sie ...?"

Nechyba lächelte überlegen: „Wissen, junger Freund, ist unser Kapital. Selig die, die wissen, sag ich immer. Selig weiterhin die, die wissen, was sie tun. Und selig schließlich ich selbst, wenn ich weiß, was meine Leute tun." Nechyba war die Zufriedenheit über seinen gelungenen Aperçu deutlich anzusehen. Doch nach einem Augenblick des stillen Triumphs wurde er wieder sachlich: „Gut, betrachten wir diese Angelegenheit als Ihr, nun, Gesellenstück. Ich geb Ihnen den Pokorny mit, der wird Sie auch gleich aufklären, wie das Geschäft hier im Agenteninstitut so läuft. Ich erwarte, dass Sie mir regelmäßig Bericht erstatten, am besten schriftlich. Wenn ich dann noch etwas Persönliches wissen will, dann lasse ich Sie holen."

Nechyba sah für einen Moment an Bronstein vorbei ins Leere und schien darüber nachzusinnen, ob noch etwas gesagt werden musste. Dann wandte er sich wieder an Bronstein: „Tja, das wäre so weit alles. Am Journalschalter bekommen S' Ihre Papiere, die legen Sie heute noch dem Kommissariat in ... na ... Dings ... Rudolfsheim vor, denn ab morgen haben S' hier Ihr Büro. ... Und falls noch etwas sein sollte, falls Sie irgendetwas brauchen, Rat und Hilfe oder so, bitte wenden Sie sich ...", an dieser Stelle hielt Nechyba grinsend inne, „sicher nicht an mich! Für so was hab ich keine Zeit." Immer noch gluckste Nechyba amüsiert. „Alsdern. Schön, dass Sie an Bord sind. Man sieht sich! Guten Tag noch."

Es war offenkundig, dass Bronstein damit entlassen war. Um ein Haar hätte ihn Pokorny an der Hand genommen, denn Bronstein, dem das alles immer noch mehr als unwirklich vorkam, blieb wie angewurzelt auf der Stelle stehen und machte keinerlei Anstalten, Nechybas Büro zu verlassen. Pokorny räusperte sich verlegen. Nechyba, der sich bereits wieder mit seinen Akten befasste, hob noch einmal den Kopf: „Ist leicht noch was?"

„Danke, Herr Hofrat. Vielen Dank für diese Chance. Ich werde alles daransetzen, Sie nicht zu enttäuschen." Bronstein kam sich wie ein Pennäler vor, und er war sich sicher, sein Lächeln ließ ihn wie einen Debilen aussehen. Doch Nechyba schenkte ihm eine gütige Miene, meinte nur „Is schon recht" und entließ ihn endgültig.

Zwei Minuten später befand sich Bronstein wieder auf den Gängen und sah sich einem Sperrfeuer ausgesetzt. So, als steckte sein neuer Kollege Pokorny voller Worte, die nun plötzlich und unerwartet aus ihm herausplatzten, ging ein Erzählhagel auf Bronstein nieder, dem zu folgen er nicht in der Lage war. Sosehr er sich auch konzentrierte, was er zu hören bekam, ergab einfach keinen Zusammenhang, wollte ihm scheinen. Offenbar erklärte ihm dieser Pokorny gerade, wie der Laden so lief, doch dazwischen waren ganz merkwürdige Satzkaskaden eingeflochten, die anscheinend auf frühere Fälle anspielten, über die Bronstein aber nicht im Geringsten informiert war. Irgendein Berghammer von der Finanz? Was hatte der mit dem Tagesablauf hier zu tun? Und warum fiel da jetzt plötzlich und unvermittelt der Name Kletzmayr? War der hier für irgendetwas zuständig? Musste er sich diesen Namen merken, weil er künftig öfter mit ihm zu tun haben würde?

Ach so, der Kletzmayr war tot. Ebenso wie dieser Berghammer. Kollege, verwirr mich nicht! Das ist auch so schon alles kompliziert genug! Bronstein hob den Finger und setzte zu einer Äußerung an, doch Pokorny ließ ihn einfach nicht zu Wort kommen.

„Jedenfalls hat der Strakosch ..., also das ist der Patho..., aber den werden S' eh auch noch ..., jedenfalls hat der Strakosch damals g'sagt ... ach ja, sehen S', da ist die Registratur, da laufen alle aktuellen Fälle ..., die werden da dokumen..., und sag ich zum Strakosch, na wenn das so ist ..., ah, grüß Sie, Herr Oberrat, guten Tag zu wünschen ... das war der ... von der ...

Einser. Oder ist der von der Vierer? Blöd, das weiß ich jetzt gar nicht. ... Wo war ich, ah ja, beim Strakosch ... was ist denn, warum wacheln S' denn dauernd mit dem Finger vor meiner Nasen ..., sind S' nervös oder so? ... Ah so, sagen wollen S' was, na, warum sagen S' das nicht gleich? Ich strudel mich da ab ..., dabei red ich eh so ungern ..."

„Lieber Herr Pokorny ... richtig? ... Fürs Erste brauche ich nur zwei Sachen von Ihnen. Erstens, wo soll ich mich hinsetzen, und zweitens, gibt es eine Liste aller Mitarbeiter, damit ich weiß, mit wem ich es zu tun haben werde? Am besten natürlich mit Hinweisen, wo wer sitzt und so. Das würde für den Anfang schon völlig genügen."

Pokorny zog ein Schnoferl, als wäre er ein Backfisch. „Na, wenn S' meinen", sagte er nur und wies mit der ausgestreckten Hand in Richtung Ende des Ganges. „Zimmer 110. Das wäre Ihres. Und mich finden S' da drüben auf 111. Also falls ich Ihnen nicht unangenehm bin oder so."

„Jetzt seien S' doch nicht eing'schnappt, lieber Herr Pokorny, so war das doch gar nicht gemeint. Ich bin einfach nur mit der Situation vollkommen ... überfordert. ... Ich mein', vor ein paar Minuten war ich noch ein kleiner Pflasterhirsch im 15. Hieb ..., und jetzt auf einmal gehöre ich zur Elite. ... Das müssen S' schon verstehen, dass einem da ein bissel bang wird ... im Olymp des Polizeiwesens."

Offensichtlich hatte Bronstein den richtigen Ton getroffen, denn Pokorny legte den Kopf leicht schief und schenkte seinem Gegenüber ein Lächeln.

„Keine Sorge, Herr Oberkommissär, wir werden das Schiff schon schaukeln. Halten S' Ihnen nur an den alten Pokorny, der was hier jedes Gewässer kennt und mit allen Wassern gewaschen ist. Sie werden sehen, mit mir an Ihrer Seite, da kann Ihnen gar nichts passieren."

Bronstein nickte dankbar.

„Apropos passieren. Sie werden ned glauben, was mir gestern passiert ist. Das müssen Sie sich anhören, weil sonst glauben S' das wirklich ned. Also ich sitz am Abend gemütlich beim Wirten, auf einmal … Was? Wo da die Häusln sind? Na Sie sind mir einer … ach so, Sie müssten einmal. Ah ja, verstehe … bis zu Ihrem Zimmer vor, dann links, schief gegenüber … aber jetzt muss ich Ihnen noch …, ah, so dringend … na dann … Wasser Marsch, gelt!"

Bronstein enteilte Richtung Toilette und rief über die Schulter noch, er werde Pokorny später auf 111 aufsuchen, wobei er sich bemühte, dessen Antwort zu überhören. Er bog um die Ecke, riss die Klotür auf, sperrte sich in eine Kabine ein und wagte erst jetzt, so richtig tief auszuatmen. Sofort verspürte er Erleichterung, obwohl er sich selbige noch gar nicht verschafft hatte.

Er wartete noch eine geraume Weile, dann schlich er vorsichtig aus dem Sanitärbereich und linste um die Ecke. Niemand war zu sehen. In Riesenschritten eilte er ins Journalzimmer, wo er tatsächlich seine Dokumente ausgefolgt bekam. Mit großen Augen blickte er auf seine Bestallungsurkunde. Jeder Zweifel war ausgeschlossen! Nach sechs Jahren des Darbens in den untersten Regionen des Polizeidienstes war ihm endlich ein Aufstieg gelungen. Das musste er unbedingt seinen Eltern berichten, die wohl schon jede Hoffnung auf ein Avancement ihres Sohnes hatten fahren lassen. Bronstein blickte auf die Uhr. Ein paar Minuten mehr oder weniger würden sicherlich keine Rolle spielen. Den Postenkommandanten konnte er auch noch am Nachmittag mit seinem Triumph konfrontieren. Bronstein quittierte den Empfang seiner Unterlagen und sah zu, dass er wieder auf die Straße kam.

Mit dem Ringwagen fuhr er bis zur Oper, von dort schlug er sich zur Wiedner Hauptstraße durch, von wo er es nicht mehr weit bis zur Wohnung seiner Eltern hatte. Dabei hoffte er inständig, sie würden zu Hause sein, damit er den Weg nicht umsonst angetreten hatte.

Aufgeregt klopfte er an die Tür und wartete mit angehaltenem Atem auf eine Reaktion. Tatsächlich öffnete seine Mutter wenig später die Pforte zu jener Behausung, die Bronstein einst Heimstatt gewesen war.

„Ja, Bub, was machst denn du da um diese Zeit?", entfuhr es Frau Bronstein.

„Ich muss euch unbedingt etwas sagen. Ist der Herr Papa auch zugegen?"

„Der war bis zwölf im Dienst. Aber er muss sicher gleich kommen, so wet hat er's ja nicht. Aber jetzt sag schon, Bub, was ist denn g'schehen?"

„Du wirst es nicht glauben, Mama. Aber ich möchte warten, bis der Papa kommt. Es ist jedoch, so viel sei gesagt, eine wirklich gute Nachricht, die ich zu überbringen habe."

Die Mutter errötete und schlug die Hände vors Gesicht: „Sag bloß, David, du machst mich endlich zur Schwiegermutter!" Sie breitete die Arme aus und schickte sich an, den Sohn zu umarmen.

„Mutter, das vielleicht auch, aber nein", wehrte er sich gegen die geplante Geste des Überschwangs, „das ist es nicht."

Die Mutter erstarrte, um dann in sich zusammenzusinken. „Ach so", sagte sie beinahe tonlos. Die Enttäuschung war ihr deutlich anzumerken.

Bronstein wollte eben zu einer Entgegnung ansetzen, als ein Schlüssel im Schloss zu hören war. Beide sahen sich um und konnten so beobachten, wie Bronstein senior die Wohnung betrat. Verblüfft blieb dieser stehen:

„Ja, Sohn, was machst denn du da? Zumal um diese Zeit!"

„Papa, ich habe euch eine Eröffnung zu machen. Können wir uns setzen?"

„Ja, freilich", beeilte sich der alte Bronstein, „soll ich uns einen Cognac einschenken – oder werden wir Magenbitter brauchen?"

„Cognac klingt gerade recht."

Einige Minuten später war die vollzählige Familie Bronstein um den Wohnzimmertisch versammelt. Bronstein roch am Cognac und schob dann die Mappe, die er unter dem Arm getragen hatte, über den Tisch in Richtung seiner Eltern.

„Das solltet ihr euch einmal ansehen", meinte er leichthin.

Der Vater ergriff das Konvolut und besah sich die Urkunde. Dann nahm er seinen Sohn in den Blick. Auf seinem Gesicht zeigte sich Überraschung, die in Freude zu changieren begann. „Soll das heißen, du reüssierst?"

Bronstein nickte eifrig.

„Na endlich, mein Sohn! Ich wusste es doch, ewig kann denen dein Talent nicht verborgen bleiben. Du, ich freu mich! Das müssen wir unbedingt feiern." Behände wie ein junger Beau sprang der Papa auf und holte aus einer hölzernen Schatulle zwei Zigarren. Eine davon überreichte er seinem Sohn. „Zur Feier des Tages, mein Sohn!"

Selbst die Mutter rang sich nun zu einem Lächeln durch: „Na ja, das heißt, du bist jetzt endlich eine gute Partie. Vielleicht machst du deine alte Mutter ja doch noch glücklich und findest dir endlich jemanden, der mir Enkelkinder schenkt."

„Du wirst lachen, Mama, die habe ich vielleicht schon gefunden."

„Was, wirklich? David, das wäre doch …, das müssen wir … wirklich feiern!"

Und Bronstein erzählte von seiner Begegnung mit Marie Caroline und dem hoffnungsfrohen Beginn, den diese Bekanntschaft bislang genommen hatte. Während seine Mutter sichtlich im siebenten Himmel schwebte, blieb der Vater skeptisch: „Ich weiß nicht, mein Sohn, der Standesunterschied ist schon eklatant. Ich weiß nicht, ob dich diese Familie akzeptieren wird. Selbst wenn du jetzt beim Mord bist. Eine Affäre ist das eine, aber eine Hochzeit …, ich würde mir da nicht allzu viele Hoffnungen machen."

„Nun ja, so weit würde ich auch noch gar nicht gehen wollen", schränkte Bronstein ein. „Jetzt schauen wir einmal, wie sich die Dinge entwickeln. Vorerst ist einmal wichtig, dass ich nicht länger in diesem Kommissariat verkommen muss. Ein Oberkommissär im k. u. k. Agenteninstitut, das ist schon etwas ganz anderes als ein Streifenhörnchen in Rudolfsheim." Dabei lachte Bronstein herzlich, und seine Eltern fielen in sein Lachen ein.

Nachdem Bronstein auch noch in allen Details geschildert hatte, wie seine Begegnung mit der Mordkommission verlaufen war, musste er, einen Blick auf die Uhr gerichtet, seine Eltern auf einen späteren Zeitpunkt vertrösten. Beide Seiten waren sich einig, dass Bronsteins Avancement mit einem gehörigen Abendessen zelebriert werden musste, doch hatte dieses vorerst einmal zurückgestellt zu werden. Bronstein versprach, sich am Wochenende zu melden, und verabschiedete sich sodann in Richtung Kommissariat.

Dort freilich wartete man schon ungeduldig auf ihn. Der Postenkommandant blickte ihn feixend an: „Na, Herr Oberkommissär, wie war's am Schafott?"

Bronstein zwang sich, kühl zu bleiben. „Falls Sie meinen, ob ich noch länger in Ihren Diensten stehe, so kann ich diese Frage getrost verneinen. Heute ist mein letzter Tag hier."

Bronsteins Vorgesetzter setzte zu einer Triumphpose an. „Weißt, Bronstein, ich hab immer g'wusst, aus dir wird kein guter Polizist. Und glaub mir, es ist besser so. Vielleicht kannst ja anderswo was leisten. Bei der Post oder bei der Bahn …"

„… oder im Agenteninstitut bei der Abteilung Leib und Leben."

Der Kommandant blickte sich nach diesen Worten Bronsteins im Wachzimmer belustigt um. „Habt ihr das gehört? Jetzt ist er endgültig größenwahnsinnig geworden, der Bronstein. Hat wohl seinen Rauswurf nicht verkraftet …"

Bronstein schob dem Vorgesetzten seine Aktenmappe hin. „Schauen S' selber, die Bestallungsurkunde liegt obenauf."

Schweigendes Entsetzen war die Reaktion am anderen Ende des Tisches. Der Kommandant traute seinen Augen nicht. „Aber wieso …", stammelte er, „ich hab doch …"

Bronstein nahm seine Unterlagen wieder an sich: „Glauben S' mir, das nehm ich Ihnen ung'schaut ab. Aber oft kommt's eben anders." In seinem Lächeln lag eine kleine Spur Überheblichkeit. „Der Herr Hofrat Nechyba hat mich übrigens auf den Fall Mészáros angesetzt. Um den soll ich mich kümmern. Na, klingelt es da bei Ihnen?"

Bronsteins Gegenüber blieb der Mund offen.

„Ich denke", fuhr Bronstein fort, „es ist für beide Seiten das Beste, wenn wir unsere Zusammenarbeit nicht bis zur letzten Minute ausreizen. Ihr Einverständnis vorausgesetzt, werde ich einfach meinen Schreibtisch räumen und mich von den Kollegen verabschieden. Und das war's dann."

Ohne eine Reaktion abzuwarten, verließ er den Raum und ging zu seinem Büro, wo er, wie erwartet, Lang antraf. Auch diesen setzte er von den jüngsten Entwicklungen in Kenntnis.

„Das hätt ich mir jetzt aber nicht gedacht", sagte der endlich, „aber ich vergönn es dir von Herzen. Du hast es dir verdient." Lang erhob sich und reichte Bronstein die Hand. „Es war mir eine Ehre, mit dir zusammenzuarbeiten. Ich wünsch dir viel Glück."

„Dank dir recht."

Bronstein ließ sich auf seinen Sessel plumpsen. „Ich glaub, ich muss das alles erst einmal verdauen." Und für eine kleine Weile schweiften Bronsteins Gedanken in sentimentale Gefilde ab. Doch schnell hatte er sich wieder im Griff. Es galt, an die Zukunft zu denken. Apropos Zukunft. Marie Caroline!

Endlich fand Bronstein wieder die Zeit, an sein Privatleben zu denken. Die Dame wollte also, so erinnerte er sich, ins Cabaret. Gute Güte, wie lange war das her, dass er ein solches Etablissement aufgesucht hatte. Er wusste nicht einmal, welche Bühnen es derzeit überhaupt gab. Spontan fiel ihm nur die „Fledermaus" in der Kärntner Straße ein, die vor einigen Jahren ganz im Sinn des neuen Jugendstils von der Wiener Werkstätte eingerichtet worden war. Er konnte sich noch gut daran erinnern, wie ihn das Interieur der Lokalität verblüfft hatte, doch war dies kaum verwunderlich, da hier beinahe alle Größen der Kunstszene zusammengearbeitet hatten. Einem Zeitungsbericht war damals zu entnehmen gewesen, dass Josef Hoffmann für die Gesamtplanung verantwortlich zeichnete, während Kolo Moser die Möbel und Gustav Klimt die Malereien beigesteuert hatten. Die „Fledermaus" hatte dann auch einen fulminanten Start hingelegt und war monatelang ausverkauft gewesen. Bronstein erinnerte sich noch gut daran, dass er erst für die kommende Saison einen Platz ergattert hatte. Dies hatte sich im Nachhinein als ein wahrer Segen entpuppt, denn just da war die „Fledermaus" unter eine neue künstlerische Leitung gestellt worden. Egon Friedell, der begnadete Essayist, scheute vor dieser Aufgabe nicht zurück und bestritt drei Jahre lang mit seinem Kollegen Alfred Polgar Doppelconferencen, die schnell zum Stadtgespräch wurden. Unvergesslich war Bronstein dabei der sogenannte Goethe-Sketch, über den er immer noch Tränen lachen konnte. In dieser Nummer kehrt der Dichterfürst auf die Erde zurück und lässt sich von einem verzweifelten Schüler dazu überreden, an seiner statt die Abschlussprüfung zum Thema „Johann Wolfgang von Goethe" abzulegen. Der Geheimrat aus Weimar fällt mit Bomben und Granaten durch, da schlicht nichts, was er über sein Werk zu sagen hat, auf die Zustimmung des ihn prüfenden Deutschprofessors stößt. Jedem Absolventen einer höheren Schule musste dabei automatisch das Herz im Leibe hüpfen, denn er konnte sich in seinem Unverständnis über das Schulsystem gar herrlich verstanden fühlen.

Doch Friedell hatte die Leitung der „Fledermaus" schon vor über zwei Jahren zurückgelegt, und auch Polgar und Pointenschreiber Peter Altenberg waren schon lange nicht mehr mit von der Partie. Zuletzt, so rief sich Bronstein in Erinnerung, hatten sogar Gerüchte über eine vorstehende Pleite des Lokals die Runde gemacht. Es war also angezeigt, sich vorher darüber zu informieren, ob in der „Fledermaus" überhaupt noch gespielt wurde.

Dafür empfahl ihm sein Kollege Hölzl indirekt ein anderes Lokal. Er sei dieser Tage in dem neu eröffneten Etablissement „Simplicissimus" in der Wollzeile gewesen, und er habe Tränen gelacht. Nun, dies war vielleicht die Lösung seines Problems, dachte Bronstein, denn so konnte er vielleicht sogar mit einer Neuheit Eindruck machen. Doch Hölzl war ein eher simples Gemüt, wer vermochte zu sagen, ob sein Humor sich mit dem einer Dame der besten Gesellschaft deckte. Am besten, er sah sich die Sache erst einmal an, ehe er Marie Caroline dorthin verschleppte.

„Lang!", rief er.

Sein Kollege tauchte aus dem Aktenberg auf, der sich zwischen seinem und Bronsteins Schreibtisch auftürmte. „Hier", maulte er knapp und unwillig.

„Heut Abend geh'n wir ins Cabaret!"

Lang war sein Erstaunen anzusehen. „Was? Wirklich?"

„Wirklich!"

„Ist des noch einmal dienstlich? Müssen wir wieder einen Revoluzzer beschatten?"

„Nein, Lang, das ist privat. Allein zum Vergnügen."

„Oje, Okomm, Vergnügen kann ich mir ned leisten."

„Sorg dich nicht, Lang, das geht auf meine Kappe. Und ein Bier zahl ich dir auch noch. Also, was sagst?"

Lang sagte nichts. Stattdessen wuchtete er seinen Körper hoch und schlurfte zum Garderobenständer. Er nahm seinen Überrock vom Haken, zog ihn umständlich an und schlich dann zu Bronsteins Schreibtisch. Dort nahm er umständlich Haltung an. Für einen Augenblick verloren seine Absätze die Bodenhaftung. Er schlug sie zusammen und legte dabei die rechte Hand ausgestreckt an die Schläfe.

„Stabsgefreiter Lang meldet sich zur Stelle!", schmetterte er.

Bronstein musste grinsen. „Na dann, auf ins Gefecht!"

Nachdem sie nahe dem Bahnhof noch schnell ein Gulasch gegessen hatten, fuhren sie mit der Tramway zum Ring, stiegen dort in die Ringlinie um und gelangten so an die Oper, von wo aus sie ihren Weg zu Fuß fortsetzten. Gute zehn Minuten später passierten sie den Stephansdom, um bald danach in die Wollzeile einzubiegen. Nach knappen zweihundert Metern hatten sie ihr Ziel erreicht. Sie betraten das Etablissement und verlangten einen Tisch für zwei. Ein junges Ding in eher aufreizender Kleidung, wie Bronstein besorgt registrierte, führte sie ziemlich nahe an die Bühne, wo sie an der linken Seite Platz nehmen konnten. Ein weiß-rot kariertes Tuch deckte die Tischplatte ab, darauf standen Salz- und Pfefferstreuer, ein Gestell mit Brezeln sowie ein weiteres mit Bierdeckeln. Dazwischen thronte ein schwerer gläserner Aschenbecher.

Bronstein hatte seine Zigaretten noch nicht aus der Tasche geholt, als schon ein Kellner neben ihnen aus dem Boden gewachsen war. „Was darf ich den Herrschaften bringen?"

„Zwei große Bier", orderte Bronstein, um sodann nachzusetzen: „Wann fangt denn das Programm an?"

„In einer knappen halben Stunde."

Die Wartezeit verkürzte sich Bronstein damit, das Publikum und den Saal eingehend zu betrachten. Im Prinzip war alles sehr einfach gehalten, und auch die Zuschauer stammten eher aus dem Kleinbürgertum. Aber so weit mochte die Sache dennoch angehen, denn Bronstein sah auch einige jüngere Leute, die er ohne zu zögern der Gentry zuordnete. Und dann trat aus dem roten Vorhang auch schon der Conferencier heraus.

Der machte ein paar harmlose Witzchen und kündigte dann einen Pianisten an. Der Vorhang ging auf und gab den Blick auf ein kleines, glatzköpfiges Männlein hinter einem Flügel frei. Das Geklimpere war keine Offenbarung, doch der Klavierspieler hatte auch Mühe, gegen den Lärm im Lokal anzuspielen. Immer wieder knallte irgendwo ein Sektkorken, gab es lautstarke Konversation und markantes Scheppern, das von Tellern, Tassen und Gläsern herrührte. Nach leidlich zehn Minuten hatte der Musiker ausgelitten. Er ging mit einer leichten Verbeugung ab, dafür kaum Beifall erntend.

„Und jetzt, meine Damen und Herren, das bezaubernde Fräulein Keller aus der lieblichen Schweiz, das uns mit ein paar ausgesuchten Chansons erfreuen wird." Wenigstens hatte der Conferencier seinen Optimismus noch nicht verloren. Wenn der Tastenschani schon nicht bestanden hatte, dann würde ein Mädel aus dem Heidiland schon gar keine Chance haben, war Bronstein überzeugt.

Abermals ging der Vorhang auf und eine sommersprossige Rothaarige trat an die Rampe. Bronstein schätzte sie auf Anfang, Mitte zwanzig, und ihre Kleidung war elegant, ohne aufdringlich zu sein. Sie verbeugte sich und hielt den feixenden Blicken einiger Betrunkener problemlos stand. Ein leichtes Kopfnicken signalisierte der musikalischen Begleitung, sie möge beginnen, und einige Takte später setzte die Schweizerin ein. Sofort war Bronstein fasziniert. Eine so liebreizende und dennoch kraftvolle Stimme hätte er nicht erwartet. Der Rest des Publikums offenbar auch nicht, denn mit einem Mal erstarben sämtliche Hintergrundgeräusche. Alle Anwesenden standen im Bann dieser Stimme, und als einer rechts hinten zu hüsteln wagte, da zischte ihm ein hundertfaches „Schscht!" entgegen. Das Fräulein Keller bekam tosenden Applaus, und lautstark wurde nach Zugaben verlangt, die sie schließlich auch gewährte. Bekannte Operettenlieder wechselten ab mit kunstvollen Arien, und Bronstein ertappte sich bei der Frage, weshalb die Dame nicht an der Oper engagiert war. Vielleicht, so überlegte er, lag es an ihrer Jugend. Aber falls sich der Hofoperndirektor in dieses Etablissement verirren sollte, dann würde er sie wohl von der Bühne zerren und stante pede unter Vertrag nehmen. Bronstein war sich sicher, bei der Geburt einer großen Karriere zugegen zu sein. Wahrscheinlich würde bald alle Welt von „der Keller" reden, und er konnte dann sagen, ja, die habe ich einmal gehört, als sie noch niemand kannte.

Nach einer halben Stunde hatte die Keller dann doch genug. Sie verbeugte sich noch einmal und ging dann unwiderruflich ab, sehr zum Bedauern des Publikums, das den ihr nachfolgenden Artisten dementsprechend unwillig empfing. Als der arme Kerl auch noch einen Teller fallen ließ, war er endgültig unten durch. Die ersten Pfiffe ertönten, und der Jongleur sah zu, dass er von der Bühne kam.

Ihm folgte ein Eleve, der sich in großen Dramenmonologen übte und dabei auf merkwürdige Weise befremdlich wirkte. Eine Tanznummer rundete die Vorstellung ab, wobei die Revuemädchen für Marie Carolines Geschmack vielleicht einen Hauch zu leicht gekleidet sein mochten. Doch in Summe, so befand

Bronstein, konnte er dieses Programm dem Fräulein von Ritter durchaus zumuten, ohne dabei als unmoralisch abgestempelt zu werden.

„Schön war's", sagte denn auch Lang. „Und was machen wir jetzt?"

„Was du machst, Lang, weiß ich nicht. Ich geh heim."

„Was, um zehn willst schon heim? Und ich hab glaubt, ich bin ein alter Hund."

Bronstein zuckte mit den Schultern. „Bis ich zu Hause bin, ist's eh elf. Und bis ich dann ins Bett komm, haben wir sicher schon den neuen Tag."

Lang grübelte, doch ihm fiel kein Gegenargument ein. „Na dann", sagte er schließlich, „gemma."

Bronstein beglich die Rechnung, dann verließen sie gemeinsam den Saal. Auf der Straße wünschte der Oberkommissär seinem ehemaligen Adjunkten eine gute Nacht sowie eine lichte, segensreiche Zukunft und hielt sodann auf den Ring zu.

Zwei Zigaretten später kam eine Tramway, die ihn zur neuen Universität brachte. Dort konnte er ohne weitere Verzögerung umsteigen, und so war er eine halbe Stunde später in Dornbach. Kurz überlegte er, ob er noch in eines der Heurigenlokale auf ein Viertel einkehren sollte, doch dann entschied er, dass es tatsächlich klüger war, stattdessen die eigene Bettstatt aufzusuchen. Er kramte nach seinem Schlüssel, fand ihn endlich und schloss umständlich das Haustor auf. Leise schlich er die Treppe hinauf, öffnete dann die Wohnungstür, machte in seiner Küche Licht und ertappte sich dabei, wie er einen jener Schlager summte, die das Fräulein aus der Schweiz dargeboten hatte. Er fühlte sich angenehm beschwingt und ging nach einer eher oberflächlichen Toilette ohne Umschweife zu Bett. Als die Turmuhr der Dornbacher Kirche elfe schlug, schlief Bronstein schon.

V.
Freitag, 14. Februar 1913

Wie üblich holte ihn der Wecker um sieben Uhr aus Morpheus' Gauen. Die Sonne ließ die Dächer der Straße in einem beinahe magischen Glanz erstrahlen, was Bronstein ungeahnte Energie verlieh. Schwungvoll sprang er aus dem Bett und goss frisches Wasser in sein Lavoir. Dann zog er sein Nachthemd aus und wusch sich. Er stellte Kaffee zu und putzte sich, während er auf das schwarze Gebräu wartete, die Zähne. Ein kurzer Blick auf die Uhr gab ihm die Gewissheit, dass er noch in Ruhe sein übliches Frühstück einnehmen konnte: eine Tasse Kaffee und zwei Zigaretten. Dabei dachte er in einem fort an das bevorstehende Rendezvous mit Marie Caroline. Er musste nur noch acht Stunden im Agenteninstitut herunterbiegen, dann begann das schöne Leben. Noch dazu eines, das ein Wochenende inkludierte.

Dementsprechend gut gelaunt verließ er zwanzig Minuten vor acht sein Haus, um sich zur Straßenbahnhaltestelle zu begeben. Dort auf die Tramway wartend, ertappte er sich dabei, doch nervös wie ein Erstklassler zu sein. Sein erster Arbeitstag an der neuen Wirkungsstätte. Wie mochte der wohl ausfallen? War er auch passend gekleidet? Vor allem: Hatte er auch nichts vergessen, was er in seinem neuen Büro benötigen würde? Apropos Büro: Er hatte am Vortag nicht einmal seinen Schreibtisch im Komissariat ausgeräumt! Aber mit etwas Glück würde man ihm im Agenteninstitut dafür einen Freigang bewilligen, um alle seine Angelegenheiten in Ordnung zu bringen. An einem Freitag begann man normalerweise ja ohnehin nicht wirklich eine neue Arbeit.

Die Straßenbahn näherte sich quietschend und rumpelnd. Behände sprang Bronstein auf und nahm im Triebwagen Platz, wo er sich sogleich eine Zigarette anzündete. Die war seit einer knappen Viertelstunde ausgeraucht, als Bronstein den Zug wieder verließ. Zu Fuß legte er die letzten Meter zu seinem neuen Büro zurück und betrat das wuchtige Amtsgebäude mit der Selbstverständlichkeit eines Mannes, der hier bereits sein halbes Leben verbracht hatte. Ohne Umschweife begab er sich zu Zimmer 110 und öffnete es erwartungsvoll.

Irgendwie fühlte er sich enttäuscht. Der Raum war recht kahl und wies nur einen Aktenschrank, einen schmucklosen Schreibtisch sowie zwei Sessel auf. Unter dem obligaten Porträt von Kaiser Franz Joseph befand sich zudem noch ein Waschbecken. Hier sollte er also fürderhin residieren? Bronstein gestand sich ein, dass er enttäuscht war. Sah man von der Tatsache ab, dass er dieses Büro für sich allein hatte, so war es in keiner Weise repräsentativer als sein altes in Rudolfsheim. Er legte den Mantel ab und überlegte, wo man hier wohl am besten zu einem guten Kaffee kam.

Just in diesem Moment klopfte es an der Tür. „Herein", sagte er mit unsicherer Stimme. Gleich darauf kam Pokornys Antlitz in der Türöffnung zum Vorschein. „Ah, der Herr Oberkommissär sind eh schon da. Darf's vielleicht ein Kaffee sein?"

„Aber unbedingt", lachte Bronstein. „Ich kenn mich da ja noch nicht aus, daher habe ich auch keine Ahnung, wo da das Reich der Kaffeemaschinen zu finden ist."

„Na warten S', das werd ich Ihnen gleich zeigen. Nur rein prinzipiell: Lassen S' das ruhig meine Sorge sein, denn die flüssige und feste Nahrung der kaiserlich-königlichen Agenten fällt unter mein Ressort."

„Na, wenn das so ist", statuierte Bronstein, „dann weiß ich jetzt schon einmal das Wichtigste."

„Wie wollen Sie ihn denn, den Kaffee?"

„Ganz gewöhnlich."

„Sie glauben gar nicht, Herr Oberkommissär, was für ein erschreckend ungenauer Begriff das ist. Jeder hier im Haus will etwas anderes, aber alle glauben sie, ihr Wunsch ist der einzig normale. Der eine meint, der Türkische wär der einzig wahre Kaffee, der andere wiederum sagt, einen Türkischen kann man nur passiert trinken. Wieder andere sagen, dass dieser italienische Kaffee da, dieser Espresso, die Krönung des Kaffeegenusses ist. Manche wollen ihn einfach nur schwarz, andere mit Zucker und wieder andere mit Milch und Zucker. Und dann …"

„Ich denke, lieber Herr Pokorny, ich verstehe Ihr Problem in dieser Angelegenheit. Also ich hätte gerne eine Schale Gold – mit Zucker."

„Ujegerl, Herr Oberkommissär. Ich weiß nicht, ob wir einen Schlag da haben."

„Na in dem Fall dann einfach nur einen großen Braunen."

„Ja, das wird sich einrichten lassen, denke ich. Weil wissen S', man weiß da nie …"

„Ohne Kaffee kann ich einfach nicht denken, wenn S' verstehen, was ich mein', lieber Pokorny."

„Ach so … ja … verstehe … großer Brauner … kommt sofort."

Bronstein atmete durch und griff nach seinen Zigaretten. Automatisch sah er sich im Zimmer um und entdeckte am Fensterbrett gleich mehrere Aschenbecher. Er entschied sich für einen gläsernen, der so elegant wirkte, als wäre er direkt in Gablonz hergestellt worden. Der würde, beschloss er, ab sofort sein persönliches Accessoire werden. Überhaupt, so beschloss Bronstein, musste diese Arbeitsstätte ein wenig aufgehellt werden. Sein hölzerner Schreibtisch war unbearbeitet und wies demgemäß eine hellbraune Färbung auf. Den sollte man, dachte Bronstein, mit einer grünen Schreibunterlage ein wenig farbiger wirken lassen. Und unter sein Fenster beabsichtigte er eine Zimmerpflanze zu stellen, womit das Grün auf dem Tisch mit dem Grün am Fenster korrespondieren würde. Möglicherweise taten auch ein paar zusätzliche Utensilien wie eine Löschwiege oder eine Tasse für das Schreibzeug ihre Wirkung. Und schließlich sprach einiges dafür, sich einen Kalender zu besorgen. Man musste ja schließlich wissen, welchen Tag man jeweils hatte. Nun, da würde er sich bei Pokorny kundig machen, was davon im Depot zu holen war.

Als Pokorny mit dem Kaffee wieder die Amtsstube betrat, versuchte Bronstein, mit seinem Anliegen Gehör zu finden. Beim Mittagstisch in der Kantine gab er es schließlich auf, darüber nachzusinnen, weshalb er kein einziges Mal zu Wort gekommen war. Selbst mit vollem Mund war Pokorny beim Reden immer noch schneller als ein Maxim-Maschinengewehr, wenngleich seine Treffsicherheit mit jener der Waffe in keiner Weise zu vergleichen war. Hinge die öffentliche Sicherheit der Reichshaupt- und Residenzstadt von Polizisten wie Pokorny ab, ahnte Bronstein, würde es um sie nicht sonderlich gut bestellt sein. Es sei denn, die Bösewichter gaben freiwillig klein bei, um nicht länger Pokornys Monologe über sich ergehen lassen zu müssen. Ermattet stellte Bronstein fest, dass er Lang schon nach nur zwölf Stunden ehrlich und aufrichtig vermisste. Das einzige Glück an der ganzen Angelegenheit bestand wohl darin, dass dieser Pokorny schon steinalt zu sein schien. Und die paar Monate, die dieser noch im Agenteninstitut Dienst tun würde, die konnte man getrost überstehen.

Zumal, wenn das kredenzte Krenfleisch repräsentativ für die hierortige Menage war. An solch lukullische Genüsse konnte man sich fraglos gewöhnen. Doch sosehr er den Verzehr dieser Köstlichkeiten auch zelebrierte, irgendwann kam die Portion auf seinem Teller doch an ihr Ende. Er sah sich verstohlen nach einem Aschenbecher um.

„Und da sagt der lange Pospischill zu mir ..., wenn S' einen Aschenbecher suchen, Herr Oberkommissär, die warat'n an der

Schank. Aber ich tät des nicht machen ..., geh'n wir lieber nach oben ... zur Feier des Tages lass ich eine Regie-Virginier springen. ... Und der Pospischill sagt also ... Jetzt müssen S' schon wieder aufs Klo? Haben Sie's auf der Blase oder wie? ... Na gut, treffen wir uns in fünf Minuten bei mir auf 111."

Das erste Mal seit Dienstantritt hatte Bronstein einen Augenblick für sich. Und dieser sollte der einzige an diesem Tag bleiben, denn nachdem er mit Pokorny eine Zigarre geraucht hatte, schleppte jener ihn durch alle Gänge und Zimmerfluchten des Instituts, um sicherzustellen, dass auch wirklich jeder Bronstein von Angesicht zu Angesicht kennenlernte. Nach dem dritten Raum brachte Bronstein die einzelnen Gesichter durcheinander, nach dem fünften die Namen, und ab dem siebenten Amtszimmer gab er es auf, sich irgendetwas merken zu wollen. Er würde wohl heimlich, still und leise eines Nachmittags durch die Hallen schleichen, um sich alle Namen noch einmal gesondert zu notieren und sich dabei einzuprägen, wer wo saß.

Erst gegen 16 Uhr kehrte er, immer noch von Pokorny flankiert, in sein Büro zurück. „Und was jetzt?", fragte er in den kurzen Moment der Stille, der entstanden war, als Pokorny in einer Pose verharrte, die baldiges Niesen signalisierte.

„Nichts", sagte der und richtete sich wieder auf. Um gleich danach loszubelfern, als sei er eben explodiert. Instinktiv suchte Bronstein Deckung, bis er sich sicher war, dass Pokorny tatsächlich nur geniest hatte. Der Mann kramte nach einem Sacktuch, putzte sich umständlich die Nase und meinte schließlich: „Viere ist's. Jetzt geh'n wir heim. Schönes Wochenende zu wünschen!"

„Schönes Wochenende?"

„Ja, sicher. Oder wollen S' freiwillig dasitzen? Bei uns herrscht Wochenendruhe. Also abgesehen vom Journaldienst. Zu dem werden S' sicher auch einmal eingeteilt werden. Aber sicher noch ned morgen, weil das täten S' dann schon wissen, gelt!"

Bronstein war ehrlich überrascht. Aber es konnte ihm diese Entwicklung nur recht sein, denn, als hätte Pokorny mit dieser Mitteilung einen Schalter in seinem Gehirn umgelegt, erinnerte sich Bronstein daran, dass er den Abend ja mit Marie Caroline verbringen wollte. Zu diesem Zweck war es unabdingbar, sich eine bessere Garderobe zuzulegen als jene, die er am Leibe trug. Durch den erfreulich frühen Dienstschluss hatte er jedoch noch genügend Zeit, sich ansprechend auszustaffieren, ehe er wie verabredet um Punkt acht beim Edlen von Ritter anläuten würde. Was also, so fragte er sich, sollte er anziehen?

Außerdem, und das war eine Frage, die zumindest von ebenso grundlegender Bedeutung war, wie reagierte er am klügsten auf Ritters Intervention? Dass er sich dafür hymnisch bedanken musste, das stand außer Frage, aber brachte man in einem solchen Fall auch ein Geschenk mit – und wenn ja, welche Preisklasse hatte ein solches aufzuweisen? Wo war die Grenze zwischen peinlich oder schäbig einerseits und zu servil oder zu überschwänglich andererseits? Vielleicht war es am klügsten, etwas für Marie Carolines Mutter zu besorgen, denn nicht selten waren die Mütter die alleinigen Ratgeberinnen ihrer Töchter, sodass es nicht schaden konnte, bei der alten Frau Ritter einen Stein im Brett zu haben.

Allerdings durfte auch ein solches Präsent nicht zu protzig ausfallen, denn sonst erregte man womöglich das Missfallen des eigentlichen Gönners, der sich durch eine allzu kordiale Gabe an die Gemahlin brüskiert fühlen könnte. Vielleicht konnte er sich auf Blumen verlegen? Damit war man doch immer auf der sicheren Seite, oder? Natürlich nicht irgendwelche Schnittblumen, nein, eher schon einen etwas beeindruckenderen Blumenstock. Aber mochte Frau Ritter überhaupt Blumen?

Bronstein seufzte. Die ganze Sache wäre viel leichter, wenn er schon ein wenig über Marie Caroline und ihre Familie wüsste.

Eine Bonbonniere. Das war es. Erlesenes Konfekt! Das hatte ja schon bei Marie Caroline gewirkt. Vielleicht aus dem Hause Hofbauer, wobei er dann allerdings noch schnell auf den Margaretenplatz fahren müsste. Doch der war zum Glück nicht allzu weit vom Wohnhaus Marie Carolines entfernt. Ja, befand Bronstein, das mochte angehen.

Zuvor freilich hatte er sich noch um seine Garderobe zu kümmern. Ob er bei sich zu Hause überhaupt die richtige Kleidung besaß? Er war ja schon so lange nicht mehr darauf angewiesen gewesen, sich auszustaffieren, und er konnte ja wohl kaum in demselben Ensemble antreten, das er schon im Café Ritter getragen hatte. Nun, diese Frage klärte sich jedenfalls nicht, indem man im Büro über sie grübelte. Er verließ das Bürogebäude und sah zu, dass er nach Hause kam.

Punkt acht Uhr abends läutete Bronstein, herausgeputzt wie der sprichwörtliche Pfau, bei Familie Ritter an. Was ihm gar nicht so leicht fiel, da er in der einen Hand eine riesige Schachtel Pralinen balancierte, während er in der anderen einen Strauß Schnittblumen festhielt, die er jedoch noch von ihrer Verpackung befreien musste. Er klemmte also die Confiserie zwischen die Beine, riss das Papier von den Blumen weg und schnappte dann wieder die Bonbons, gerade rechtzeitig, ehe ihn die Zugehfrau in dieser peinlichen Pose hätte sehen können. Die Bedienstete sagte nichts, doch ihr war die Verachtung, die sie für den Gast empfand, deutlich ins Gesicht geschrieben.

„Sie kommen wegen der jungen Frau Gnädigen", konstatierte sie, und Bronstein meinte, die Eiszapfen an jedem einzelnen ihrer Worte förmlich sehen zu können. Beinahe verschämt nickte er.

„Warten Sie hier, der Herr. Ich werde die Mademoiselle holen." Die Hausgehilfin verzichtete darauf, einen Knicks auch nur anzudeuten, und verschwand im Inneren der Wohnung, Bronstein samt seinen Präsenten an der Tür stehen lassend. Bei solch einer Frechheit bleibt einem die Luft weg, dachte er.

Gleich danach blieb sie ihm freilich tatsächlich weg, die Luft. Marie Caroline betrat das Vorzimmer und sah so berückend aus, dass Bronstein glatt zu atmen vergaß. Wie ein geistig zurückgebliebener Einfaltspinsel hielt er ihr Bonbonniere und Blumen hin und sah ansonsten so hilflos wie ein neugeborenes Rehkitz drein. Marie Caroline nahm die Geschenke entgegen.

„Das ist aber lieb von dir. Ist das für mich?"

Bronstein suchte hektisch nach seiner Fassung, fand sie wieder und entgegnete mit krächzender Stimme: „Die Blumen. Ja. Das Konfekt ist, mit Verlaub, für die Frau Mama."

Marie Caroline warf sich in Pose, lächelte und wiederholte ihre eben getätigte Aussage: „Wirklich nett ist das. Sehen S', Josefine, so benimmt sich ein echter Mann von Welt." Es war offenkundig, dass die Zugehfrau Marie Carolines Einschätzung keinesfalls zu teilen gewillt war. Doch Marie Caroline achtete nicht weiter auf den Hausgeist, sondern wandte sich zum Gehen, wobei sie Bronstein bedeutete, ihr zu folgen.

„Mama und Papa freuen sich sicher, dich wiederzusehen. Vor allem, wenn du so umsichtig warst, Geschenke zu bringen."

Jetzt freilich wurde Bronstein mulmig. Wie verhielt er sich nun wirklich gegenüber dem Herrn Papa. Ein schlichtes Dankeschön während des Händeschüttelns? Eine wortreiche Dankesrede? Was sagte man bloß in einem solchen Fall?

Bronstein kam nicht mehr dazu, sich eine Strategie zurechtzulegen, denn schon befand er sich im Salon der Familie. Die Mutter thronte im Zentrum der Sitzlandschaft, vordergründig in eine Stickerei vertieft, während der Vater, eine Zigarre in der linken und ein Cognacglas in der rechten Hand, in einem Fauteuil saß und scheinbar gelangweilt an die Decke blickte. Bronstein näherte sich den beiden in beinahe devoter Haltung und küsste zunächst der Dame des Hauses die Hand.

„Der David war so galant und hat dir auch etwas mitgebracht", sagte Marie Caroline währenddessen, „da, schau, Mama." Die Mutter nahm die Schachtel entgegen, besah sie aufmerksam und nahm dann Bronstein in den Blick. Sie lächelte verschmitzt: „Haben S' über mich auch Erkundigungen eingeholt, Herr Inspektor? Hofbauer-Konfekt mag ich nämlich am liebsten." Bronstein bemühte sich, nicht allzu offensichtlich erleichtert aufzuatmen.

„Es ist mir eine Freude, gnädige Frau", stammelte er. Er ließ noch eine Ehrensekunde verstreichen, ehe er sich Herrn von Ritter zuwandte. „Ihnen, werter Herr von Ritter, bin ich ja auf ewig zu Dank verpflichtet. Ich weiß immer noch nicht, was ich sagen soll. Sie waren wirklich zu gütig." Artig verbeugte er sich.

„Ist schon recht. Das war das Mindeste, was ich tun konnte. Man soll einem jungen Mann immer die Chance zur Bewährung einräumen. Entscheidend ist dann, was er selbst daraus macht."

Bronstein war sich nicht sicher, ob in diesem Satz ein Unterton mitschwang, doch er beschloss, diesen gegebenenfalls zu ignorieren. So beschränkte er sich darauf, Zustimmung zu signalisieren.

„Gemma dann?"

Es war Marie Caroline, die Bronstein selbst von ihren Eltern fortriss. Sie winkelte den Arm an und ließ sich so von Bronstein zurück in das Vorzimmer geleiten, wo sie sich die Überbekleidung anlegen ließ, um schließlich, immer noch an Bronsteins Seite, das Haus zu verlassen.

Da Bronstein das Programm schon kannte, konnte er sich darauf konzentrieren, verstohlen Marie Caroline und ihre Reaktionen auf die einzelnen Darbietungen zu beobachten. Und mit einem gerüttelt Maß an Erleichterung stellte er fest, dass er offenbar die richtige Auswahl getroffen hatte. Sie zeigte sich von der Keller begeistert, lachte Tränen über den Conferencier, was Bronstein zwar nicht nachvollziehen konnte, aber dennoch mit Zufriedenheit quittierte, und fand sogar die artistischen Nummern sichtlich unterhaltsam. Als positiv verbuchte Bronstein, dass Marie Caroline immer wieder einmal in ein herzhaftes Lachen ausbrach, sich dabei ganz ungeniert auf die Schenkel klopfte, um, wahrscheinlich nur aus Versehen, auch einmal Bronsteins Schenkel zu erwischen. Dieses kleine Missgeschick galt es natürlich sofort wieder gutzumachen, wie Marie Caroline betonte, und so ruhte ganz plötzlich ihre Hand auf seinem Schenkel, wenn auch nur verstohlen unter dem Tisch. Bronstein ging seine Optionen durch und wagte es schließlich, einen haptischen Versuch in Richtung dieser Hand zu starten. Ganz vorsichtig tastete sich seine eigene Hand vor, berührte endlich den Ballen von Marie Carolines Hand und fand, zu seiner übergroßen Freude, freundliche Aufnahme. Für den Rest der Vorstellung ruhte sie in jener Marie Carolines.

Als Bronstein den langen Heimweg hinaus nach Dornbach antrat, hatte er genügend Zeit, den Abend Revue passieren zu lassen. Nicht nur, dass sie rund siebzig Minuten konsequent Händchen gehalten hatten, nicht weniger als dreimal hatte das Fräulein von Ritter ihn von der Seite angesehen und dabei aufmunternd gelächelt. Am Ende des Cabaretabends hatte sie ihn zu seiner Auswahl beglückwünscht und ihm dabei einen Kuss auf die Wange gedrückt. Und vor dem elterlichen Wohnhaus schließlich war sie ganz nahe an ihn herangetreten, hatte ihre großen, unschuldigen Augen von unten auf ihn gerichtet und gemeint, sie wäre sehr entzückt, wenn er ihr auch am Wochenende Gesellschaft leistete. Unmittelbar nach seiner Zustimmung zu ihrem Ansinnen war es neuerlich zu einem Kuss gekommen, der diesmal jedoch schon auf seinen Lippen gelandet war. Instinktiv memorierte Bronstein für sich die letzten Worte, die Marie Caroline nach seinem ab-

schließenden Handkuss an ihn gerichtet hatte: „Herr von Bronstein, ich fürchte, ich muss mehr aufpassen auf mich. Ich glaub,
ich bin dabei, mich ein bisschen in Sie zu verlieben."

Deutlicher konnte eine Gunstbezeugung gar nicht mehr ausfallen, wenn man ein ehrbares Frauenzimmer bleiben wollte.
Bronstein war sich dessen bewusst, dass es noch einiger Treffen
bedürfen würde, ehe man sich endlich wirklich ein wenig näher-
kommen konnte, doch immerhin schien sie gewillt, diesen Weg
mit ihm gemeinsam zurückzulegen. Die körperliche Distanz würde mit jeder Begegnung etwas geringer werden, um schließlich
ganz auf null gestellt zu sein. Und dann, irgendwann in ein, zwei
Monaten, käme unweigerlich der Augenblick, da sie einander um
den Hals fallen und sich innig liebkosen durften. Mit ein wenig
Glück würde man hernach im Mai nach Baden oder Ischl fahren,
wo man dann mit noch etwas mehr Glück in einem unbeobach-
teten Augenblick ein Zimmer teilen konnte, abseits von Gouver-
nanten oder anderen Aufpassern. Und dann bekäme man einen
Vorgeschmack auf die Freuden ehelichen Zusammenseins. Lief
also alles in die gewünschte Richtung, dann konnte er in längs-
tens drei Monaten seine Qualitäten als Liebhaber unter Beweis
stellen. Und wenn diese seine Leistung kein absolutes Fiasko
wurde, dann schien es nicht ausgeschlossen, dass man spätestens
im Frühherbst bei einem schmucken Galadiner die Verlobung
bekanntgeben konnte. Ja, und im Mai des Folgejahres würde es
dann heißen: „Treulich geführt, ziehet dahin ..."

Bronstein wurde bei diesen Gedanken so warm ums Herz,
dass er unwillkürlich seinen Mantel öffnete. Sogar die Schnee-
flocken, die ihn mehr und mehr umwolkten, schienen an seinem
Glück Anteil nehmen zu wollen, denn sie tanzten leicht auf seinen Schultern und boten ihm ein romantisches Schauspiel, das
gleichwohl nur die Ouvertüre zu einem erfüllenden Wochenende sein würde, wie er inständig hoffte.

VI.
Montag, 17. Februar 1913

Beschwingt betrat Bronstein sein Büro am Deutschmeisterplatz. Was war das für ein Wochenende gewesen! Der anhaltende Schneefall hatte es ihm und Marie Caroline ermöglicht, in den Praterauen wie kleine Kinder herumzutollen. Zuerst waren sie am zugefrorenen Heustadelwasser Schlittschuh gelaufen, dann hatten sie am Fuße des Konstantinhügels einen Schneemann gebaut, und schließlich war es Bronstein noch gelungen, einen Jungen dazu zu überreden, ihnen für einen kurzen Augenblick seine Rodel zu leihen. Lachend hatte Marie Caroline vorne Platz genommen, Bronstein saß hinten auf und schob sich so nah als möglich an ihren Körper heran, um die Steuerschnur gut in der Hand halten zu können. Selbst zwei Tage später roch er noch ihr betörendes Parfum und spürte die sanfte Rundung ihrer Hüften an seinen Unterarmen. Als sich der Schlitten ratternd in Bewegung gesetzt hatte, war sie, immer noch lachend, nach hinten gefallen, sodass ihr Kopf auf Bronsteins Schulter zur Ruhe kam. Bronstein vermochte immer noch nicht zu sagen, was ihr in diesem Moment durch den Kopf gegangen war, aber er erinnerte sich deutlich an den sanften Kuss, den sie auf seinen Unterkiefer gedrückt hatte. Und noch lebendiger war der Gedanke an ihre liebliche Oberweite, die sich mit einem Mal in seinen Armbeugen befunden hatte, nachdem er beim Versuch, Marie Caroline von der Rodel zu heben, seine eigenen Kräfte überschätzt hatte.

Am Sonntag waren die Dinge dann schon ganz von allein in die richtige Richtung gelenkt worden. Der gemütliche Spaziergang durch die Schwarzenbergallee hatte beinahe zwangsläufig in seiner Wohnung geendet, weil Marie Caroline sich doch von der Winterkälte aufwärmen musste. Bei der unweigerlich nötigen Tasse Tee war man sich dann noch näher gekommen, und mit einer bislang ungekannten und vor allem immer noch anhaltenden Euphorie konstatierte Bronstein, während er sein Schreibzeug auf dem Schreibtisch ordnete und auf Pokorny wartete, dass es mitunter keines Kuraufenthaltes in Baden bedurfte, um Nachhilfeunterricht in der Anatomie des weiblichen Körpers zu erhalten. Der kleine Herr Bronstein war immer noch ganz enthusiasmiert, und Bronstein selbst musste sich eingestehen, dass er seit Stunden derart debil grinste, dass er konsequenterweise in das Nachbarhaus des Herrn von Baumgarten eingewiesen werden sollte.

Apropos Baumgarten. Es galt, endlich wieder dem Fall Mészáros Aufmerksamkeit zu widmen. Seit fünf Tagen stand in dieser Frage alles still, und jeder Ermittler wusste, dass die Spuren in einem Verbrechen mit jedem Tag, der verstrich, kälter wurden. Also musste in dieser Angelegenheit dringend Terrain gutgemacht werden. Wo nur dieser Pokorny blieb?

„Bitte schön, eine Schale Gold. Sogar mit Schlagobers. ... Das war gar nicht leicht zu organisieren."

Wie aufs Stichwort hatte Pokorny die Tür geöffnet und kredenzte Bronstein frisch zubereiteten Kaffee. Nach einem Augenblick der Überraschung nickte Bronstein anerkennend und nahm die Tasse dankbar entgegen.

„Also, lieber Pokorny", begann er dann, „es geht um den Fall Mészáros." Er setzte seinen neuen Mitarbeiter in groben Zügen über die ganze Sache in Kenntnis, wobei er sich darüber wunderte, dass dieser ihn kein einziges Mal unterbrach, und sei es auch nur durch Vorbringen einer redundanten Anekdote. „Und da wir jetzt das Pouvoir haben, uns ausnahmslos diesem einen Vorfall zu widmen, schlage ich vor, wir gehen das in ganz großem Stil noch einmal an. Als Erstes begeben wir uns in Mészáros' Wohnhaus und verhören die anderen Parteien, dann …"

„… vernehmen!"

„Wie bitte?"

„Vernehmen. Die Parteien vernehmen wir. Verhören tun wir nur Verdächtige, und das auch nur hier vor Ort."

Bronstein war kurz irritiert. Konnte es tatsächlich möglich sein, dass sein Untergebener ihn gerade ausgebessert hatte? „Dem Vernehmen nach werden wir sie verhören", sagte er mit einem unüberhörbar satirischen Unterton. „Und außerdem sollten wir uns auch mit der Gemeinde ins Einvernehmen setzen, in welcher er heimatberechtigt war. Vielleicht gibt es dort ja Verwandte von ihm oder sonstige Leute, die etwas über ihn sagen können. Und schließlich müsste es uns irgendwie gelingen, seine letzten Tage und Stunden zu rekonstruieren. Nur so wird es uns möglich sein, zu erfahren, ob Mészáros wirklich Grund hatte, seinem Leben selbst ein Ende zu setzen, oder ob hier, wie ich nach wie vor vermute, ein Verbrechen vorliegt."

„Im 97er Jahr", begann Pokorny unvermittelt, „haben wir eine Frauenleiche in Kaisermühlen am Donauufer g'funden. Es war schnell klar, wer die Tote war. Und es hat sich herausg'stellt, dass die ein Pantscherl mit einem verheirateten Mann g'habt hat. Und wie der sie, das haben Zeugen bestätigt, loswerden hat wollen, hat sie ihn erpresst. Sie hat g'sagt – vor Zeugen, wohlgemerkt –, sie sagt alles seiner Frau." Abrupt verstummte Pokorny.

„Und?", fragte Bronstein nach einer Weile.

„Nichts und. Wir haben den Mann natürlich festgenommen und ordentlich verhört", erklärte Pokorny, wobei er das letzte Wort besonders betonte, „doch der hatte ein ebenso hieb- und stichfestes Alibi wie seine Frau."

„Na und weiter?"

„Wir haben ihr gesamtes Umfeld durchleuchtet. Mit ihren Freunden und Verwandten geredet, die anderen Hausbewohner einvernommen", wieder eine Betonung auf dem letzten Wort, „nichts. Einfach nichts."

„Also doch Selbstmord?"

Pokorny sah von seinem Kaffee auf und Bronstein direkt in die Augen. „Das wissen wir bis heute nicht."

„Na, sehr aufbauend. Genau solche Geschichten brauche ich", meinte Bronstein säuerlich.

„Davon habe ich jede Menge auf Lager", entgegnete Pokorny ungerührt.

„Na, dann schau'n wir, dass nicht noch eine dazukommt", erklärte Bronstein bestimmt und trank den letzten Rest seines Kaffees aus. Danach machte er noch einen kräftigen Zug von der zum Kaffee angezündeten Zigarette und dämpfte sie anschließend aus. Er erhob sich: „Gemma!"

Vierzig Minuten später standen sie wieder in der zweiten Stiege von Mészáros' Wohnhaus. Bronstein versuchte sich daran zu erinnern, wie die anderen beiden Damen geheißen hatten, von denen die Hausmeisterin gesprochen hatte. Richtig! Neziba und Wejwoda. Nach denen galt es Ausschau zu halten. Die Neziba öffnete, kaum dass Bronstein das Holz berührt hatte, auch schon die Tür. Sie sah aus wie eine wahre Brunhilde, eine Rubensfigur mit angsteinflößend großer Oberweite. Sie lächelte Bronstein an, wobei dieser sich sicher war, die Mimik sollte lasziv wirken, wenngleich sie sich objektiv nur zynisch ausnahm. „Grüße Sie, Herr Inspektor. Ich hab schon g'wartet auf Sie. Immerhin bin ich auch eine wichtige Zeugin", behauptete die Neziba.

„Ach ja, na deswegen sind wir ja da", erklärte Bronstein konziliant. Die Neziba wurde von dieser Antwort unvorbereitet getroffen, und so wusste sie erst nicht, was sie darauf erwidern sollte. Da ihr in angemessener Reaktionszeit nichts Passendes einfiel, trat sie einfach einen Schritt zur Seite und machte dabei eine Geste mit der linken Hand: „Aber wollen S' nicht zuerst einmal reinkommen?"

Bronstein und Pokorny betraten die kleine Küche, die gleichzeitig als Vorzimmer diente und lediglich ein Fenster zum Gang hin aufwies. „Aber setzen Sie sich doch. Darf ich Ihnen etwas aufwarten?"

„Ein Glaserl Wasser, wenn S' haben", kam Bronstein seinem Mitarbeiter zuvor, der ob dieser Aussage sichtbar den Mund verzog. Die Neziba richtete zwei Gläser her, eilte zur Bassena und kehrte wenig später mit den gefüllten Gläsern wieder zurück. Dann nahm sie gegenüber den beiden Polizisten Platz.

„Alsdern, was wollen S' wissen?"

„Zuerst einmal, warum Sie glauben, eine wichtige Zeugin zu sein."

„Na hören S', kaum einer hat den Mészáros besser gekannt als ich. Der war ja alle Daumen lang da, um sich irgendetwas von mir auszuleihen. Eine Scher', ein Messer, Nadel und Zwirn. Aber ich muss sagen, er hat immer alles brav wieder zurückgebracht. Und so charmant war er halt immer, gell. Sehr ruhig eigentlich, aber das auf eine bezaubernde Art. Wissen S', er hat das Reden immer mir überlassen, so höflich war er."

Bronstein dachte, dass dies weiter keine Kunst war, denn die Neziba sprach wie aufgezogen und schien rein gar nicht zu bremsen zu sein. Erst beim dritten „Wann" aus seinem Mund stoppte ihr Wortschwall, und sie sah Bronstein an: „Was wann?"

„Wann haben Sie ihn zuletzt gesehen?"

„Ja mei, wann wird das g'wesen sein? Vor knapp zwei Wochen, denk ich. Am Freitag …, also kurz bevor er …, bevor das passiert ist, ned wahr."

„Und ist Ihnen da irgendetwas aufgefallen? Wirkte er bedrückt oder ängstlich?"

„Überhaupt ned, im Gegenteil, der war direkt ein bissel euphorisch, is mir vorgekommen. Ich glaub ja, dass er davor ein Zeiterl unglücklich verliebt war und darum so desperat durch die Gegend g'rennt ist. Aber an dem Freitag hat er mir noch g'sagt, er is zufrieden, weil jetzt alles in Ordnung kummt. Ich hab mir noch nix denkt dabei, wer denkt denn gleich an so etwas, ned? Ich mein', dass der damit sagen will, dass er sich ins Pendel haut, ned war?!"

„Sie glauben also, er hat Selbstmord begangen, der Mészáros?", fragte Bronstein die Frau auf den Kopf zu.

„Na, so heißt's doch, oder?", entgegnete sie.

„Das ist aber noch nicht heraus", statuierte Bronstein. „Haben Sie nur den Herrn Oberleutnant gesehen, oder hatten Sie auch zu allfälligen Freunden des Mészáros Kontakt?"

Die Neziba schien zu überlegen. „Na ja, eine Zeit lang sind immer wieder diese beiden Provinzler da angetanzt. Das waren vielleicht Gestalten, kann ich Ihnen sagen. Wenn das unsere Armeeführung wird, dann g'winnen wir aber keinen Krieg mehr, das kann ich Ihnen sagen. Aber dann ist da plötzlich ein ganz ein anderer Offizier aufmarschiert. Mei, ich sag's Ihnen, das war ein Herr. Na pfiat mi Gott, direkt zum Anbeißen … Da hast sofort g'sehen, der is was Besseres. Sicher Hochadel. Na gut, bitte, so hat er sich auch benommen. Nicht einmal ang'schaut hat er unsereinen. Aber klar, für einen, der was so ein Hochwohlgeboren is, der kann sich nicht mit uns einfachem Volk abgeben, der hat andere … Plaisirs."

„War der blass und blond, der feine Herr?"

„Ja", sagte die Neziba verwundert, „sagen S' bloß, Sie kennen den?"

„Ja", entgegnete Bronstein, „den kenn i."

Natürlich stellte sich ihm die Frage, was Baumgarten nun auch noch dazu veranlasst haben könnte, Mészáros sogar in sein ganz und gar nicht standesgemäßes Wohnhaus zu begleiten. Baumgarten war ohne Frage die schillerndste Erscheinung in diesem ganzen Szenario. Den würde man sich noch einmal näher anschauen müssen. Ob das mit dem finanziellen Hintergrund überhaupt stimmen konnte? Bronsteins Gedanken schweiften ab, und erst im letzten Augenblick bekam er mit, dass die Neziba nun ihrerseits eine Frage gestellt hatte.

„Natürlich kann das sein", entgegnete Bronstein, „dass er unglücklich verliebt war, der Herr Mészáros. Aber sind S' ehrlich, Frau Neziba. Wenn da eine Frau im Spiel gewesen wär, dann hätten doch Sie, die Frau Wejwoda oder die Frau Kriwanek früher oder später Wind bekommen davon, oder?"

„Ja, das ist wahr", pflichtete ihm die Frau vorbehaltlos bei. „Allerdings muss es ja keine Frau g'wesen sein, gelt?"

Bronstein riss die Augen auf: „Was wollen Sie damit andeuten, Frau Neziba?"

„Na schauen S', der Herr Mészáros, der war so einfühlsam, so empfindsam, so voller Verständnis und Mitgefühl. Der hat immer Zeit für einen g'habt, ned wahr. Der hat sich ang'hört, wenn unsereins irgendwo das Reißerte g'habt hat, und dabei sogar noch einen Rat parat g'habt, wie man dem wieder abhelfen könnt. Es ist ihm sogar aufg'fallen, wenn man beim Friseur war. Seien S' ehrlich, Herr Inspektor, für einen Mann is so was doch nicht normal!"

Bronstein bemühte sich um eine unverbindliche Miene: „Und?"

„Na hören S' einmal, für so etwas interessieren sich nur Frauen. Und Männer, die was … na ja, Sie wissen schon … andersrum halt."

Nun war dieser Gedanke also neuerlich aufs Tapet gekommen. Bronstein wollte sich immer noch nicht vorstellen, dass dies auf einen schneidigen Generalstäbler zutreffen mochte, doch allmählich musste er wohl auch diese Variante in seine Überlegungen einbeziehen. Vielleicht sollte man die Wejwoda gleich danach fragen. „Und am Tag des … Ereignisses selbst ist Ihnen nichts Besonderes aufgefallen?", fragte Bronstein noch einmal. Die Neziba schüttelte nur den Kopf.

„Gut. Vielen Dank. Das wär's fürs Erste. Wenn wir noch etwas brauchen sollten, dann melden wir uns wieder bei Ihnen. In diesem Sinne: Wiederschau'n."

Bronstein zog Pokorny mit sich und klopfte wenig später an die Tür der Wejwoda. Die sah vielleicht noch ein wenig verwitterter aus als die beiden anderen Frauenzimmer. Bronstein schätzte sie auf Anfang sechzig. „Guten Tag zu wünschen, Frau Wejwoda. Wir kämen wegen der Sache da … mit dem Oberleutnant Mészáros."

„I waaß nix", knurrte die Alte und schickte sich an, die Tür wieder zu schließen, doch Bronstein stellte blitzschnell den Fuß in dieselbe.

„Na, na, na, Gnädigste. So eine patente Dame, wie Sie es sind, die weiß bestimmt ein bisserl was! Hab ich nicht recht?" Dabei sah er Bestätigung heischend zu Pokorny hin, der allerdings die psychologische Offensive seines Chefs nicht als solche erkannt hatte und einfach unverwandt Bronsteins Blick erwiderte, ohne dabei seinen Mund zu öffnen.

„Schauen S', Herr Inspektor. Ich bin a alte Vettel. Mich geht das alles nix mehr an. Lassen S' mich einfach im Kraut mit dem ganzen Holler. Mir is des wurscht, was mit dem Wurschtl passiert is, und übers Jahr bin i a hin, dann is ma überhaupt alles wurscht. Also Wiederschau'n." Dabei drückte die Alte gegen Bronsteins Bein.

„Hören S', Frau Wejwoda, Sie machen mir Spaß. Wie kommen S' denn auf so grausliche Gedanken …"

„Grausliche Gedanken? Des Beuschl holt's ma auße. Seit Ewigkeiten scho. I spuck jeden Tag drei Liter Bluat. Und da glauben S', i leb no lang? Also i glaub des ned."

„Wollen S', dass Sie der Mörder vom Mészáros überlebt?", platzte Pokorny wenig diplomatisch in den Schwanengesang der Wejwoda.

„Der Mörder?" Die Alte wurde tatsächlich stutzig. „Ich hab glaubt, der hat sich ins Pendel g'haut, der fesche Kurtl, der."

„Na ja, es gibt Anhaltspunkte, die darauf hindeuten, dass wir nur glauben sollen, er hätte sich selbst entleibt, Frau Wejwoda", riss Bronstein die Rede wieder an sich. „Und um das zu klären, sind wir nun auch zu Ihnen gekommen."

Die Wejwoda zögerte ein wenig. „Also i glaub scho, dass si der selber hamdraht hat. Der hat des afoch nimma ausg'halten, des Leben."

„Aha. Und warum?"

„Warum, warum, warum! Weil des Leben oasch is. Darum! Dei ganzes Leben lang wirst nur hint' und vorn beschissen. Da plagst di wie a Packesel, und was bleibt am Schluss? Nix. A Holzkisten und a Einsegnung. Und wennst a Glück hast, dann geht sogar wer mit, wenn s' di in die Grub'n einfahren lassen."

Bronstein war sich sicher, dass die Wejwoda weit eher über ihr eigenes Leben Bilanz zog, als dass sie philosophische Betrachtungen über die Conditio humana anstellte. Doch galt es, behutsam vorzugehen, wenn man der Greisin eine Information entlocken wollte. „Nun wird aber der Herr Oberleutnant ob des Mangels an Lebensjahren und damit verbundener Lebenserfahrung noch nicht jene geistige Tiefe erreicht haben, welche Sie auszeichnet, Frau Wejwoda. Daher stellt sich die Frage, ob er tatsächlich zu einem ähnlich skeptischen Befund kam wie Sie jetzt eben."

„Ha?"

„Der war nu z'jung für so an Schas", übersetzte Pokorny, was die Wejwoda prompt zurückschrecken ließ. „I red kan Schas, Sie ... trauriges Mandl, Sie."

„Sagen S', Frau Wejwoda", ignorierte Bronstein den aufkeimenden Disput zwischen der Zeugin und seinem Untergebenen, „kann das sein, dass der Herr Mészáros ... nun ... andersrum war?"

Eigentlich hatte er diese Frage ein wenig verklausulierter vorbringen wollen, aber das feindselige Intermezzo um ihn hatte ihn nachhaltig aus dem Konzept gebracht.

„Der Kurtl ... a Warmer?" Die Wejwoda schien tatsächlich über diese Möglichkeit nachzudenken. „Wenn er's war, dann hätt er nur einen Grund mehr g'habt, dass er sich die Schleifen gibt. Als Perverser solltest ka Existenzberechtigung haben."

„Haben Sie je eine Frauensperson bei ihm gesehen?", setzte Bronstein nach.

„Sie meinen außer der Neziba, der männernarrischen Nockn?"

„Äh ... ja."

„Naa."

Also stimmte die Annahme Mészáros' sexuelle Orientierung betreffend vielleicht doch, denn wie oft kam es vor, dass ein schmucker Generalstäbler nicht zumindest ab und zu mit dem schöneren Geschlecht auf Tuchfühlung ging? Bronstein kam zu dem Schluss, er würde die künftigen Untersuchungen primär unter diesem Gesichtspunkt führen. Vorerst einmal bei der alten Reininger, deren gute Ohren den ganzen Fall ja erst ins Rollen gebracht hatten.

Als die Frau ihre Wohnungstür öffnete, wusste Bronstein, warum die Hausbesorgerin, wiewohl selbst nicht mehr die Jüngste, von einer „Alten" gesprochen hatte. Die Reininger war wohl schon in den Tagen Kaiser Ferdinands des Gütigen zur Welt gekommen und ging locker als die Großmutter des Dreimäderlhauses durch. Bronstein wunderte, dass die Reininger überhaupt noch etwas hören konnte, geschweige denn das Umfallen eines Sessels in der Wohnung über ihr.

„Grüße Sie, Frau Reininger", brüllte er daher.

„Schreien S' ned a so. I bin ja ned derrisch!", gab diese pikiert zurück.

„Ah, hervorragend. Wir kommen wegen dem Herrn Oberleutnant ..."

„Ja, das hab ich mir schon gedacht. Aber ich kann Ihnen dazu eigentlich wenig bis gar nichts sagen, weil ich kümmere mich nicht so um die anderen Leut da. Wissen S', in meinem Alter, da will man eigentlich nur mehr seine Ruh haben."

„Mich tät eigentlich nur eines interessieren", begann Bronstein dennoch. „War der Mészáros Ihrer Meinung nach ein umgänglicher Mensch?"

„Jo mei, g'schwärmt haben s' da alle von ihm. Er war ja auch sehr höflich und zuvorkommend, ned. Und Standesdünkel hat er auch keine g'habt oder so. Er is immer wieder einmal auf ein Plauscherl stehen geblieben, aber ich glaub, dass er trotzdem ein sehr einsamer Mensch war, der Herr Leutnant."

„Oberleutnant! Der Herr Mészáros war Oberleutnant."

„Pokorny", tadelte Bronstein seinen Mitarbeiter für dessen überflüssigen Kommentar, „es ist wurscht, was der Mészáros war. Wie er war, das müssen wir herausfinden."

„Ich glaub ja", fuhr die Reininger unverwandt fort, „der hat irgendein schreckliches Geheimnis g'habt, unter dem er sehr g'litten hat. Das hat man ihm förmlich ang'sehen, vor allem, wenn er sich unbeobachtet g'wähnt hat."

„Ach ja? Und wo war das zum Beispiel?"

„Na unten, ums Eck, beim Wirten. Da is er immer wieder einmal g'sessen. Da hat er sinniert. Richtig desperat is er mir da manchmal vorkommen. Also wenn ich so dort vorbeikommen bin und einen schnellen Blick durchs Fenster g'worfen hab", ergänzte sie.

„Und haben Sie eine Vermutung, was für ein Geheimnis das gewesen sein könnte?"

„Ich glaub, obwohl da so oft seine Kameraden dabei waren und er auch da im Haus immer so freundlich war, tief im Inneren war er sehr einsam. Und wer weiß, vielleicht war er verliebt? Wär doch nicht abwegig, in dem seinem Alter."

„Verliebt? In wen?"

„Jo mei, alles weiß ich auch nicht, oder?"

„Na, haben Sie einmal eine potenzielle Herzdame gesehen oder so, dass Sie auf diese Idee kommen?", blieb Bronstein beharrlich.

„Nein, das könnt ich nicht sagen. Aber wer weiß, vielleicht hat er ja in dem Dorf, aus dem er kommt, eine Angebetete. Andererseits ..."

„Andererseits was?"

„Na ja, wissen S', Herr Inspektor. Ein bisserl anders war er schon, der Herr ... Ober...leutnant."

„Inwiefern?"

„Also, er hat auf Dinge geachtet, auf die kein Mannsbild normal je schaut. Eigentlich war der gar nicht so, wie man sich einen Offizier vorstellt, verstehen S', der war mehr wie ein ... Friseur."

Na bitte, dachte Bronstein. Was sagte man Friseuren gemeinhin nach? Eben! Innerlich war er sich damit endgültig sicher, es mit einem Mann vom anderen Ufer zu tun zu haben, auch wenn man wahrscheinlich noch in seinem Herkunftsort entsprechende Erkundigungen würde einholen müssen. Aber er war sich nun schon ziemlich sicher, dass man auch dort kein Mädel finden würde, das auf Mészáros wartete.

„Ein Friseur also", wandte er sich wieder an die Reininger. „Sagen Sie, gibt es in dem Haus noch irgendjemanden, den wir befragen sollten? Wir waren bei der Frau Kriwanek, bei der Neziba und der Wejwoda und jetzt bei Ihnen. Gibt es noch jemanden, der uns über Oberleutnant Mészáros Auskunft geben könnte?"

„Na ja, fragen S' halt den Vermieter. Der hat sich ja immer den Zins abgeholt. Vielleicht weiß der etwas."

Bronstein schien dieser Hinweis sinnreich, und so erkundigte er sich bei der Reininger, wo der Vermieter denn anzutreffen sei. Er bewohne selbst die Beletage auf der Einserstiege, erhielt er zur Antwort, und so machte er sich umgehend auf, auch noch den Herrn Hausbesitzer aufzusuchen. Dieser befand sich jedoch, wie seine Zugehfrau, die gerade mit der täglichen Reinigung der Wohnung beschäftigt war, versicherte, nicht in seinen eigenen vier Wänden. Da die Frau auch nicht zu sagen vermochte, wann er wieder zu sprechen wäre, verabschiedete sich Bronstein und meinte anschließend zu Pokorny, die Zeit sei weit genug fortgeschritten, um bei einem Mittagsmahl über die gewonnenen Erkenntnisse nachzusinnen und die nächsten Schritte zu planen.

VII.
Montag, 24. Februar 1913

Als Bronstein am Montagmorgen sein Büro betrat, befand er sich im Zustand gereizter Melancholie. Noch eine Woche zuvor war er voller Zuversicht gewesen, den Fall Mészáros rasch klären zu können und so einen beeindruckenden Einstand in seiner neuen Wirkungsstätte zu haben. Die Gespräche im Wohnhaus des Dahingegangenen waren äußerst vielversprechend verlaufen und hatten ein ziemlich klares Bild ergeben, von dem er geglaubt hatte, es nur noch entsprechend abrunden zu müssen, um der Sache endgültig auf den Grund zu kommen. Immer deutlicher hatte sich im Wochenverlauf abgezeichnet, dass der Mészáros niemals in Begleitung einer jungen Dame gesehen worden war. Der Wirt an der Ecke hatte sogar gemeint, Mészáros war stets reichlich unwirsch geworden, wenn die holde Weiblichkeit den Versuch einer Annäherung an seine Person unternommen habe. „Richtig aufgeblüht ist der eigentlich nur, wenn er im Kreise seiner Kameraden getrunken hat", lautete die entsprechende Aussage des Gastronomen, ergänzt um die Beifügung, dass dies besonders für einen blonden Oberleutnant von adeliger Herkunft gegolten habe: „Da hat ma sofort g'sehen, dass der Mészáros den richtiggehend bewundert, ja sogar verehrt hat. Der ist förmlich an seinen Lippen g'hängt und hat jedes Wort aufg'saugt, das dieser blasierte Schnösel von sich gegeben hat." Es brauchte nicht viel Phantasie, um die Antipathie, welche der Gastwirt wider Baumgarten hegte, aus seinen Angaben herauszuhören, doch für Bronstein änderte dies nichts am Inhalt der Aussage. Anscheinend hatte es tatsächlich eine besondere Beziehung zwischen dem adeligen Burschen und dem unglücklichen

Ungarn gegeben, und es sprach einiges dafür, dass diese nicht nur auf dem Umstand beruhte, dass sich Baumgarten gerne von Mészáros aushalten ließ. Der Mészáros hatte sich, dessen war sich Bronstein nun schon ziemlich sicher, in den Baumgarten verschaut. Ob dies nun aber der Tatsache geschuldet war, dass Baumgarten möglicherweise die Eintrittskarte in bessere Kreise zu bedeuten vermochte, oder ob tatsächlich auch eine sexuelle Konnotation mitschwang, darüber konnte es noch kein verbindliches Urteil geben. Wie man es auch drehte und wendete, man musste einfach mehr über die Persönlichkeit des Mészáros in Erfahrung bringen.

Zu diesem Zweck hatte sich Bronstein eine Dienstreise an Mészáros' Heimatort bewilligen lassen, die ihn am 19. nach Ungarn geführt hatte, wo er drei Tage lang verzweifelt versucht hatte, irgendwelche Fakten von Relevanz in Erfahrung zu bringen. Doch das Bild blieb dasselbe. Ein ruhiger, ja ein stiller Kerl, absolut unauffällig schon in der Schule. Ein Einzelgänger, strebsam, das ja, doch irgendwie auch sehr eigenbrötlerisch, um nicht zu sagen seltsam. Hielt sich immer von allem fern, was nach Vergnügen oder ländlicher Unterhaltung hätte riechen können, nahm an keinem Kirtag, keiner Hochzeit oder sonstigen Feier teil, und in Damenbegleitung habe man ihn ohnehin nie gesehen. Die Summe der im Ungarischen zusammengetragenen Erhebungen bestätigte den bereits vorhandenen Befund, brachte aber keinerlei neue Erkenntnisse. Bronstein befand sich in einer Sackgasse. Vor allem verspürte er mit jedem neuen Tag, der anbrach, mehr Druck auf seinen Schultern lasten. Nechyba erwartete einen erhellenden Bericht, Pokorny erging sich in Untergangsvisionen, und die neuen Kollegen beschränkten sich darauf, hinter Bronsteins Rücken zu tuscheln und in seiner Gegenwart zu sticheln. Als sein Blick auf die Titelseite des „Prager Tagblatts" fiel, auf der in Balkenlettern von der

Ermordung des mexikanischen Präsidenten berichtet wurde, da rührte ihn das Schicksal dieses Politikers merkwürdig an. Wenn er nicht höllisch aufpasste, dann war es sein Kopf, der als nächster fiel. Sein nur höherer Protektion geschuldetes Avancement sahen viele im Agenteninstitut als Provokation, und so mochte es nicht verwundern, dass die Freude an seinem allfälligen Scheitern groß ausfallen würde. Wenn er auch noch nicht wusste, wie, aber er musste unbedingt Erfolge einfahren. Und das besser heute als morgen.

„Pokorny", begann er, als dieser mit den obligaten Kaffeetassen in seinem Zimmer erschien, „wir müssen irgendetwas übersehen haben. Seit zwei Wochen plagen wir uns jetzt schon mit der Sache herum, und rausgekommen ist bis jetzt gar nichts."

„Seit einer Woche."

„Wie bitte?"

„Seit einer Woche plagen wir uns herum. ... Das ist wichtig, weil wenn es schon zwei Wochen wären, dann wäre uns der Fall schon entzogen worden. Und wir hätten ein Verfahren wegen Unfähigkeit am Hals." Pokornys Stimme war bemerkenswert ruhig und gelassen, und er schlürfte dabei seinen Kaffee als hätte er eben einen Kommentar zur zukünftigen Wetterentwicklung abgesondert.

„Na du verstehst es, einem Mut zu machen. Sag mir lieber, wo wir jetzt noch ansetzen können."

„Wir müssten halt rekonstruieren können, wie der letzte Tag im Leben dieses Mészáros abgelaufen ist. Wo war der am Samstag am Abend?"

„Am Achten?" Bronstein ging noch einmal die einzelnen Aktenblätter durch. „Da ist er ab acht Uhr bis zur Sperrstunde allein bei diesem Wirten gesessen und hat getrunken. Das hat der Wirt selbst ausgesagt."

Bronstein kramte weiter in den Unterlagen. „Bis zwölf Uhr hatte er Dienst. Nach einer Information aus der Stiftskaserne war er dann mit der Inspektion der Waffenkammer beschäftigt und hat noch mit dem Quartiermeister ein Mittagsmahl eingenommen."

„Das heißt, vor zwei wird er nicht von dort weggekommen sein."

„Richtig, das sehe ich auch so. Allerdings braucht er nicht lang, bis er zu Hause ist. Dreißig Minuten vielleicht. Bleibt eine Zeitspanne von über fünf Stunden, über die wir nichts wissen." Bronstein blies gepresst Luft aus.

„Na ja, und danach, also nach der Sperrstunde, da wissen wir ja auch nichts. Ich meine, der kann sich um Mitternacht des Neunten genauso aufgehängt haben wie um Mitternacht des Zehnten, also wenn er sich aufgehängt hat, natürlich."

Bronstein sah abrupt auf: „Haben wir denn keinen exakten Todeszeitpunkt? Die Gerichtsmedizin müsste doch …" Und wieder ließ er den Papierberg vor sich eifrig kreißen. Nachdem er alle Akten restlos durchgewühlt hatte, schlug er sich mit der Hand auf den Kopf. Lang, dieser treue Diener seines Staates, hatte sich offenbar mit der simplen Mitteilung des Amtsarztes begnügt, dass Mészáros definitiv nicht mehr unter den Lebenden weilte, und alle anderen Beamten, die seitdem mit der Causa befasst gewesen waren, hatten es verabsäumt, der Frage des genauen Todeszeitpunkts nachzugehen.

„Wie, hast du gesagt, heißt der Pathologe noch einmal?"

„Strakosch. Warum?"

„Wo erwisch ich den?"

„Einfach mit dem Fernsprecher. Das Fräulein stellt dich schon durch."

Bronstein griff zum Hörer. Einige Minuten später war er mit dem Leiter der Gerichtsmedizin in der Sensengasse verbunden.

„Äh, einen guten Tag zu wünschen, Oberkommissär Bronstein am Apparat, ich hätte eine Frage an Sie, Herr Medizinalrat ..."

„Hofrat genügt völlig, Herr Oberkommissär."

„Gut, Herr Hofrat. Sagen Sie, kann man den genauen Todeszeitpunkt eines Menschen noch bestimmen, sagen wir, gut zwei Wochen nach seinem Ableben?"

Am anderen Ende der Leitung war homerisches Gelächter zu vernehmen. „Also Sie machen mir Spaß, Herr Oberkommissär. Wie, bitte schön, soll denn das gehen? ... Wo ist das Corpus überhaupt?", fragte Strakosch dann abrupt.

Bronstein unterdrückte einen Schrei. Wo war die Leiche überhaupt abgeblieben? Der nächste kapitale Fehler! Was war er doch für ein grauenhafter Stümper! Er hatte sich ja um rein gar nichts gekümmert! Wie ein Volltrottel stolperte er völlig ahnungslos durch die Szenerie und schoss dabei einen Bock nach dem anderen. Wie war das mit Marie Caroline bei ihrer ersten Begegnung gewesen? Sherlock Holmes und Dupin und Tabarin? Die würden glatt in Ohnmacht fallen, wenn sie ihren österreichischen Kollegen bei seiner Arbeit beobachteten.

„Sehr geehrter Herr Hofrat, ich ... äh ... ruf Sie noch einmal an. Hier hat sich gerade ... eine neue Situation ... Entschuldigung, dass ich Ihnen Mühe ... Wiederhören." Er läutete ab und fluchte laut. „Was ist das für eine Schlamperei! Wir sind doch wirklich die allerletzten Dorfdeppen! Pokorny! Wo ist die Leiche jetzt?"

Pokorny zuckte nur mit den Schultern: „Woher soll ich das wissen?"

„Dann finde es heraus!", schrie Bronstein mit sich überschlagender Stimme. „Das ist ein Sauhaufen hier! Das kann nicht geduldet werden! Das ..."

Von einem Sekundenbruchteil zum nächsten erstarb Bronstein. Er sah Pokorny mit schuldbewusster Miene an: „Tschuldige. Ich weiß, du kannst nichts für diesen ganzen Pallawatsch. An dem bin ganz allein ich schuld. Aber weißt, ich hab das Gefühl, ich bin dem allen nicht gewachsen. Seit Tagen rennen wir herum und reden mit irgendwelchen Leuten, und was kommt heraus dabei? Nichts. Gar nichts! Ich halt das nicht mehr aus."

„Na, so schlimm ist das auch wieder nicht. Sagen wir doch einfach, es gibt keine Anhaltspunkte für Fremdeinwirkung. Der hat sich selber g'macht und aus."

„Nein, Pokorny. So geht das nicht. Ich kann ja nicht meine Laufbahn bei der Abteilung Leib und Leben mit einer Kapitulation beginnen. Ich muss diesen Fall lösen. Und ich bin mir sicher, dass wir etwas übersehen haben. Der wurde ermordet, das hab ich im Urin. Und wahrscheinlich, wegen irgendeiner warmen G'schicht. Ich weiß nur noch nicht, von wem."

„Geh bitte, Herr Oberkommissär", warf Pokorny ein, „jetzt lassen wir doch einmal die Kirche im Dorf, ja? Der Mann wurde in seinem eigenen Zimmer erhängt aufgefunden. Wie soll denn das gehen, wenn das nicht Selbstmord war? Glauben S', den hat jemand hochg'hoben und in die Schlinge g'hängt? Und der wehrt sich nicht? Tschuldigung schon, aber das ist ein Topfen!"

Bronstein musste Pokorny teilweise recht geben. Es klang nicht besonders wahrscheinlich, dass jemand just auf solche Weise ermordet werden konnte. Doch irgendetwas hatte ihn schon am ersten Tag an der Szenerie gestört. Da war etwas gewesen, das bei einem Selbstmord anders hätte sein müssen! Nur, was konnte das sein? Bronstein griff noch einmal nach dem Bericht vom Tatort und vertiefte sich zum x-ten Mal in dessen Text. Pokorny beobachtete ihn eine kleine Weile dabei, dann zuckte er mit den Schultern und trank weiter seinen Kaffee.

„Der Sessel!", schrie Bronstein plötzlich.

Hektisch sah Pokorny auf seinen Sitzplatz. „Der Sessel? Was ist damit? Bricht er unter mir zusammen oder was?"

„Nicht deiner, der vom Mészáros!"

„Ah so", in Pokorny kehrte wieder Ruhe ein.

„Verstehst du nicht, Pokorny? Der Sessel vom Mészáros!"

„Ja, der vom Mészáros. Und? Was soll damit sein?"

„Laut Bericht ist der nach vorn umgefallen."

Erneut zuckte Pokorny mit den Schultern: „Und? Das ist so üblich bei Leuten, die sich den Strick geben. Die steigen auf den Sessel, ziehen das Seil straff, dann treten s' den Stuhl weg, und Feierabend."

„Ja", sagte Bronstein, und dabei lauerten seine Augen auf Pokornys nächste Reaktion, „aber wie fällt ein Stuhl, der von so einem Selbstmörder umgestoßen wird?"

„Ich habe das Gefühl, ich werd's gleich erfahren."

„Er fällt nach hinten, Pokorny. Nach hinten! Der Selbstmörder tritt gegen die Stuhllehne, damit das Möbel umkippt. Selbst wenn er springen sollte, baumeln die Beine automatisch nach hinten aus und werfen so den Stuhl um. Anders kann der gar nicht fallen, weil ja die Beine des Sterbenden im Weg sind. Wie man es auch dreht und wendet, die Lehne des Stuhls müsste Richtung Fenster weisen. Am Tatort wies sie aber genau in die entgegengesetzte Richtung."

„Aha. Und was folgt daraus?"

„Dass der Mann doch ermordet wurde", triumphierte Bronstein.

„Na, ich weiß nicht. Ist das sicher?"

Bronstein war von Pokornys Skepsis reichlich irritiert. „Was soll das heißen: Ist das sicher?"

„Ich mein'", fuhr Pokorny fort, „vielleicht kann der Sessel auch bei Selbstmord nach vorn fallen."

„Und wie, bitte, soll das gehen? Da sind doch die Füß im Weg, und der Körper ist viel schwerer als der Sessel, also wird Letzterer Ersterem ausweichen und nicht umgekehrt."

„Ja, aber wenn", und dabei hob Pokorny mahnend den Zeigefinger, „den jetzt tatsächlich jemand g'macht haben sollte, stünde der doch vor demselben Problem. Auch ein Mörder könnte den Sessel nicht so in Position bringen, eben wegen der Beine, wie wir gerade konstatiert haben."

Bronstein gab zu, dieser Einwand war nicht sogleich von der Hand zu weisen, sondern brauchte ein wenig Überlegung. Er lehnte sich zurück und faltete die Hände, diese gleichzeitig unter seine Nase führend.

„Ich stelle mir das so vor", sagte er nach einer Weile, „der Mészáros hat einen Gschamsterer."

„Ist also ein Warmer …"

„Pokorny, bitte, keine Despektierlichkeiten jetzt. Hör einfach nur zu. … Also, der hat ein Verhältnis mit einem anderen Mann. Und irgendetwas passiert, was diese Beziehung gefährdet. Es kommt zu einem Streit. Möglicherweise droht Mészáros dem anderen, sie beide in den Abgrund zu reißen, wenn der andere nicht spurt. Wer weiß, vielleicht wollt der den Mészáros verlassen. Jedenfalls gehen die beiden im Zorn auseinander. Der Mészáros kriegt Reuegefühle, oder er erkennt, dass er den … Geliebten so oder so nicht wird halten können …, jedenfalls sieht er keinen Sinn mehr in seinem Leben und will sich tatsächlich umbringen …"

„Also doch!"

„Pokorny! Eine Ruh ist, ich muss mich konzentrieren. … Also, dass der Mészáros sich ohnehin heimdrehen will, kann der andere aber nicht wissen. Der hat eine mörderische … ja, buchstäblich … Angst, dass der Mészáros plaudert. Und darum will er ihn mundtot machen, indem er ihn … ganz tot macht. Der also hin zum Mészáros. Dort findet er diesen praktischerweise bereits auf einem Stuhl mit einem Strick um den Hals. Er braucht dem Mészáros also nur noch den letzten

Kick zu geben, und der ist Geschichte ... Dann, als er vielleicht schon gehen will, fällt ihm der Sessel auf, und er denkt sich, bei einem Selbstmord kann der nicht stehen bleiben. Also wirft er ihn um. Einfach so. Wir haben es hier also mit einem Mörder zu tun, der sich selbst verraten hat, weil er zu perfekt sein wollte."

Bronstein lächelte und wartete auf Pokornys Beifall. Der jedoch blieb aus.

„Nehmen wir für einen Moment einmal an, es wäre so gewesen. Was wissen wir dann sonst noch? Nichts! Wer soll denn dieser warme Bruder sein, der den anderen Warmen kaltgemacht hat?"

„Da hab ich schon eine ziemlich klare Vorstellung", entgegnete Bronstein, immer noch lächelnd. „Der Baumgarten!"

„Jetzt aber Schluss! Das ist doch absurd! Wieso soll ein Mitglied des Adels so ein armes Würschtl abkrageln?"

„Genau deshalb", ließ sich Bronstein nicht beirren, „der Baumgarten hätte alles verloren, wenn seine widernatürliche Unzucht mit dem Mészáros ruchbar geworden wäre. Daher musste er sicherstellen, dass der Mann für immer schweigt. ... Allein schon Baumgartens Rechtfertigung, er hätte sich mit Mészáros nur des Geldes wegen abgegeben. Das ist doch absurd! Wenn er mit ihm ins Sirk gegangen wäre oder ins Imperial, bitte, das ließe ich mir vielleicht noch einreden – aber ein heruntergekommenes Beisel im 15. Bezirk! Nie im Adelsleben!"

Pokorny blieb dennoch hartnäckig: „Aber wenn sich der Mészáros ohnehin umbringen wollte, weshalb hätte sich der Baumgarten dann die Hände schmutzig machen sollen?"

„Nun ja", mutmaßte Bronstein, „erstens konnte er ja nicht wissen, dass der Mészáros dabei war, sich das Licht auszuknipsen, als er ihn aufsuchte, und zweitens ist es doch gut möglich, dass Mészáros im Begriff war, seinen Plan aufzugeben, als er

Baumgarten plötzlich bei sich in der Wohnung sah. Und das wiederum konnte Baumgarten ja nicht zulassen."

Er griff nach einer Zigarette und zündete sie sich an: „Wahrscheinlich wollte er ihn ohnehin ermorden. Und die Sache mit dem Strick hat ihm einfach die Wahl, wie er ihn umbringen sollte, abgenommen. Gelegenheit macht Morde, sozusagen."

„Na ja, Herr Oberkommissär, ich will ja nichts gegen Ihre Theorie gesagt haben, sie klingt eigentlich gar nicht einmal so unplausibel. Aber sie hat doch einen entscheidenden Haken."

„Und der wäre?"

„Wir werden dem Baumgarten eine solche Sache nie nachweisen können."

„Das, lieber Pokorny, ist das geringste Problem. Solche adeligen Stutzer sind maßlos überheblich und selbstgefällig. Wenn denen im Verhör ein ordentlicher Wind entgegenbläst, dann gehen die ganz schnell ein. Ich sag dir, nach einer Stunde im Verhörraum singt der wie ein Lercherl."

„Na gut, das muss er auch, denn wenn Sie den arretieren, Herr Oberkommissär, dann rettet Sie nur noch dessen Geständnis. Sonst landen S' nämlich nicht mehr am Kommissariat in Rudolfsheim, sondern im Gemeindekotter von Sankt Radegund. Mit Glück als Schließer, mit Pech als Insasse."

„Ich seh schon, Pokorny, wir zwei werden ein prima Gespann. Ich liebe deinen Optimismus und dein Vertrauen in meine Fähigkeiten."

„Das ist die Erfahrung von 35 Dienstjahren, Herr Oberkommissär. Ned persönlich nehmen, gelt."

„Eh ned. Und jetzt holen wir uns den Baumgarten!"

„Sicher? – Ich mein', sollten wir nicht wenigstens den Nechyba …?"

„Aber woher denn. Gefahr in Verzug. Mit der G'schichte werden wir schon selber fertig. Und umso größer ist nachher der Ruhm beim Nechyba. Der wird uns so schnell nicht mehr vergessen. ... Alsdern, pack ma's."

„Also mir wird das jetzt eine Spur zu pressant, Herr Oberkommissär. Sollten wir die ganze Sache nicht noch einmal ordentlich durchdenken? Ich mein', bis jetzt ist das alles ja nur eine Theorie. Immerhin von Ihnen, zugegeben, aber wir haben überhaupt nichts in der Hand, wir wissen ja nicht einmal, ob der nicht ein lupenreines Alibi hat. Vielleicht war der das ganze Wochenende beim Herrn Papa. Dann können wir abmarkieren, wissen S', was ich mein'?"

„Papperlapapp, Pokorny, den kasteln wir ein. Das geht jetzt ruck-zuck."

„Ujegerl. Wenn was ruck-zuck geht, dann geht das meistens daneben. Das sagt mir meine langjährige Erfahrung."

„Pokorny, du Kleingläubiger, jetzt werd ich dir zeigen, wie das geht – und dann erwarte ich eine Entschuldigung von dir."

Pokorny verdrehte die Augen, seufzte und stellte die Kaffeetasse ab. „Na ja, ich bin ja nur der Geherda, mir kann's wurscht sein. Aber um Ihre Karriere tut's mir echt leid."

Bronstein achtete nicht auf Pokornys Einwände. Er hatte sich mit der Stiftskaserne verbinden lassen und dabei in Erfahrung gebracht, dass Baumgarten in der Tat der diensthabende Offizier vom Tage war. Mit etwas Glück hatten sie den Mann in einer halben Stunde im Verhörzimmer.

Es war zehn Minuten nach zehn Uhr vormittags, als Bronstein und Pokorny vor dem Eingang der Kaserne vorfuhren. Vom Stehposten begehrte Bronstein, dieser möge Oberleutnant von Baumgarten holen, und so stand der blonde Offizier wenige Augenblicke später erneut Bronstein gegenüber.

„Sie schon wieder. Wollen S' wieder versteckte Insinuationen anbringen?"

„Nein, diesmal offene. Herr von Baumgarten, Sie sind vorläufig festgenommen. Wir können das jetzt heimlich, still und leise über die Bühne gehen lassen, oder wir ringen Sie da jetzt zu Boden und fixieren Sie. Was ist Ihnen lieber?"

Baumgarten blieb die Sprache weg. „Das ist doch … unerhört! … So eine … Frechheit!"

„Also, Herr Baron, komm ma jetzt mit oder nicht?" Pokorny mimte den Gelangweilten und betrachtete während des Aussprechens dieser Worte seine Hand, die er mehrmals schnell zur Faust ballte. Das damit verbundene Signal blieb Baumgarten nicht verborgen. „Ich weiche der Gewalt … aber unter Protest. … Ich garantiere Ihnen, das wird Folgen haben … für Sie beide!"

„Ja, ja, ist schon recht. Eine da!" Pokorny schubste Baumgarten sanft in Richtung Wagen. Bronstein wandte sich an den Stehposten. „Sie sollten den diensthabenden Unteroffizier davon in Kenntnis setzen, dass er ab sofort bis zur Ablösung das Kommando hat. Der Herr Oberleutnant ist nämlich vorübergehend … indisponiert."

Während der Fahrt fluchte Baumgarten wie ein Rohrspatz und fand immer abenteuerlichere Formulierungen, mit denen er Bronstein und Pokorny einen baldigen Tod wünschte. Er glich in nichts einem Edlen von, sondern schien weit mehr ein Bierkutscher oder Hutschenschleuderer zu sein. Mit der Zeit gingen seine Verbalinjurien sogar Pokorny auf die Nerven: „Jetzt halt einmal die Pappn, du Safensiader. Sonst hau i da die Gummiwurst übers Happel. Hast mi?"

Pokornys mit blecherner Stimme vorgetragene Drohung verfehlte ihre Wirkung nicht, denn endlich verstummte Baumgarten und brütete den Rest der Fahrt wütend vor sich. Um von vornherein allfälligen Konflikten mit Nechyba aus dem Weg zu gehen, ließ Bronstein den Fahrer auf die Elisabethpromenade zuhalten, wo er Baumgarten einige Minuten vor elf Uhr in eine Zelle sperren ließ. „So, das hätt ma", sagte er aufgeräumt zu Pokorny, „jetzt geh'n wir einmal etwas essen, und nachher schau'n wir weiter." Pokorny ließ sich das nicht zweimal sagen und folgte seinem Chef ins nächste Wirtshaus.

Reichlich zwei Stunden später waren die beiden rundum satt und restlos zufrieden. Auf eine Frittatensuppe war ein Stephaniebraten mit Erdäpfelpüree samt gerösteten Zwiebeln gefolgt. Dann hatten sie sich noch einen Kapuziner gegönnt, zu dem sie, weil es gerade so passte, auch noch eine Virginier geraucht hatten. Endlich sah Bronstein auf die Uhr und meinte: „Jetzt miassat er waach sein."

Sie gingen zurück ins Polizeigefangenenhaus und ließen sich dort den Herrn Oberleutnant vorführen. Noch ehe dieser auf dem spartanischen Sessel Platz genommen hatte, fuhr ihn Bronstein schon an: „Du hast den Mészáros umbracht, und ich kann's dir auch beweisen. Du hast nämlich einen dilettantischen Fehler g'macht. Also ist es besser, du legst nieder, sonst geht's dir wie deinem Opfer und du baumelst von einem Strick. Aber im Hof vom Einserlandl ..."

„Das ist lächerlich, das muss ich mir nicht anhören! ... Wissen Sie überhaupt, mit wem Sie es zu tun haben, Sie Unglücksmensch? Wenn mein Vater erfährt, dass Sie mich hier festhalten – und das wird er –, dann kommt er über Sie, und dann bleibt von Ihnen nichts übrig, aber auch schon überhaupt nichts."

„Da schau her", schnarrte Bronstein mit vorgetäuschter Überlegenheit, „aufmucken tun wir. Na dir werden wir die Wadeln schon nach vorne richten, du Hühnerdreck." Bronstein kam mit seinem Gesicht ganz nah an jenes von Baumgarten heran. Dann schrie er so laut, als wäre er eben von einem Bajonett durchbohrt worden: „Nummerier deine Baner, weil gleich nehm ich dich auseinander!"

Baumgarten war zwar sichtlich erschrocken, aber er bewahrte die Fassung: „Mit roher Gewalt erreichen Sie gar nichts, Sie unzivilisierter Mensch. Sie haben kein Recht, mich hier festzuhalten. Ich betone noch einmal, dass ich mit dem Hinscheiden meines Kameraden Mészáros nicht das Geringste zu tun hatte. Mehr gibt es von meiner Seite zu dieser Sache nicht zu sagen."

„Oh doch", mischte sich jetzt Pokorny ein, „mit dem Sessel, mit dem hast dich verraten. Wenn's wirklich Selbstmord gewesen wär, dann wär der anders g'legen. Is er aber ned. Also war's Mord. Und du bist der Mörder."

„Absurd. Absolut absurd. Ich habe mit der ganzen Angelegenheit nichts zu schaffen. Und wenn Sie mir endlich sagen würden, wann diese Tat überhaupt stattgefunden haben soll, dann bin ich mir sicher, dass ich Ihnen ein entsprechendes Alibi beibringen kann."

„Ah", ätzte Pokorny, „er braucht ein Alibi. Sehr verdächtig."

„Genau", griff Bronstein Pokornys Einwurf auf, „ein Alibi nutzt dir auch nichts mehr, weil wir wissen ganz genau, dass ein solches bei dir sowieso nur gekauft ist. Also, die G'schicht war folgendermaßen: Du und der Mészáros, ihr warts zwei ... na, Sodomiten halt. Und du wolltest ihn loswerden. Wahrscheinlich hast du dir einen Besseren g'funden. Und damit der Mészáros ned plaudert, hast ihm die Schleifen geben. Dass er sich da eh schon heimdrehen wollt, das ist dir dabei sehr entgegengekommen."

„Sie sind ja ... pervers! Wenn Sie ... satisfaktionsfähig wären, ich würd Sie jetzt fordern, Sie ... Missgeburt."

„Gib's doch zu, wir kriegen dich ja auch so ... Es hat dich nämlich jemand g'sehn", bluffte Bronstein.

„Jemand g'sehn? Unmöglich!"

„Doch, die Nachbarin. Die sagt auch vor Gericht gegen dich aus. Und dann ..." Bronstein vollendete den Satz nicht. Stattdessen griff seine Faust in die Luft oberhalb seines Kopfes und zog dabei scheinbar einen Strick gerade. Um diese Geste zu unterstreichen, strecke Bronstein die Zunge aus dem Mund und verdrehte dabei die Augen.

„Genau. Dann hast ausg'schissen, du Oaschpuderer", untermauerte Pokorny möglichst roh die Argumentation seines Vorgesetzten.

Doch wenn die beiden geglaubt hatten, Baumgarten würde ob solch drastischer Vorführungen die Contenance verlieren, dann sahen sie sich getäuscht. Baumgarten verschränkte die Arme vor der Brust und starrte stumm vor sich hin.

„Das wird Folgen haben. Oh ja, und wie. Gott, Sie tun mir beinahe leid. Wenn mein Vater mit Ihnen fertig ist, dann … dann sind Sie gesellschaftlich vollkommen unmöglich geworden. Dann können Sie höchstens noch … unter falschem Namen ins Ausland flüchten", brach er dann endlich sein Schweigen. „Sie können mich nicht ewig hier festhalten. Nicht ohne Haftbefehl. Und den bekommen Sie auf der Basis nie. Nachbarin hin oder her."

Pokorny und Bronstein wechselten einen kurzen Blick. Beide wussten sie, dass Baumgarten recht hatte. Wenn ihnen nun kein entscheidender Coup gelang, dann sah es düster für sie aus.

„Weißt was, du Oberg'scheiter. Wir lassen dich jetzt einmal ein bisserl über die Konsequenzen nachdenken, die dir blühen. Das machst jetzt am besten wieder in der Zelle. Aber keine Angst, wir sehen uns bald wieder. Kollegen! Sperrt diesen Perversling weg!"

Kaum war Baumgarten aus dem Raum gebracht worden, blies Bronstein genervt Luft aus. Pokorny ließ sich schwer auf einen Sessel fallen und schüttelte den Kopf: „Ich hab gleich g'sagt, Herr Oberkommissär. Das wird nix. Der legt ned nieder."

„Der wird schon reden. Wir müssen ihn nur ordentlich weichkochen."

„Ja, aber was ist, wenn der Vater wirklich Wind von der G'schichte bekommt? Dann sind wir petschiert."

„Aber geh, Pokorny, wie soll der das denn erfahren? Das ist doch nur eine leere Drohung eines verzweifelten Mannes, der ..."

„Sind Sie Herr Oberkommissär Bronstein?" Ohne dass es ihnen aufgefallen war, stand plötzlich ein Wachmann in der Tür. Bronstein nickte vorsichtig. „Ja, der bin ich."

„Wir hätten ein Telefonat für Sie. In der Zentrale. Wenn Sie mir bitte folgen würden."

Bronstein sah Pokorny ratlos an und folgte dann dem Uniformierten in den Journalraum. Dort reichte man ihm wortlos den Hörer.

„Bronstein, Sie Unglücksrabe. Sagen Sie mir, dass das nicht stimmt, was ich da eben hören musste!", belferte Nechybas Stimme aus der Muschel.

„Äh, Herr Hofrat, ich weiß ehrlich gesagt nicht, was Sie meinen ..."

„Papperlapapp, den Baumgarten haben S' kassiert. Der Adjutant vom Conrad hat höchsteigen bei mir deswegen ang'rufen, weil Sie ihn direkt von seinem Wachposten wegg'führt haben. Wissen Sie eigentlich, wie peinlich das für mich ist! Mir is ganz anders worden. Und für Sie, lieber Bronstein, wird das Konsequenzen haben. ... Was bilden Sie sich eigentlich ein, Sie Größenwahnsinniger!", schrie Nechyba nun in ohrenbetäubender Lautstärke, „eine solche Eigenmächtigkeit, sagen Sie einmal, sind Sie von allen guten Geistern verlassen?"

„Aber ich versichere Ihnen, Herr Hofrat, der Baumgarten ist unser Mann. Der hat den Mészáros umgebracht. Es fehlt nicht mehr viel, und der gesteht ..."

„Gar nichts wird der gestehen. Weil Sie ihn nämlich sofort freilassen. Haben Sie gehört? Sofort! Denn selbst wenn Sie recht hätten, was ich im Übrigen stark bezweifle, dann wäre das immer noch ein Fall, den die Armee intern zu klären hat. So oder so, die Sache geht uns nichts an."

„Aber Herr Hofrat …"

„Nichts aber. Die G'schicht ist gegessen. Sie sind den Fall hiermit offiziell los. Entbunden, haben Sie mich gehört! Die letzte formale Handlung, die Sie in dieser Angelegenheit noch setzen, ist, den Mann sofort wieder zur Stiftskaserne bringen zu lassen. Und Sie gehen heim. Wir sprechen uns morgen. Da werde ich dann überlegen, was ich mit Ihnen anfange, Sie … ach, mir ist schlecht. Wiederhören."

Bronstein zuckte zusammen. Damit hatte er nun nicht gerechnet. Er war kaum zwei Wochen beim Agenteninstitut, und schon schien es, als wäre er diesmal wirklich im Orkus. An das Donnerwetter am folgenden Tag wagte er gar nicht zu denken. So euphorisch war er noch vor wenigen Tagen gewesen – und jetzt schien unwiderruflich das Ende seiner Polizeikarriere gekommen. Mit steinerner Miene empfahl er sich bei den ihn umgebenden Beamten und ordnete beinahe tonlos die Freilassung Baumgartens an. Dann schlich er in gebückter Haltung auf das Tor der Polizeikaserne zu und lehnte sich dort an den Türrahmen. Mit zittrigen Fingern förderte er eine Zigarette zutage und steckte sie an. Der Rauch verlor sich in der kalten Winterluft, und Bronstein kam nicht umhin, Vergleiche zwischen diesem und seiner Zukunft anzustellen.

Gerade als er sich anschickte, zu Pokorny zurückzukehren, um diesem von der Katastrophe zu berichten, fuhr der Polizeiwagen mit Baumgarten im Fond an ihm vorbei. Bronstein versuchte, demonstrativ in die andere Richtung zu blicken, doch just als das Gefährt auf gleicher Höhe war, hielt es an. Baumgarten beugte sich aus dem Fenster: „Hab ich es dir nicht gesagt, Kieberer? Weißt, recht haben heißt halt nicht immer recht bekommen."

Bronstein fuhr wie von einer Nadel gestochen herum und sah Baumgarten direkt ins Gesicht. Dieser lächelte spöttisch und zwinkerte mit dem rechten Auge. Dann klopfte er an die Trennscheibe und signalisierte dem Fahrer, dass die Reise weitergehen konnte. Bronstein blieb sprachlos zurück. Erst nach einer kleinen Weile memorierte er sich Baumgartens Satz. „Also doch. Ich hatte recht", murmelte er.

VIII.
Donnerstag, 1. Mai 1913

Was waren das für zwei horrible Monate gewesen! Immer wenn Bronstein gedacht hatte, am absoluten Tiefpunkt angelangt zu sein, kam es noch schlimmer, und nichts, aber auch gar nichts, schien seinen Fall ins Bodenlose zu bremsen. Gleich nach dem fehlgeschlagenen Versuch, Baumgarten des Mordes an Mészáros zu überführen, hatte sich die gnadenlose Maschinerie in Bewegung gesetzt, die ihn seitdem zermalmte. Und sie tat dies mit sehr großem Genuss und ließ sich gehörig Zeit für ihr Werk.

Zunächst hatte ihn Nechyba zu sich einbestellt. Diese Begegnung würde Bronstein so schnell nicht vergessen. Jedes Wort, das aus dem Mund des Vorgesetzten abgefeuert wurde, riss ein tiefes Loch in Bronsteins Seele, und selbst jetzt, volle 64 Tage danach, konnte er sich an jede einzelne Sequenz dieser verbalen Justifizierung erinnern.

Zu welcher Hybris er sich denn noch zu versteigen gedenke, hatte Nechyba gebrüllt. Ob er glaube, Gott und Kaiser in einer Person zu sein! Wie er überhaupt die Infamie besitzen könne, ernsthaft zu glauben, er könne sich über alle gesellschaftlichen Schranken einfach so hinwegsetzen! Mit seiner Wahnsinnstat, die noch dazu jeglicher sachlichen Grundlage vollkommen entbehrte, habe sich Bronstein mit Schande bis an sein Lebensende bedeckt und, schlimmer noch, seine Gönner, die ihn so großzügig unterstützt hatten, auf das Schlimmste desavouiert.

Schon damals hatte Bronstein geahnt, dass dieser Satz nur auf den Vater von Marie Caroline gemünzt sein konnte, und in der Tat bekam die Beziehung, die so hoffnungsvoll begonnen hatte, durch die ganze Affäre einen herben Schlag versetzt. Beim

Herrn Papa war er Wochen hindurch Persona non grata, und es kostete ihn enorm viel Mühe und Beharrlichkeit, wenigstens das Fräulein Tochter in einem Zustand distanzierter Gewogenheit zu halten.

Natürlich hatte der Vater Baumgartens höchstoffiziell Beschwerde gegen Bronstein eingelegt. Damit nicht genug, protestierte auch noch der Generalstabschef höchstpersönlich. Und in einigen Zeitungen war die ganze Sache, wenn auch verklausuliert und ohne Namensnennungen, aufgegriffen worden, wobei der Tenor in allen Blättern derselbe war: Dreister jüdischer Übergriff auf aufrechten deutschen Recken. Dabei war ironischerweise weit weniger seine Anschuldigung, Baumgarten hätte seinen Kameraden ermordet, Anlass zu dem gedruckten Zornesbeben als vielmehr die „unglaublich infame Unterstellung", ein deutscher Offizier könne sich der widernatürlichen Unzucht verschrieben haben. Hier habe, so hieß es in den Gazetten, eine verkommene Existenz ihre wesenseigene jüdische Perversion auf einen Vertreter der deutschen Kultur zu übertragen versucht, was einmal mehr die Schlussfolgerung nahelege, dass zwischen Deutschtum und Jüdelei eine unüberwindbare Kluft bestehe, sodass die strikte Scheidung dieser beiden Gegensätze unumgänglich sei.

Und dabei musste Bronstein für diese ekelhaften Anwürfe sogar indirekt noch dankbar sein, denn sie brachten Marie Caroline dazu, sich trotz ihres Zorns ob seiner „unglaublichen Dummheit" mit ihm zu solidarisieren, da die gegen ihn vorgebrachte Kampagne in ihrer „Dummheit ja noch unglaublicher" sei. Und wahrscheinlich rettete das antisemitische Trommelfeuer sogar seine Zugehörigkeit zur Wiener Polizei, denn das Polizeipräsidium wollte nicht in den Geruch kommen, auf Zuruf der extremen Rechten wie ein Hund deren Stöckchen zu apportieren.

Doch Pokornys düstere Prognose schien sich zu bewahrheiten. Nachdem Bronstein zwei Wochen lang vom Dienst suspendiert gewesen war, in denen er die meiste Zeit damit beschäftigt war, die Wände hochzugehen und sich wahlweise bei Marie Caroline oder seiner Mutter auszuweinen bzw. sich im Beisein Pokornys, der gleich ihm, wenn auch nicht so hart, bestraft worden war, zu betrinken, teilte man ihn in der zweiten Märzhälfte tatsächlich der Verkehrsabteilung zu. Er hatte den Verkehr auf der Opernkreuzung zu regeln und stand bei Wind und Wetter mitten auf der Ringstraße und wedelte mit den Armen.

Und als ob diese Strafversetzung nicht schon demütigend genug gewesen wäre, kamen in regelmäßigen Abständen die lieben Kollegen, um ihn wie ein Tier im Zoo zu begaffen und sich über seine trostlose Lage zu erheitern.

Vielleicht war es aber just deren Verhalten gewesen, das ihm die Kraft gegeben hatte, auf seinem traurigen Posten durchzuhalten. Die Versetzung war zeitlich unbefristet erfolgt, wobei man ihm mitgeteilt hatte, er erhalte damit die Chance, über seine Verfehlungen nachzudenken und sich durch vorbildliche Dienstführung wenigstens teilweise zu rehabilitieren. Wenn man höheren Orts zu dem Schluss komme, er habe wieder ein wenig Vertrauen seitens seiner Vorgesetzten verdient, dann werde man zu gegebener Zeit darüber nachsinnen, ihn wieder an einer Stelle einzusetzen, die seiner Ausbildung eher entspreche als die Position eines Schutzmanns. Und Bronstein war wild entschlossen, diese Entwicklung durch makelloses Verhalten tunlichst zu beschleunigen. Wenn er wenigstens wieder an einem Kommissariat Dienst tun konnte, so dachte er, dann war immerhin die Zeit am Schandpfahl vorbei.

Und dann war der 30. April herangekommen. Bronstein war wie immer an der Ecke Kärntner Straße und Ringstraße gestanden, als ein Bürodiener des Präsidiums auf dem Trottoir auftauchte und ihm hektisch winkte. „Sie sollen morgen um zehn Uhr beim Regierungsrat Gayer vorsprechen. Der hat Neuigkeiten für Sie", hatte der Mann schließlich gerufen, und Bronsteins Herz hüpfte ganz aufgeregt in seiner Brust. Konnte es wirklich sein, dass er seine Strafe nach knapp neun Wochen schon abgesessen hatte? Die nächsten Minuten würden Klarheit bringen. Verschüchtert wie ein Taferlklassler saß er vor den Amtsräumen des Regierungsrates und wartete darauf, dass man ihm Einlass gewährte. Und endlich, nach einer schieren Ewigkeit, ging die Tür auf, und eine teilnahmslose Stimme erklärte: „Der Herr Regierungsrat lässt jetzt bitten."

Unsicheren Schritts näherte sich Bronstein dem prunkvollen Schreibmöbel, hinter dem sich der Regierungsrat verschanzte.

„Ah, Bronstein, Sie Zierde der ganzen Abteilung", schnarrte dieser. „Sie haben ja einen kapitalen Bock g'schossen, was? Na meine Herren, Sie können froh sein, dass wir im Heute leben, weil vor hundert Jahr, mein lieber Schwan, da wären S' für so was füsiliert worden. Da hätt man Sie einfach vor die Kanon' bunden, ned wahr, und bummmmm!"

Dabei lächelte der Regierungsrat infantil, während Bronstein verzweifelt versuchte, demütig und schuldbewusst zu wirken. „Aber gut, damals war damals, jetzt ist jetzt … Was machen wir also mit Ihnen, Bronstein? Ha, sagen S' mir das?"

„Herr Regierungsrat, ich …"

„Bronstein! Das war eine rhetorische Frag', ned wahr?! Wenn wir ned wisserten, was wir mit Ihnen machen sollen, dann wären wir ja fehl am Platz, ned wahr? … Alsdern!" Gayer ließ seinen Blick scheinbar gelangweilt über seinen Schreibtisch schweifen, wobei er zwischen seinen Zähnen ein leises Pfeifen vernehmen ließ. Bronstein stand immer noch auf der anderen Seite des Möbelstücks und trat so unauffällig wie möglich von einem Bein auf das andere. Gleich, so wusste er, kam die Urteilsverkündung. Doch Gayer ließ sich Zeit. Das schien nichts Gutes zu verheißen.

„Bronstein, Bronstein, Bronstein …!" Kopfschütteln und fortgesetztes Pfeifen. Dann abrupter Blickkontakt: „Sie wissen aber schon, dass Sie eigentlich gar keine zweite Chance verdient haben, oder?" Bronstein schlug den Blick nieder und nickte.

„Also wenn sich der Ritter nicht noch einmal für Sie verwendet hätt …"

Was? Marie Carolines Vater, der ihm seit Ende Februar konsequent aus dem Weg gegangen war, hatte sich doch noch einmal dazu aufgerafft, ihm aus der Bredouille zu helfen? Offenbar hatte er den alten Herrn gänzlich falsch eingeschätzt.

„Schauen S', wir setzen Ihnen quasi eine Bewährung aus, ned wahr?! Sie kommen bis auf Weiteres in die Abteilung zur besonderen Verwendung. Wie übrigens dieser andere Unglückswurm auch, den Sie da mitgeritten haben, … dieser Pokorny, ned wahr?! Da schauen wir uns einmal an, wie Sie sich halten, na, und wenn Sie dort nicht wieder alles vermasseln, dann, … na bitte schön …, reden kann man über alles, ned wahr?!"

Ohne dass Gayer es ausgesprochen hätte, hatte er mit seinen Worten tatsächlich eine volle Begnadigung in Aussicht gestellt. Ein wenig länger musste er also noch im Purgatorium ausharren, dann stand einer Himmelfahrt nichts mehr im Wege. Und dann würde auch Marie Caroline ihn wieder ein wenig mehr mögen. Dann würde überhaupt alles wieder in Ordnung kommen. Und dann, ja dann, würde er jede weitere Dummheit a priori zu vermeiden wissen! Er atmete erleichtert durch und sah Gayer dankbar an.

„Melden S' Ihnen beim Oberrat Klinger, der wird Ihnen sagen, worin Ihre nächsten Aufgaben liegen. … So, das war's, ned wahr?! Gott befohlen." Gayer machte eine nachlässige Handbewegung, die Bronstein signalisierte, dass er entlassen war. Im Vorzimmer erkundigte er sich danach, wo er diesen Oberrat Klinger antreffen könne, und wenige Augenblicke später wusste er, dass er bis auf Weiteres der Observationstruppe zugeteilt war. Wären die Ereignisse der letzten drei Monate für ihn nicht so tragisch gewesen, er hätte lachen mögen. Er war, wie es schien, wieder genau dort angelangt, wo die ganze Geschichte begonnen hatte.

Aber doch nicht ganz. Im Winter war er wenigstens gefährlichen Burschen nachgelaufen, jetzt bekam er die Order, in der Hauptpost nach dem Rechten zu sehen. Real war er neuerlich degradiert worden. Vom Schutz- zum Wachmann. Doch er beschloss, auch diese Erniedrigung anstandslos zu schlucken, denn wer nach oben wollte, so tröstete sich Bronstein, der musste immerhin unten sein. Und von seiner Warte aus konnte es überhaupt nur noch nach oben gehen.

IX.

Samstag, 24. Mai 1913

Die nächsten drei Wochen waren allerdings ein neuerliches Kalt-Warm. Der Überwachungsdienst war an Monotonie nicht zu überbieten, hatte aber immerhin den Vorteil, dass Bronstein nicht stundenlang auf demselben Fleck stehen musste. Dafür ließ der Edle von Ritter durchblicken, dass er eventuell wieder in Gnaden aufgenommen werden könnte, was in einer Einladung zum Diner zum Ausdruck gebracht wurde, bei welchem sich Bronstein quasi endlich wieder dem Hause Ritter offiziell nähern durfte. Doch just als dieser Silberstreif am Horizont auftauchte, war es Marie Caroline, die Schwierigkeiten zu machen begann. Sie wurde mit jedem Tag unduldsamer und forderte von Bronstein eine Beschleunigung seiner Rehabilitierung, weil es doch gesellschaftlich unmöglich sei, weiterhin mit einem Habenichts gesehen werden zu müssen, der Tätigkeiten auszuführen hatte, die einem ungeschlachten Tagelöhner anstünden, nicht aber dem Begleiter eines Fräuleins von adeliger Abkunft. Bronsteins Einwände gegen diese Klagen verhallten ungehört, und der Silberstreif wurde immer mehr durch dräuende Gewitterwolken am Beziehungsfirmament verdeckt. Und die Wetterlage änderte sich auch nicht durch den Umstand, dass Bronstein und Pokorny den Auftrag bekommen hatten, am Geldschalter der Hauptpost auf einen Verdächtigen zu warten, der eine unerhört hohe Summe beheben würde, die ausgerechnet von der russischen Grenzstation als Postanweisung auf den Weg gebracht worden war, was höheren Orts den Verdacht nahegelegt hatte, dass der Empfänger dieser Summe entweder in irgendeiner Weise bestochen werden sollte oder gar ein Spion war.

Was sich freilich im ersten Moment spannend angehört hatte, wurde für Bronstein zur enervierenden Routine. Fast ebenso wie Marie Carolines Ungnädigkeiten. Und dass er schließlich just für jenen Tag zum Dienst auf der Post eingeteilt wurde, an dem eigentlich das Diner bei Marie Carolines Eltern vorgesehen war, erleichterte die Sache auch nicht gerade. Bronstein wartete so lange als möglich mit der Übermittlung dieser Tatarennachricht zu. Doch am Ende kam dennoch die unausweichliche Explosion.

„Ich wusste es doch!", schrie Marie Caroline. „Das tust du absichtlich. Du willst mich vorsätzlich ruinieren!"

„Aber ich habe dir das doch schon erklärt. Befehl ist Befehl. Den könnte dein Vater auch nicht ignorieren", versuchte Bronstein sie zu begütigen. Er sah Marie Caroline mit einem Blick an, der das Heischen um Verständnis signalisieren sollte und doch wie ein Vorwurf wirkte. Marie Caroline schürzte die Lippen und starrte schweigend vor sich hin.

„Aber so versteh doch!"

Bronsteins Appell ging ins Leere. Sie rührte sich nicht, sah weiter stur auf das Kaffeegeschirr, das vor ihr auf dem Tisch stand. Für einen scheinbar unendlichen Zeitraum, der doch nur Augenblicke dauerte, bewegte sich nichts im Raum, nur der Rauch von Bronsteins Zigarette bildete Wolken, die unsagbar langsam Richtung Tür wanderten. Dann ertrug Bronstein die Stille nicht länger. Er seufzte laut und vernehmlich und dämpfte energisch seine Zigarette aus. „Schau, Liebes, es ist ja letztlich nicht wirklich etwas verloren. Wir soupieren heute mit deinen Eltern, um 15 Uhr begebe ich mich zum Dienst, und du siehst dir wie geplant mit deiner Mutter die Oper an. Das hast du doch ohnehin schon lange geplant. Wo ist also das Problem? Und morgen werde ich um acht Uhr früh abgelöst und bin daher rechtzeitig zum Frühstück wieder hier."

Fast schien es, als stampfte Marie Caroline mit dem Fuß auf, als sie Bronstein nun zornig in den Blick nahm. „Aber das Diner ist perdu. Und du und dein dämlicher Dienst, ihr seid schuld daran."

„Aber mein Schatz, was soll ich denn deiner Meinung nach tun? Dem Regierungsrat Gayer sagen, er soll sich seinen Dienst sonstwohin stecken? Wovon sollen wir dann deiner Meinung nach leben?"

„Das ist mir alles vollkommen gleichgültig", schnaubte sie, „das würde alles nicht passieren, wenn du dich nicht unmöglich gemacht hättest. Blamiert hast du dich bis auf die Knochen mit deiner wahnsinnigen Idee, dieser Ungar wäre ermordet worden. Und dann legst du dich auch noch mit dem ganzen Generalstab an. Und anstatt dass du dich entschuldigt und versucht hättest, das Ganze irgendwie zu kitten, spielst jetzt den Spinatwachter. ... Als ob es nicht ohnehin schon inkommodierend genug wär, dass ich bei meinen Freundinnen immer so tun muss, als stünde dir eine glänzende Karriere im Dienste Seiner Majestät bevor."

Bronstein war entsetzt. Dachte sie wirklich so über ihn? Was war das für ein Mensch, in den er sich da verliebt hatte? Das war nicht der süße kleine Fratz, der ihn vor gerade einmal drei Monaten so liebevoll angelächelt hatte, das war ein verzogenes und verwöhntes Gör, das offensichtlich keine Ahnung hatte, wie es in der Welt wirklich zuging.

Bronstein wollte zu einer Erwiderung ansetzen, doch er ließ es bleiben. Was hätte er auch sagen sollen? Dass es zumindest nicht unwahrscheinlich war, dass er doch noch eine glänzende Karriere im Staatsdienst machte? Dass der Herr Papa von Marie Caroline auch nicht gerade zur Crème de la Crème der Wiener Gesellschaft gehörte? Dass ihm die permanente Großmannssucht Marie Carolines schon lange auf die Nerven ging? Jeder einzelne Punkt hätte die Situation nur noch schlimmer gemacht, also schien es besser, vorerst zu schweigen.

Instinktiv blickte Bronstein auf die Uhr. Es war kurz nach elf. In einer knappen Stunde würden sie in der Wohllebengasse erwartet werden. Da kleidete er sich besser an. Bronstein stand auf und verließ den Raum.

Schon türmte sich das nächste Problem vor ihm auf. Was zog er an? Es musste adäquat für den Empfang bei Marie Carolines Eltern sein und durfte ihn im Dienst doch nicht behindern. Angesichts des Wetters wäre ein weißer Leinenanzug gerade recht gekommen, doch mit einem solchen Gewand fiel man zwangsläufig an jeder Ecke auf. Und da immerhin die Möglichkeit bestand, dass er den Verdächtigen just heute beschatten musste, so war eine solche Wahl ausgeschlossen. Stattdessen empfahl sich etwas Unscheinbares, Graues, bestenfalls ein schwarzer Anzug, wie ihn auch an diesem Tage die halbe Stadt tragen würde, und sei es auch nur aus Mangel an Alternativen. Bronstein entschloss sich also zu einer schwarzen Stoffhose, dazu nahm er ein weißes Leinenhemd samt schwarzem Gilet und legte darüber einen gleichfalls schwarzen Rock über. Als einzigen farbigen Kontrapunkt gönnte er sich die goldene Uhrkette, die er von seinem Vater aus Anlass der Promotion erhalten hatte. Schließlich schlüpfte er in seine bequemen Budapester und kehrte ins Wohnzimmer zurück. Marie Caroline blickte auf. Sie wirkte erschrocken.

„So willst du zu meinen Eltern gehen?"

Bronstein sah an sich hinab und dann Marie Caroline ins Gesicht: „Ich wüsste nicht, was daran falsch sein sollte?"

„Da kannst du dich ja gleich an die Sirk-Ecke stellen und einen Hut zu deinen Füßen hinlegen."

Sie erntete ein ungläubiges Kopfschütteln: „Der Anzug ist doch bitteschön ganz in Ordnung. Was hast du denn an dem auszusetzen?"

„Ich bitte dich, der sieht aus, als wäre er schon zweimal gewendet worden. Mit dem kannst du dich vielleicht unter deinesgleichen bewegen, aber doch nicht in Gesellschaft."

„In Gesellschaft", echote Bronstein. „Erwarten deine Eltern noch andere Gäste?"

„Das nicht, aber …"

„Na eben, dann passt doch alles", schnitt er ihr das Wort ab, „Deine Eltern kennen mich und wissen um meine Garderobe. Sie werden verstehen, dass mich meine dienstlichen Obliegenheiten dazu zwingen, heute eher unscheinbar auszusehen."

„Genau. Unscheinbar. Wie der kleine Beamte, der du bist."

Der mit spitzem Ton vorgetragene Tadel traf Bronstein ins Mark. „Soll ich dich also nicht begleiten?", fragte er mit schneidender Stimme.

Marie Caroline fühlte wohl, dass sie zu weit gegangen war. „Wenn du dich schon unbedingt so kostümieren musst, dann kannst du den Anzug ja in einem Köfferchen mit zu meinen Eltern nehmen und dich dort dann umkleiden. Und ich bringe dir die schöne Garderobe im Anschluss wieder hierher zurück." Dabei bemühte sie sich um einen lockenden Gesichtsausdruck.

Der aber verfing nicht. Bronstein war verletzt. Vor allem aber war er ihrer Launen überdrüssig. „Madame", sagte er mit Kasernenhofschnarren, „so oder gar nicht."

„Aber David …" Auf Marie Carolines Antlitz zeichnete sich grenzenlose Verwunderung ab. „So kenne ich dich ja gar nicht. Was ist denn in dich …"

„Dann wird es Zeit, dass du mich kennenlernst. Es mag sein, dass ich derzeit nur ein kleiner Beamter bin, wie du dich so formschön ausgedrückt hast. Aber ich bin immerhin Absolvent der Alma Mater Rudolfina und Offizier der kaiserlichen Polizeigewalt in der Reichs- und Residenzstadt Wien. Also bitte ich mir gefälligst den nötigen Respekt aus. Haben wir uns verstanden?"

Wie um seine Worte zu unterstreichen, stützte Bronstein seine Hände in die Hüften und verengte seine Augen zu einem wütenden Blick.

Marie Caroline brauchte einen Moment, um sich zu fangen. Dann zuckte sie mit den Schultern. „Bitte, wenn du mich vor meinen Eltern blamieren willst. Dann gehen wir halt in dieser Räuberaufmachung."

„Deine Eltern sind nicht blöde", blaffte Bronstein, „die werden das verstehen. Was du auch endlich einmal tun solltest. Und willst du, dass das Verbrechen in der Stadt obsiegt? Dann geht es zuerst einmal euch an den Kragen!"

Erschrocken wandte sich Marie Caroline um. „Wieso denn uns?", fragte sie ehrlich erstaunt.

„Na, glaubst du, bei den armen Schluckern ist etwas zu holen? Nein, die Verbrecher suchen sich ihre Opfer immer unter den Reichen und Schönen."

Instinktiv fuhr sich Marie Caroline mit der rechten Hand an ihre Frisur und legte sich eine kokette Miene zu: „Na wenigstens gibst du zu, dass ich reich und schön bin." Gegen seinen Willen musste Bronstein grinsen.

„Gemma, in Gottes Namen, sonst kommen wir zu spät auch noch. Und das wäre wirklich blamabel."

Zwanzig Minuten später hielt die Mietdroschke vor dem Haus Nummer 6 in der Wohllebengasse. Bronstein zahlte den nicht gerade geringen Betrag und folgte dann Marie Caroline in den Hausflur. Sie gingen die wenigen Meter bis zur Plattform im Erdgeschoß, schoben die Gittertür auf und betraten den Aufzug. Bronstein schob den Etagenknopf in die vorgesehene Öffnung, und der Holzkasten setzte sich ruckend und zuckend in Bewegung. Während Marie Caroline nervös an ihrem Kleid herumzupfte, konnte Bronstein nicht umhin, ein weiteres Mal von dieser neuartigen Technik fasziniert zu sein, die einem das mühevolle Stiegensteigen ersparte. Beinahe ärgerte es ihn, dass die Holzvertäfelung den Blick auf das Stiegenhaus verstellte, denn er war sich sicher, dadurch einen grandiosen Ausblick zu verpassen. Stattdessen blieb ihm nur, noch einmal seine äußere Erscheinung in dem großen Spiegel, der gegenüber dem Einstieg angebracht war, zu überprüfen. Nach viel zu kurzer Fahrt musste er abermals eine Gittertür zur Seite schieben, und schon standen sie vor der Wohnungstür der Eltern. Bronstein klopfte.

Die Zugehfrau öffnete und verbeugte sich dabei. „Die Herrschaften erwarten Sie bereits", nuschelte sie. „Guten Tag, Josefine", grüßte Bronstein sie jovial, während sich Marie Caroline auf ein kaum merkliches Nicken beschränkte. Die beiden waren noch nicht an der Tür zum Speisezimmer angelangt, als ihnen schon die Frau Mama entgegenkam. In ihrem hochgeschlossenen Kleid wirkte sie noch mehr als üblich wie eine Matrone, und Bronstein beeilte sich, ihr einen Handkuss zu geben, um ihr nicht länger ins Gesicht sehen zu müssen. Die Versuchung zu grinsen wäre einfach zu groß gewesen.

Während sich Mutter und Tochter herzlich in die Arme fielen, betrat nun auch der Herr von Ritter das Zimmer. Er trug Hausschuhe, eine graue Flanellhose, ein raues Hemd und darüber eine gestrickte Weste. Bronstein fuhr ob dieser Adjustierung instinktiv zurück. Er sah Marie Caroline an und die betreten zu Boden. Neuerlich unterdrückte Bronstein ein Grinsen. „Herr von Ritter", sagte er dann und verbeugte sich leicht.

„Aber David, habe ich dir nicht gesagt, du sollst mich Papa nennen?" Mit breitem Lächeln streckte Ritter David die Rechte entgegen. Eigentlich nicht, dachte sich dieser und ergriff die ausgestreckte Hand. Ritter nahm dies zum Anlass, Bronstein zum Fenster zu führen.

„Ich habe gehört, du hast heute am Abend Dienst. Ist das nicht höchst ungewöhnlich?"

„Ganz im Gegenteil ..., Papa, ... so wie das Verbrechen nie schläft, darf eben auch die Polizei nicht schlafen." Ritter sah über Bronsteins Schulter zu seiner Tochter hin. „Siehst du, mein Augenstern, es hat eben alles seinen guten Grund." Marie Carolines Schnauben erinnerte Bronstein an einen aggressiven Hengst, doch er beschloss, nicht länger darauf zu achten. „Aber sprechen wir nicht von langweiliger Ermittlungstätigkeit", lenkte er seine Aufmerksamkeit wieder Ritter zu, „wie gehen die Geschäfte?"

Ritter schien übermütig laut zu lachen, als er entgegnete, man rede bei Tisch doch nicht von Geschäften. Bronstein verkniff sich dennoch die Bemerkung, dass man sich eben noch nicht bei Tisch befinde. Frau Ritter freilich war die Aussage ihres Mannes nicht entgangen, und sie klingelte nach der Dienerin, die auch sofort erschien. „Sie können jetzt auftragen, Josefine", näselte die Mutter.

Während sich Herr von Ritter salopp auf den nächstbesten Sessel plumpsen ließ, eilte Bronstein zu dessen Frau und rückte ihr den Stuhl zurück. Kaum hatte diese Platz genommen, machte Bronstein schnell drei weitere Schritte, um auch Marie Caroline behilflich zu sein. Dann sah er sich einen Moment um und kam zu dem Schluss, sich neben ihren Vater zu setzen, um dergestalt die Runde bei Tisch auszubalancieren, wobei er der Absurdität der Situation nur einen kleinen Augenblick Aufmerksamkeit schenkte. Er hatte sich schon daran gewöhnt, dass derartige Rituale im Leben der Familie seiner Gefährtin einen erstaunlich hohen Stellenwert besaßen.

Josefine brachte eine große Suppenschüssel in den Raum und stellte sie in der Mitte der Tischfläche ab. Sie griff mit der linken Hand nach dem Teller des Hausherrn und mit der rechten nach dem Schöpflöffel. Zunächst holte sie einen Leberknödel vom Grunde der Schüssel und platzierte diesen auf dem Teller.

Danach gab sie so lange Suppe bei, bis der Vater mit einer unmerklichen Geste des rechten Zeigefingers signalisierte, es sei nun genug. Diese Prozedur wiederholte sich bei den Tellern der Mutter und der Tochter. Erst dann kam der Gast an die Reihe, auch dies eine Vorgangsweise, an der Bronstein nichts Eigenartiges mehr fand. Ebenso wenig wie an der Tatsache, dass auch hier der Vater bestimmte, wie viel Suppe auf dem Teller zu landen hatte.

Die Zugehfrau hatte fürs Erste ihr Werk getan und zog sich zurück. Herr von Ritter wünschte allen einen gesegneten Appetit, dann begann er zu essen, und der Rest der Tischgesellschaft tat es ihm gleich. Bronstein hatte kaum einen Bissen zu sich genommen, als der Vater das Gespräch eröffnete. Er erkundigte sich bei seiner Tochter, was denn in der Oper gegeben werde, doch wartete er deren Antwort gar nicht erst ab. Vielmehr nutzte er die Frage zu einem Referat über Mozarts „Così fan tutte".

Bronstein vermochte den ebenso weitschweifigen wie langweiligen Auslassungen kaum zu folgen. Die Handlung dieses Werkes war ihm in groben Zügen bekannt, und er fand sie in höchstem Ausmaß dumm. Doch er wusste, dass er gut daran tat, dies in dieser Runde nicht verlauten zu lassen, denn bei einer Aufführung eben dieser Oper hatten sich die Eltern von Marie Caroline einst kennengelernt, und so gab es keine Alternative zu bedingungsloser Begeisterung. Und Bronstein begann ernsthaft seinen Dienstbeginn herbeizusehnen.

Doch der Herr von Ritter war in seinem Element. Wortreich schilderte er jedes Detail aus dem Leben Mozarts, dessen er sich erinnern konnte, und Bronstein zählte die Minuten, bis er sich auf die Post verfügen konnte.

„Wissen Sie ..., Papa, ... das Leben Mozarts ist unendlich spannend. Davon muss ich bei Gelegenheit unbedingt mehr erfahren, aber just jetzt muss der Dienst allem anderen gegenüber in den Vordergrund treten …"

„Na, das ist ja kein Problem, David. Warte, ich hab da genau das Richtige für dich."

Ritter stand auf und trat an seine Bibliothek. Nach einer kleinen Weile der Suche erhellte sich seine Miene, und er zog einen schmalen Band über das Leben Mozarts hervor. „Da steht alles drinnen, was du über den göttlichen Amadeus wissen musst. Du kannst es dir ja heute zu Gemüte führen, während du darauf wartest, dass ein Verbrecher tolldreist genug ist, dir in die Quere zu kommen. Morgen sagst du mir dann, wie dir das Buch gefallen hat. Ich bin überzeugt, es wird dich faszinieren."

Faszinierend daran war höchstens der Umstand, dass es dem Ritter im Handumdrehen gelungen war, Bronstein den todlangweiligen Dienst noch mehr zu vergällen. Sicher würde ihn Ritter am kommenden Tag förmlich abprüfen, also blieb ihm nichts anderes übrig, als den Band über Nacht tatsächlich zu lesen. Aber wenigstens, so dachte Bronstein, würde ihm die Lektüre einige der anscheinend üblichen Pokorny-Schnurren ersparen.

Und so war es auch. Bronstein zückte sein Buch und hielt es sich formatfüllend vors Gesicht, sodass Pokorny es bald aufgab, ihn in ein Gespräch zu verwickeln. Die Zeit ging geräuschlos dahin. Der eine spielte Leser, der andere spielte Karten.

Und während Pokorny Patiencen legte, versuchte sich Bronstein auf sein Buch zu konzentrieren. Doch es war einfach zu langweilig. Er hätte es sich nicht aufschwatzen lassen sollen. Dass Mozart ein begnadeter Tonkünstler gewesen war, das wusste er, und mehr, so fand er, brauchte er auch nicht zu wissen. Dunkel meinte er sich daran zu erinnern, einmal gehört zu haben, dass der Salzburger ein ziemlich ausschweifendes Leben geführt hatte, voll von sexuellen Eskapaden und Obszönitäten, doch von all dem stand in diesem Druckwerk kein Wort. Bronstein blätterte hin und zurück, doch da war kein einziger Paragraph, der irgendwie seine Aufmerksamkeit erregt hätte. Bronstein seufzte laut.

Pokorny sah auf: „Soll ich dir eine Geschichte erzählen?"

„Besser nicht."

Bronstein fragte sich, ob die Uhr, die über der Eingangstür angebracht war, überhaupt noch ging. Es konnte doch unmöglich wahr sein, dass erst eine Stunde vergangen war, seit er hier seinen Dienst angetreten hatte. Das war ja wirklich unerträglich. Es war kaum vier Uhr nachmittags, und er musste, wenn sich der Verdächtige nicht endlich zeigte, noch acht Stunden hier ausharren. Mein Gott, dachte Bronstein, weshalb hatte sich der Kerl ausgerechnet die Hauptpost für seine Machinationen ausgesucht? Die war bis Mitternacht geöffnet, selbst an einem Samstag, und somit saßen sie hier fest. Sinnlos. Denn was sollte diesen Schurken dazu bewegen, ausgerechnet heute hier aufzukreuzen? Die fraglichen Wechsel lagen nun schon seit Wochen am Restante-Schalter, ohne dass sie jemand behoben hätte. War es da nicht wesentlich wahrscheinlicher, dass sie irgendwann vermodern würden? Und abermals seufzte Bronstein.

„Doch eine Geschichte?"

„Nein", sagte Bronstein bestimmt, „ich geh einmal brunzen."

Er stand auf, ging quer durch das Zimmer, öffnete die Tür und wandte sich nach rechts. Am Ende des Ganges deutete eine dezente Doppelnull darauf hin, dass man sich im dahinter befindlichen Raum erleichtern konnte. Bronstein trat ein, stellte sich an die Pissrinne und holte sein Glied hervor. Wenigstens etwas, das klaglos funktionierte, dachte er.

Nachdem er sein Geschlechtsorgan wieder verstaut hatte, wusch er sich die Hände, steckte sich dann eine Zigarette an und schlenderte gemächlich zurück in den Wachraum. Dort fiel ihm als Erstes Pokornys schreckensstarres Gesicht auf. „Was is?", fragte er mit aufsteigender Panik.

„I glaub, es hat g'läutet", stammelte Pokorny.

„Du glaubst?" Bronstein war nahe daran, Pokorny an den Schultern zu packen und zu rütteln. Da warteten sie seit Wochen auf das entscheidende Signal, und sein Mitarbeiter war sich nicht sicher.

„Doch, doch. Es hat g'läutet. Mehrmals sogar", sagte dieser schließlich.

„Na worauf warten wir dann?", schrie Bronstein, Pokornys Replik „Auf dich!" ignorierend. Er schnappte diesen und stürzte aus dem Zimmer.

Die Gänge erwiesen sich als erschreckend verwinkelt, und bald musste sich Bronstein eingestehen, dass sie sich in dem weitläufigen Gebäude verirrt hatten. Er unterdrückte einen Fluch und deutete in die Richtung, in der er den Ausgang vermutete. „Weißt was, Pokorny, so wird das nix. Wir gehen einfach nach draußen und beim Haupteingang wieder rein. Das geht sicher viel schneller."

Pokorny nickte nur.

Wenige Augenblicke später standen sie am Fleischmarkt und wandten sich nach links zur Postgasse. Der Restante-Schalter befand sich, wie sie wussten, am äußersten Ende des Gebäudekomplexes, genau gegenüber der Dominikanerkirche. Hektisch zog Bronstein seine Taschenuhr heraus und warf einen eiligen Blick darauf. Seit dem Läuten waren sicher fünf, sechs Minuten vergangen. Wie lange mochte es dauern, einer Partei zwei Briefe, die dort postlagernd auf sie warteten, auszuhändigen? Selbst wenn sich der Postbeamte alle Zeit der Welt ließ, würde er spätestens jetzt seine Arbeit beendet haben. Bronstein ließ Pokorny, der ihm schnaufend nachjagte, einfach stehen und hastete mit Riesenschritten auf die Eingangstür zur Abteilung zu. Schon die erste Umschau signalisierte ihm seine Niederlage. In dem Raum war weiter niemand zu sehen außer dem Bediensteten, der Bronstein mit einem resignierenden Achselzucken empfing.

„I hob ma Zeit lassen wia nur was", begann der Mann, „jeder Schneck mit an Lungenpatschen hätt mi locker abg'hängt. Aber Sie san leider afoch ned kumma. Jetzt hob i's eam geben müssen. Des verstehen S' doch, oder?"

Bronstein, der versuchte, sein rasselndes Keuchen unter Kontrolle zu bekommen, nickte nur. „Wie ... hat ... er ... ausg'schaut?", brachte er mit Mühe hervor.

„Jo mei. Recht stattlich eigentlich. Einen Schnurrbart hat er g'habt. Also wahrscheinlich immer noch." Dabei entkam dem Beamten ein Grinser. Doch sofort wurde er wieder sachlich. „Grad is er rausgangen. Is nu ka Minuten her."

So knapp? In Bronstein kam neuerlich Bewegung. Er drehte wortlos um und lief er erneut los, dabei beinahe Pokorny umrennend, der endlich ebenfalls am Schalter angelangt war. „Kumm!", schrie Bronstein nur und sah zu, dass er wieder auf die Straße kam. Tatsächlich erkannte er in etwa zwanzig Meter Entfernung eine Person, auf welche die vage Beschreibung des Postlers passte und die eben einen Wagen bestieg, dessen Motor lief. Bronstein kniff die Augen zusammen und memorierte das Kennzeichen. „Verdammt!", entfuhr es ihm. „Eine Mietdroschke!"

In der Zwischenzeit hatte Pokorny wieder zu Bronstein aufgeschlossen und sah mit diesem dem abfahrenden Wagen nach. Weit und breit war kein anderes Automobil zu sehen, an eine Verfolgung war also nicht zu denken. Bronstein fluchte und trat mit dem rechten Fuß gegen einen Laternenpfahl. „So a Schas."

„Halb so wild", bemühte sich Pokorny um Begütigung. „Spätestens am Revier können wir den Fahrer ausforschen, und der sagt uns dann, woher er gekommen ist und wohin die Fahrt gegangen ist."

In Bronstein stieg Zorn auf: „Pokorny! Bist du so blöd oder stellst du dich nur so?"

„Ha?"

„Na, du glaubst doch nicht im Ernst, dass der Mann sich jetzt nach Hause chauffieren lässt! Wenn ich mich eben in den Besitz einer solch hohen Summe gebracht habe, dann fahre ich ein bissel durch die Gegend, steig dann aus und nehme einen anderen Wagen, der mich in eine ganz andere Richtung fährt. Oder ich lasse mich zu einem Durchgang führen und verschwinde dann über irgendwelche Schleichwege. Jedenfalls bin ich keinesfalls so blöd und lege irgendeine Spur, durch die man mich verfolgen kann."

Pokorny bemühte sich um eine betretene Miene. „Da hast wahrscheinlich recht", murmelte er.

„Und wie auch noch", setzte Bronstein nach. „Wir brauchen am Revier gar nicht mehr anzutreten, das sag ich dir. Die reißen uns dort den Schädel ab. Und das mit Recht. Hörst du, wir haben auf der ganzen Linie versagt. Aber so etwas von vollständig, davon reden die in hundert Jahren noch! Das gibt ein Disziplinar. Und was für eines auch noch! Jetzt sind wir endgültig am Allerwertesten! Du wirst Postenkommandant irgendwo in Bosnien, wo es außer fanatischen Habsburghassern nur Fladenbrot und Zwetschkenschnaps gibt, und mich sargen s' für die nächsten zehn Jahr' in der Justizwache ein. Stein wahrscheinlich, oder Karlau." Bronstein vergrub sein Gesicht in seinen Händen und fluchte abermals.

„Aber eigentlich", fuhr Pokorny zögerlich fort, „brauch ma da jetzt nimmer herumsitzen, oder?"

Nur mit Mühe unterdrückte Bronstein einen Schrei. Er richtete sich kerzengerade auf und atmete langsam aus und ein. Dann drehte er sich zu Pokorny: „Hast du es immer noch nicht kapiert? Wir sind ruiniert! Dass der Kerl uns entwischt ist, das ist unser endgültiges berufliches Todesurteil! Was schert mich da, ob ich hier noch warten soll oder nicht!"

„Na ja, es is Samstag", maulte Pokorny.

Gegen seinen Willen musste Bronstein lachen. Pokorny war dermaßen borniert, dass es kein Wunder war, wie es um die Monarchie bestellt war. Denn der Pokornys gab es sicher viele an allen Ecken und Enden des Vielvölkerreiches. Da entkam ihnen wahrscheinlich ein Spion allerersten Ranges, der vermutlich für die horrende Summe, die man ihm überwiesen hatte, militärische Geheimnisse von höchster Bedeutung verraten hatte, wodurch die Zukunft des Vaterlandes in größte Gefahr geriet, und der Herr Pokorny dachte nur an sein Wochenende! Mit einer derartigen Einfältigkeit war man ja beinahe schon wieder gesegnet. Bei den Wilden würde man Pokorny vermutlich als Heiligen verehren.

Bronstein war nach einem Schnaps. Genauer nach mehreren Schnäpsen. Nach einer ganzen Flasche. Ja, das war passend, denn wie Flaschen hatten sie sich eben benommen. So ein Anfängerfehler unterlief vermutlich nicht einmal einem Polizeischüler aus der Marokkanerkaserne. Er war schon gespannt, wie er diese neuerliche Niederlage seinen Eltern beibringen würde!

Doch nein, er hatte nicht unter schier unerträglichen Bedingungen sein Studium beendet und sich danach volle sechs Jahre mit äußerster Hingabe dem Polizeidienst gewidmet, um jetzt wegen eines einzigen Fehlers – denn die Mészáros-Sache war für ihn nach wie vor keiner, da hatte er ohne Zweifel den richtigen Riecher gehabt – für immer ein Ausgestoßener zu werden! Marie Caroline würde ihn fallen lassen wie eine heiße Kartoffel, das stand einmal fest. Und eine andere würde niemals an ihre Stelle treten, denn wer gab sich schon mit einer lebendigen Leiche ab? Vielleicht fand er irgendeine verhutzelte Alte mit 14 Rangen am Hals, welcher der Mann weggestorben war und die jeden nahm, der ihrer Kinderschar Ernährer sein konnte. Aber von den schönen Maiden dieser Welt würde er sich verabschieden müssen. Wie auch von irgendwelchen rosigen Zukunftsaussichten. Statt Souper im „Meissl & Schadn" hieß es dann Abendbrot beim Kirchenwirt in Suben. Und wenn er nicht durch enormes Glück einen zum Tod verurteilten Schwerverbrecher erfolgreich an einem Ausbruchsversuch hinderte, dann gab es für David Bronstein niemals mehr die Chance zur Rehabilitierung. Er würde in der hintersten Provinz verfaulen und völlig verkommen. Und dieses trostlose Schicksal würde er nur verhindern, wenn ihm jetzt rasch eine Möglichkeit einfiel, sein und Pokornys Versagen plausibel wegzudisputieren.

Es musste eine Lösung geben! Vielleicht gelang es, den Fahrer auszuforschen, ohne sich der offiziellen Dienststellen zu bedienen. Dann mochte man vielleicht mit ihm zu einer Einigung kommen, was die Interpretation des eben Geschehenen anbelangte. Sicher, das würde eine beträchtliche Summe kosten, aber die war es allemal wert, wenn man die Alternativen bedachte. Fieberhaft ging Bronstein allfällige Varianten durch, bei denen er und sein Mitarbeiter nicht wie die vollkommenen Trottel erschienen. Vielleicht, so dachte er, konnte man von einer waghalsigen Verfolgungsjagd berichten. Von einem Schusswechsel gar. Man habe alles richtig gemacht, nur das Ausbleiben von Verstärkung, die man ob der Brisanz des Falles gar nicht erst habe anfordern können, um den Verdächtigen nicht zu verlieren, habe den erfolgreichen Einsatz von Pokorny und ihm letztlich vereitelt.

Nun, das klang nicht wirklich überzeugend. Aber in diese Richtung musste man weiterdenken, wollte man einen Ausweg aus der katastrophalen Lage, in die man geraten war, finden.

„Pokorny", sagte er endlich, „mit der G'schicht brauchen wir beim Gayer gar nicht erst antreten. Uns muss irgendetwas einfallen, womit wir uns wenigstens einen kleinen Rest an Würde bewahren."

„Ah jo. Und nachher wie?"

„Was weiß ich! Er ist uns im Zuge der Verfolgung entwischt. Das ist unsere einzige Chance, dass wir mit einem Verweis davonkommen. Sonst sind wir gleich erledigt."

Pokorny machte eine zweifelnde Miene. „Na, i waaß ned, ob des wos wird!"

„Dann überleg dir gefälligst was!", brüllte Bronstein. „I glaub, es hot g'leit", äffte er Pokornys Satz nach, mit dem das ganze Schlamassel erst angefangen hatte.

Die beiden waren mittlerweile am Parkring angekommen und schlenderten nun in Richtung Schwarzenbergplatz. Mit nervösen Fingern fischte Bronstein eine Zigarette aus seinem Etui und stellte sich sodann in einen Hauseingang, um selbige anzuzünden. Mit einer Mischung aus Resignation und Erleichterung blies er den Rauch aus. Und vor ihnen tauchte die Annagasse auf. Dort logierten, wie allgemein bekannt war, die Liebesdienerinnen, die etwas weniger exklusiv waren als jene vom Graben. Vielleicht, so dachte Bronstein, sollte er in einem Maison de Tolerance einkehren, sich mit der gesamten Barschaft, die er noch bei sich hatte, noch einmal ordentlich verwöhnen lassen, um dann, so rundum befriedigt und hoffentlich auch leidlich betrunken, nach Hause zu wanken, dort die Dienstwaffe aus dem Futteral nehmen und Ende der Fahnenstange.

Futteral? Wie war er nur auf dieses Wort gekommen? Ah ja, wohl weil Pokorny schon die längste Zeit mit einem solchen spielte. „Sag, was is denn des?"

„Des? A Futteral! Für a Messer, nehm ich an."

„Schlauberger, des seh ich selber. Aber wo hast des her?"

„Des hat der Verdächtige am Schalter liegen lassen. Der Beamte hat g'sagt, der Kerl hat sein Messer aus der Tasche gezogen und damit die Postanweisung geöffnet. Die hat er dann eing'steckt, aber das Futteral hat er vergessen."

Na immerhin, wenigstens hatten sie ein Beweisstück sichergestellt. Aber weiterhelfen würde ihnen das auch nicht. Sie waren so oder so verloren, egal, welche Räuberpistole man dem Gayer auch immer auftischen würde. Bis zum Gayer war es im Übrigen ein verdammt weiter Weg. Gut, Golgatha war auch kein Spaziergang gewesen. Aber Bronstein war nicht Jesus Christus, auch wenn er mittlerweile ebenfalls ein zentnerschweres Kreuz mit sich herumschleppte und seiner beruflichen Kreuzigung entgegensah. Doch im Gegensatz zum Heiland konnte er mit der Elektrischen zu seiner Hinrichtung fahren. Am Kolowrat-Ring gab es sicher eine Haltestelle. Bronstein sah sich um.

In einiger Entfernung näherte sich eine Mietdroschke. Mit dem Wagen zur Justifizierung? Das hätte doch wenigstens Stil! Zumal wenn er sein Geld ja doch nicht für eine Venuspriesterin aufwenden würde. Beinahe automatisch nahm er vom Kennzeichen des Automobils Notiz. Die Nummer kam ihm merkwürdig bekannt vor.

Die Nummer!

Ja, war denn das die Möglichkeit! Sollte er wirklich so viel Glück haben? Bronstein rieb sich unwillkürlich die Augen, sah noch einmal hin, eben passierte ihn der Wagen. Kein Zweifel. Es war das Auto, das den Verdächtigen von der Hauptpost weggefahren hatte. Bronstein steckte sich Daumen und Zeigefinger in den Mund und ließ einen schrillen Pfiff los, dann winkte er hektisch mit den Armen. „Was is, hörst?" Pokorny blickte ihn verständnislos an. „Das Auto, du Gablitzer! Das ist das Auto von der Post! Wir müssen es aufhalten."

Nun schaltete endlich auch Pokorny. Er schrie und fuchtelte gleichsam mit seinen Armen in der Luft. Tatsächlich wurde der Chauffeur auf die beiden Männer aufmerksam. Er rechnete wohl mit einer Fuhre und drosselte das Tempo. Knapp fünfzig Meter weiter kam das Automobil zum Stehen.

Bronstein hetzte hinterher. Er hielt sich am Rückspiegel fest, um rechtzeitig zu bremsen, und starrte den Fahrer dann so lange keuchend an, bis er wieder Luft in den Lungen hatte. „Sie sind grad von der Hauptpost wegg'fahren, gelt!"

Der Automobilist nickte.

„Und Sie haben einen stattlichen Herrn g'führt, oder?"

Abermaliges Nicken aus dem Wageninneren.

„Wohin?"

„Ins Café Kaiserhof."

„Na, dann fahren wir. Pokorny, so komm endlich."

Umständlich zwängte sich der Ältere zu Bronstein in den Fond des Wagens. Dieser wiederum sah auf seine Uhr. Seit dem Vorfall am Restante-Schalter mochten zwanzig Minuten vergangen sein. Mit etwas Glück war der Mann noch im Kaffeehaus. „Geben S' ordentlich Gas!", ermunterte Bronstein den Fahrer, „wir sind von der Polizei, da gelten unsere Regeln." Der Mann tat, wie ihm geheißen. Die zehn Minuten bis zum besagten Etablissement kamen Bronstein dennoch wie eine Ewigkeit vor.

Als die Mietdroschke vor dem Lokal hielt, raunte Bronstein Pokorny zu, er möge die Bezahlung übernehmen, und stürzte ins „Kaiserhof". Dieses war beinahe vollkommen leer. Wo konnte der Mann abgeblieben sein? Bronstein trat wieder vor das Kaffeehaus und besah sich die Szenerie. Gegenüber entdeckte er einen Autostand, bei dem sich auch jener Mietwagen eingereiht hatte, mit dem sie eben angekommen waren. Bronstein überquerte eilig die Gasse und überlegte, wen er nach dem Mann fragen konnte.

Zwischen den Automobilen turnte ein Wasserer herum. Für diesen altehrwürdigen Beruf hatten sich die Zeiten auch geändert. Früher waren sie einfach mit ihren Eimern an den Fiakerstandplätzen gewesen und hatten gegen etwas Schmattes den Pferden Wasser gegeben, woher auch ihre Berufsbezeichnung rührte. Die Wassereimer hatten sie immer noch bei sich, doch nunmehr nutzten sie deren Inhalt, um Karosserien und Windschutzscheiben zu waschen, wofür sie von den Chauffeuren etwas Geld bekamen, und die Türen aufzuhalten, wenn Kundschaft kam, was auch ein paar Kreuzer extra eintrug.

„He, du da!", rief Bronstein den Wasserer zu sich und winkte mit einer halben Krone. „Hast du einen stattlichen Herrn gesehen, der vor kurzem aus dem Kaffeehaus gekommen und hier in einen Wagen eingestiegen ist?"

„Ja freilich", bestätigte der, „i hab ihm sogar selber die Tür aufgehalten. Hat aber keine Maut gegeben, der Knauser."

„Aha, und weißt auch, wohin er wollte, der Knauser?"

Der Wasserer grinste breit und nahm das Geldstück entgegen: „Hotel Klomser! Ich hab's ganz genau gehört."

Na bitte, vielleicht war doch noch nicht alles verloren, dachte Bronstein und atmete durch. Er pfiff nach Pokorny, der immer noch sinnlos zwischen dem Kaffeehaus und der Bordsteinkante hin und her taumelte, und begab sich wieder zu jenem Wagen, den sie am Kolowrat-Ring angehalten hatten. „Weiter geht's. Hotel Klomser! Und gach a no, wenn's geht!"

„Sicher geht's", raunte der Chauffeur nur, ehe er ausstieg, um sein Automobil wieder anzukurbeln. Ein paar Augenblicke später fuhren sie in Richtung Michaelerplatz. Das Auto bog in die Herrengasse ein und kam genau vor dem Hoteleingang zu stehen. Abermals sprang Bronstein aus dem Gefährt und stürzte sich ins Innere des Gebäudes.

„Grüße Sie", empfing er den Portier schon vom Eingang, „haben Sie vor kurzem Gäste bekommen?"

Der kleine, leicht übergewichtige Mann strich sich über seinen üppigen Schnurrbart. „Grad jetzt san zwa Herren im Auto ankommen", begann er, „Kaufleut san s'. Aus Bulgarien." Dabei lächelte er zufrieden.

In Bronstein kam keine Zufriedenheit auf. „Und vorher?", fragte er mit Bangigkeit in der Stimme, „ein Herr allein?"

„Im Auto?", fragte der Portier nach, um dann Bronsteins Hoffnungen endgültig zunichte zu machen. „Des waaß i net. Vor einer Viertelstund is der Herr Oberst Redl kommen. In Zivil war er, des waaß i. Aber i waaß net, ob er im Auto vorg'fahren is."

Bronstein schluckte. Der Oberst Redl. Na servus. Jetzt hatte er den Salat! Ausgerechnet der Redl! In der ganzen Monarchie gab es keinen ärgeren Scharfmacher als den Chef des österreichisch-ungarischen Kundschafterdienstes. Ein Mann wie Redl würde es nicht dabei bewenden lassen, jemanden wie Bronstein für sein Versagen in die hinterste Provinz strafzuversetzen. Nein, er würde ihm höchst eigenhändig den Kopf abreißen. Buchstäblich! Er würde gegen Bronstein eine Anklage wegen Hochverrats einleiten und diese wahrscheinlich auch durchbekommen. Der Fall, so würde Redl argumentieren, sei ja sonnenklar. Dadurch, dass der saubere Herr Bronstein samt seinem indolenten Adlatus die Ergreifung des Spions aktiv vereitelt habe, sei eindeutig und zweifelsfrei bewiesen, dass dieser Herr Bronstein an der Spionage beteiligt und ergo selbst ein Agent ausländischer Mächte sei. Genüsslich würde Redl ins Treffen führen, dass Bronstein aus Galizien stamme und mutmaßlich jenseits der Grenze noch Verwandtschaft habe. Daher sei es wohl ein Leichtes gewesen, ihn für die Ochrana anzuwerben. Außerdem habe besagter Bronstein im Frühjahr dieses Jahres eine ebenso extravagante wie kostspielige Liaison mit einer Dame der besseren Gesellschaft begonnen, und es sei mehr als naheliegend, dass sich ein kleiner Polizeioberkommissär eine solche Liebesbeziehung finanziell niemals leisten könne. Also habe man seinen Onkel, Großonkel oder Vetter aus Janowka oder wo auch immer herbeizitiert, Fühlung mit dem Mann aufzunehmen, der nur allzu schnell gefügig geworden sei angesichts der Summen, die ihm der zaristische Geheimdienst geboten. Nur allzu logisch, dass er da den Verdächtigen entwischen ließ. Wahrscheinlich teilten sie sich die Summe aus Eydtkuhnen brüderlich. Und daher, so würde Redl resümieren, gebe es nur ein mögliches Urteil: An den Galgen mit dem Mann! Und ehe der Sommer vorüber war, würde er, David Bronstein, als totes Stück Fleisch an einem Strick baumeln. Statt Kirchenwirt in Suben Armesünderfriedhof in Simmering.

Trotz dieser Aussichten musste Bronstein plötzlich schmunzeln. Es war wohl ein Hintertreppenwitz der Geschichte, dass der wirkliche Spion ausgerechnet in jenem Hotel abgestiegen war, in dem auch sein natürlicher Todfeind residierte. Da hatte sich der Kerl ja das richtige Versteck ausgesucht. Die Höhle des Löwen! Vielleicht wohnten die beiden sogar Wand an Wand.

Aber für derartige Kombinationen war jetzt keine Zeit. Bestimmt wusste Gayer schon von der Hauptpost, dass die Briefe in der Zwischenzeit behoben worden waren. Bronstein musste daher endlich auch selbst Bericht erstatten und erklären, welche Ergebnisse die Verfolgung bislang erbracht hatte. Vielleicht sollte man dabei auch gleich erwähnen, dass der Herr Oberst Redl persönlich zugegen sei, und anfragen, ob nicht dieser viel berufenere und höherrangige Beamte die Untersuchung leiten solle.

Endlich hatte ihn Pokorny erreicht. Bronstein kam eine Idee. „Sag, hast des Futteral noch?" Pokorny signalisierte Zustimmung. „Her damit!" Pokorny händigte es seinem Vorgesetzten aus. Bronstein wandte sich an den Portier und forderte ihn auf, seine Gäste zu fragen, ob ihnen dieses Objekt zufällig abhanden gekommen sei, er habe es nämlich hier im Foyer gefunden.

Sicher, die Chance, dass sich der Verdächtige auf diese Weise verriet, war gleich null, aber man musste es wenigstens versuchen, sagte sich Bronstein. Vielleicht hat das Schicksal ja doch noch ein Einsehen mit ihm. Statt Armesünderfriedhof in Simmering Eiserne Krone im Präsidium.

Im Augenwinkel nahm Bronstein eine Person wahr, die eben die Stufen abwärtsschritt. Anhand der überaus schmucken Uniform, die der Mann trug, bedurfte es keiner weiteren Mutmaßungen über dessen Identität. Da stieg der Schrecken der ausländischen Mächte höchsteigen hinab zu den Normalsterblichen. Der Oberst Redl in voller Montur! Unwillkürlich schlug Bronstein die Hacken zusammen und salutierte, wofür er von Redl ein nachlässiges Nicken erntete. Ohne weiter auf Bronstein zu achten, legte der Oberst einen Schlüssel auf die Theke, dessen Gravur ihn als jenen von Zimmer 1 auswies.

„Haben der Herr Oberst vielleicht die Hülle Ihres Taschenmessers verloren?"

Ja war der Trottel von Portier denn von allen guten Geistern verlassen? Jetzt fragte er doch glatt den Obersten aller Agentenjäger, ob er etwas verloren haben mochte, das zweifellos einem Spion gehörte. Wie dumm konnte man denn noch sein? Bronstein verdrehte die Augen und rang um Fassung.

„Jö, mei Futteral! Ich hab's schon gesucht. Wo habe ich es denn …" Redl erstarb. Und Bronstein mit ihm.

Er hatte sich blitzschnell das nächstbeste Objekt gegriffen, das Gästebuch, und blätterte scheinbar interessiert darin. Das konnte doch unmöglich der Fall sein! Der Oberst Redl hatte sich als Eigentümer des besagten Futterals bezeichnet und durch das Nichtvollenden des betreffenden Satzes auch noch zu erkennen gegeben, dass er sich ertappt fühlte. Bronstein riskierte einen flüchtigen Blick zur Seite. Der Oberst Redl war ganz blass. Steif wie ein Stock stand er da. Dann nahm er mit einer fahrigen Bewegung das Futteral an sich, drehte sich um und ging unendlich langsam auf den Ausgang zu. Hinter seinem Rücken gab Bronstein Pokorny ein Zeichen. Dieser begab sich gleichfalls zur Tür und sah dem Obersten nach. „Er geht nach rechts", sagte er dann, als er Redl außer Hörweite wusste.

Bronstein wandte sich wieder an den Portier. „Rufen Sie 123 48 an. Das ist das Evidenzbüro. Sagen Sie dort, es ist alles in Ordnung. Das Corpus Delicti gehört dem Obersten Redl." Dann schnappte er sich Pokorny und lief durch das Foyer auf die Straße. Gerade noch rechtzeitig, um Redl im „Café Central" verschwinden zu sehen. Sie querten eilig die Straße und betraten gleichfalls das Kaffeehaus. Am hinteren Ende erspähten sie Redl, der das Lokal eben durch die Hintertür wieder verließ. Bronstein zupfte Pokorny am Ärmel: „Der will durch die Passage auf die Freyung." Und abermals nahmen sie die Verfolgung auf.

„Schau!", rief Pokorny seinem Vorgesetzten zu, „er zerreißt irgendwelche Papiere. Die sind sicher Beweismaterial. Die müssen wir sicherstellen."

„Vielleicht", entgegnete Bronstein ruhig, „aber nicht jetzt. Der Mann ist wichtiger. Der will uns nur aufhalten. Er glaubt, einer von uns sammelt die Papierln auf, und den anderen kann er dann irgendwie abhängen. Aber nicht mit uns. Komm, weiter geht's."

In der Tat erreichten sie nun die Freyung, Redl ging keine zehn Meter vor ihnen. Er wusste, dass sie ihm folgten, und sie wussten, dass er es wusste. Doch das spielte keine Rolle mehr. Der Agentenjäger hatte sich selbst als Spion entlarvt. Es war sein Leben, das verwirkt war, nicht jenes von Bronstein. Und diese Tatsache wollte er den Obersten wissen lassen. Hautnah. Langsam schloss er auf. Er war kaum noch sieben, acht Meter hinter dem Militär und unterdrückte das Bedürfnis, laut ein

Liedlein zu pfeifen. Vielleicht dieses „Glücklich ist, wer vergisst, was doch nicht zu ändern ist" vom Strauß Schani. Doch das kam Bronstein abgeschmackt vor. Bloß nicht voreilig triumphieren. Redl hatte ihn schon einmal düpiert. Und bei den Finessen, die der Oberst fraglos in seiner langen Karriere gelernt hatte, verfügte er sicher über Mittel und Wege, ein weiteres Mal durch die Maschen des polizeilichen Netzes zu schlüpfen.

„Gut", sagte Bronstein stattdessen, „du gehst zurück, sammelst die Schnipsel auf und begibst dich dann sofort damit ins Präsidium. Ich gehe unserem sauberen Herrn Oberst nach. Mal sehen, was der jetzt noch im Schilde führt."

Pokorny gab Bronstein ein kurzes Zeichen, dass er verstanden hatte, dann machte er kehrt. Bronstein aber schritt weiter aus, den Obersten keinen Moment aus den Augen lassend. Beinahe gemeinsam bogen sie in den Tiefen Graben ein, gingen unter der Brücke durch, über welche die Wipplingerstraße führt, und hielten auf den Kai zu. Was wollte der Mann in der Brigittenau? Dort gab es weder einen Bahnhof noch sonst eine Möglichkeit, irgendwie abzutauchen. Schon gar nicht in der Montur eines Mitglieds des Generalstabs. Als derart hochrangiger Militär fiel man in dem abgewohnten Proletarierbezirk mehr auf als eine Bauchtänzerin in den päpstlichen Gemächern. Ob Redl den Verstand verloren hatte?

Tatsächlich hatten sie nun den Donaukanal erreicht. Dort blieb Redl unschlüssig stehen. Bronstein hielt keine zehn Meter hinter ihm. Redl drehte sich um. Bronstein hielt dem Blick des Obersten stand. Mehr noch, ein kleines Lächeln umspielte seine Lippen, das dem Kontrahenten signalisierte: „Du entkommst mir nicht. Nicht mehr."

Und so, als hätte der Offizier die unausgesprochene Botschaft verstanden, drehte er ab. Er machte einige Schritte auf die Straße zu, überquerte sie und ging auf der anderen Seite des Tiefen Grabens wieder zurück. Und abermals tat es ihm Bronstein gleich.

Neuerlich gingen sie unter der Brücke durch, ein weiteres Mal erreichten sie die Freyung mit der Schottenkirche. Rechter Hand, keine zehn Meter vor ihnen, befand sich das Denkmal für Herzog Heinrich II., der einst mit dem Spruch „Ja, so mir Gott helfe" berühmt geworden war, weshalb er allenthalben Heinrich Jasomirgott hieß. Doch Gott, das war wohl nicht nur Bronstein klar, würde Redl nun auch nicht mehr helfen können.

Tatsächlich schien sich auch der Oberst ins Unvermeidliche zu fügen, denn er wechselte erneut die Straßenseite und ging nun die Herrengasse entlang, um schließlich und endlich abermals das Hotel Klomser zu betreten. Bronstein sah, wie er den Zimmerschlüssel verlangte und sich in das erste Stockwerk begab.

Bronstein trat wieder auf den Portier zu: „Gibt es einen zweiten Ausgang, den man erreichen könnte, ohne dass man an der Rezeption vorbeigehen muss?" Der Portier verneinte.

„Gut", sagte Bronstein, „geben Sie mir bitte Ihr Telefon."

Bronstein hatte zwei Zigaretten ausgedämpft und eine dritte beinahe zu Ende geraucht, als Pokorny endlich seine epischen Ausführungen zu einem Ende brachte. Immerhin aber war Bronstein nun ziemlich genau über die ganze Angelegenheit im Bilde.

In der Tat hatte Gayer prompt reagiert. Eine Abordnung der Polizei war zwischenzeitlich zur Hauptpost gefahren, um dort den von Redl unterfertigten Beleg zu beheben. Ein ausführlicher Schriftvergleich war gar nicht mehr nötig gewesen. Der Oberst hatte seine Schrift nicht verstellt, es war auf den ersten Blick erkennbar, dass es sich um seine Handschrift handelte. Als noch entlarvender erwiesen sich die zusammengesetzten Papierschnitzel, deren sich Redl beim Café Central entledigt hatte. Es waren Postbestätigungen über von Redl aufgegebene Briefe an Adressen in Warschau, Brüssel und Lausanne. Bronstein hatte Pokornys Pfiff immer noch dröhnend im Ohr. Ebenso wie seine Worte.

„Was glaubst, Bronstein, was das für Adressen sind?" Natürlich hatte Pokorny nicht auf eine Antwort gewartet, sondern war gleich in seinem Vortrag fortgefahren. „Die in Warschau ist das Hauptquartier der Ochrana, des zaristischen Geheimdienstes. Na, und in Brüssel sitzt der Franzos' an der Adress'. Aber, und da hat sogar der Gayer g'schaut, Lausanne san die Italiener. Stell dir das einmal vor! Die san mit uns verbündet und spionieren uns trotzdem aus. Des wird Folgen haben, da bin i ma sicher."

Und dann war dieser durchdringende Pfiff gekommen. Bronstein hatte sich erst mit dem Finger ins Ohr fahren müssen, ehe er das Telefonat fortsetzen konnte. Ob es auch für ihn eine Order gebe, hatte er gefragt. Nach einem kurzen Augenblick war plötzlich Gayer selbst am Apparat gewesen.

„Der Schuft ist jetzt auf seinem Zimmer?"

„Jawohl, Herr Regierungsrat!"

„Egal, was er macht, lassen S' ihn auf keinen Fall aus den Augen. Sobald er sein Zimmer verlässt, kleben S' an ihm wie eine Klette. Haben S' mich verstanden?"

„Sehr wohl, Herr Regierungsrat!"

„Gut. Sie halten uns auf dem Laufenden."

Ebenso abrupt, wie er sich gemeldet hatte, war Gayer auch wieder weg. Bronstein blieb nur, Pokornys weiteren Gesprächsfluss zu stoppen. Als ihm das endlich gelungen war, seufzte er. Das konnte ja heiter werden. Die Nacht, so ahnte er, war wohl endgültig beim Teufel.

Mit einem resignierten Schulterzucken fragte er den Portier nach einem Magazin, mit dem er sich dann in die Lobby setzte.

Unwillkürlich registrierte er die Uhrzeit. Es war wenige Minuten vor acht Uhr.

Bronstein hatte kaum eine Zigarette geraucht, als ein vornehm gekleideter Herr das Foyer des Hotels betrat. Über den Rand der Zeitschrift hinweg musterte Bronstein den Mann, und er brauchte nicht lange, um das Gesicht einem Namen zuzuordnen. „Der Pollak", entfuhr es ihm beinahe eine Spur zu laut. Unwillkürlich zuckte er zusammen, doch Pollak schien ihn nicht gehört zu haben. Was der wohl hier machte? Pollak war der Erste Staatsanwalt im Lande, der Generalprokurator des Obersten Gerichts- und Kassationshofes. Bestenfalls der Justizminister persönlich stand noch über ihm. Auch wenn der Fall Redl, wie Bronstein die Causa nun auch schon in seinen Gedanken nannte, fraglos von allergrößter Brisanz und damit Wichtigkeit war, schien es kaum wahrscheinlich, dass sich darob der höchste Staatsanwalt der Monarchie persönlich an den Ort des Geschehens bemühte. Nein, Pollaks Anwesenheit musste andere Gründe haben.

„Der Redl schon da?"

Der Pollak hatte doch wirklich nach Redl gefragt. Aber keineswegs in einem Tonfall, der darauf hindeutete, dass Pollak im Bilde war. Vielleicht ahnte der arme Mann noch gar nichts von den bedeutungsvollen Wendungen, die sich seit dem Nachmittag ergeben hatten. Bronstein rang mit sich, ob er Pollak ansprechen sollte, doch der Portier, der Bronstein kurz ratlos angesehen hatte, stellte schon in Redls Zimmer durch. „Der Herr Oberst kommt gleich", sagte er dann eine Nuance zu laut.

Bronstein wurde unruhig. Was sollte er nun tun? Seine Order war unmissverständlich gewesen. Sollte Redl das Hotel verlassen, dann hatte er ihn zu beschatten. Jemand wie Pollak war sicher mit dem Wagen da, und wer vermochte zu sagen, wohin die beiden sich begeben würden. Sicherheitshalber stand Bronstein daher auf und trat an die Rezeption. „Hören S', wo bleibt meine Mietdroschke?"

Die Verwirrung des Portiers dauerte zu Bronsteins Glück nur kurz. Er hatte dessen Augenzwinkern richtig gedeutet und verbeugte sich. „Ich werde gleich noch einmal nachfragen, der Herr."

„Ist schon recht. Ich mache mich derweil frisch." Bronstein verschwand in Richtung der Toiletten, denn es schien ihm angezeigt, von Redl nicht gesehen zu werden. Doch noch einmal würde ihm derselbe Fehler nicht passieren. Bronstein hielt die Tür einen Spalt breit offen und schielte nach draußen. Er war erleichtert, dass er von seiner Warte aus Pollak direkt im Blick hatte. So würde er sofort wissen, wenn in die ganze Sache wieder Bewegung kam.

Lange musste Bronstein nicht in seiner merkwürdigen Pose verharren. Schon hörte er das Knarren der Stufen, und gleich danach erschien Redl in seinem Blickfeld, was Bronstein dazu veranlasste, ein klein wenig zurückzuweichen, um ganz sicher einer Entdeckung zu entgehen. Doch die beiden Männer schenkten ihrer Umgebung keinerlei Beachtung. Sie reichten sich kurz die Hände, wechselten ein paar Worte, die Bronstein nicht verstehen konnte, und verließen dann das Hotel. An der Tür passierten sie einen livrierten Jüngling, der mit den Worten „Des b'stellte Auto wär do" Bronstein signalisierte, dass er die Verfolgung aufnehmen konnte.

Pollaks Wagen fuhr über die Schauflergasse zur Löwelstraße und hielt sichtlich auf die Josefstadt zu. Bronstein ließ den Chauffeur in Respektabstand folgen. Nach einer kleinen Weile tauchte das Zeichen des Restaurants „Riedhof" vor ihnen auf, und Bronstein war sich sicher, dass Pollak dort halten lassen würde. Tatsächlich drosselte das Gefährt das Tempo und kam sodann ruckartig zum Stehen. Auch Bronstein signalisierte dem Chauffeur, er möge anhalten. Eilig drückte er ihm über die Schulter das Fahrgeld in die Hand, dann sprang er aus dem Wagen und begab sich eine Minute nach Pollak und Redl in die Wirtschaft. Zuvor erklärte er dem Chauffeur noch, er solle aufs Präsidium fahren, dort den Regierungsrat Gayer verlangen und ihm mitteilen, dass sich der Gesuchte nun im „Riedhof" befinde. Der Mann nickte nur und wendete dann sein Automobil.

„Der Herr haben reserviert?", näselte ein blasierter Oberkellner, dem die Verachtung gegenüber Bronsteins Adjustierung deutlich anzusehen war.

„Ja", sagte dieser nur, „auf Kaiser und König." Dazu hielt er seine Marke hoch. Der Garçon zuckte unmerklich mit einem Augenlid und fragte kaum hörbar, ob der Herr Inspektor irgendwelche speziellen Wünsche habe.

„Der Redl. Wo sitzt der?"

„Herr Inspektor, wir sind ein ehrenwertes Etablissement. Bei uns wünscht die Kundschaft anonym zu bleiben."

„San S' a Puff, oder was?"

Diesmal gab sich der Kellner schon weniger Mühe, sein Zucken zu verbergen.

„Wie belieben?"

„Ich beliebe den Herrn Oberst Redl im Blick zu haben. Haben S' das jetzt verstanden? Oder legen S' Wert auf Beugehaft?"

Die zuletzt ausgesprochene Drohung war natürlich reiner Mumpitz, aber sie verfehlte die beabsichtigte Wirkung nicht. Der Ober schnippte nach einem Pikkolo und wies diesen an, Bronstein an einen Tisch in der Nähe des Herrn Staatsanwalts zu führen.

„Na bitte, geht doch", merkte Bronstein an, als er dem Jungen folgte. Der Ober verbeugte sich steif und lächelte säuerlich.

Bronstein war mit seinem Tisch außerordentlich zufrieden. Er sah Redl direkt ins Genick und konnte, wenn man den übrigen

Gesprächslärm wegfilterte, sogar leidlich verstehen, was Pollak sagte, woraus er wiederum in etwa schließen konnte, was Redl so sprach. Fürs Erste, so dachte er, war wieder alles unter Kontrolle. Er schenkte dem eben kredenzten Rotwein, den er im Vorübergehen bestellt hatte, keine Beachtung, sondern versuchte, sich auf das Gespräch zu konzentrieren.

Der Miene Pollaks war zu entnehmen, dass Redl ihm gerade Dinge unterbreitete, die ihn offensichtlich schockierten. Ob Redl dem Staatsanwalt gegenüber ein Geständnis ablegte? Bronstein legte seine linke Hand an sein Ohr und beugte sich noch eine Spur nach vorn. Dennoch drangen nur einzelne Wortfetzen Redls zu ihm durch. Verfehlungen? Von welchen Verfehlungen sprach er da? Von jenen, die Bronstein gerade erst aufgedeckt hatte, oder gab es noch mehr Verwerfliches im Leben dieses Mannes? Schweres Verbrechen? Ja, das konnte man wohl sagen! Aber es war wohl ausgeschlossen, dass Redl da wirklich von seiner Spionage redete, denn sonst wäre Pollak wohl längst aufgesprungen und zurückgewichen wie vor einem Aussätzigen. Nein, Redl musste etwas anderes meinen. Wenn er doch nur besser zu verstehen wäre.

„Und du willst, dass ich dir da helf?"

Das war jetzt Pollak gewesen.

„Beim Korpskommando in Prag?"

Prag? Was sollte Prag mit der ganzen Angelegenheit zu tun haben? Bronstein war verwirrt.

„Na, du musst wissen, was du tust." Pollaks letzter Satz war besonders gut zu verstehen gewesen, weil der Staatsanwalt aufgestanden war. Er legte die Serviette auf den Tisch und erkundigte sich bei einem Kellner, wo er telefonieren könne. Bronstein war sich nicht sicher, an wessen Fersen er sich nun heften sollte. Eigentlich war Redl der Hauptverdächtige, doch es mochte nicht uninteressant sein, zu erfahren, wen der Generalprokurator nun anrief. Bronstein winkte einen Vertreter des Servierpersonals zu sich.

„Gibt es noch einen anderen Ausgang als den auf die Straße?"

„Ja. Durch die Küche. Aber der ist Betriebsfremden verboten."

„Gut. Wo finde ich ein Telefon?"

Der Restaurantangestellte wies in die Richtung, in die eben auch Pollak verschwunden war. Bronstein überzeugte sich noch einmal davon, dass Redl auf seinem Platz geblieben war, und ging dann den angezeigten Weg. Er ließ sich mit Gayer verbinden.

„Tut mir leid. Da ist besetzt", klärte ihn das Fräulein vom Amt auf. Bronstein versagte sich einen Fluch. Neben ihm hörte er Pollak reden.

„Der Herr Oberst Redl hat anscheinend eine psychische Störung erlitten. Er spricht von moralischen Verfehlungen und sogar von Verbrechen, die er angeblich begangen hat. Und jetzt bittet er mich, ich soll ihm die ungestörte Fahrt nach Prag ermöglichen. Vielleicht könnten Sie ihm Begleitschutz mitgeben?"

Daher wehte also der Wind. Der Redl machte auf geisteskrank. Nun, das würde ihn auch nicht mehr retten. Die Monarchie hängte sogar absolute Idioten und Schwachsinnige auf, da würde man auch mit einem Neurastheniker kein Pardon kennen. Aber mit wem konnte Pollak da telefonieren? Begleitschutz? War da am anderen Ende der Leitung der Generalstab? Das Oberkommando? Irgendetwas Militärisches jedenfalls. Und offensichtlich eine Stelle, die sich nicht sonderlich um die Angelegenheit zu kümmern wünschte, stellte Bronstein fest, nachdem Pollak ein „Und mehr können wir nicht tun" in den Raum geschickt hatte. „Na gut", fuhr der Staatsanwalt nebenan fort, „ich werd's ihm bestellen. Vielen Dank auf jeden Fall, und noch einmal Entschuldigung für die Störung."

Bronstein hatte genug gehört und ersuchte noch einmal um eine Verbindung. Diesmal kam sie klaglos zustande.

„Gayer!"

„Herr Regierungsrat. Oberkommissär Bronstein hier. Der Redl sitzt mit dem …"

„Pollak im Riedhof. Ich weiß, er hat mich grad ang'rufen." Deswegen war also besetzt gewesen.

„Das heißt, er hat Sie, Herr Regierungsrat, um Begleitschutz ersucht?"

„Exakt. Aber da kann er lange warten, der Lump. Also der Redl, nicht der Herr Staatsanwalt. Der ist, glaube ich, noch gar nicht im Bilde darüber, mit wem er da an einem Tisch sitzt, der Arme. Wie auch immer, lassen S' mir den Redl keinen Moment mehr aus den Augen. Der hat sein Leben verwirkt, das sage ich Ihnen. Wir stehen gerade in Verhandlung mit dem Generalstab, wie wir weiter verfahren. Sie, Bronstein, erstatten mir weiterhin bei jeder Änderung der Lage Bericht. Ist das klar?"

„Vollkommen, Herr Regierungsrat."

„Alsdern. Wiederhör'n."

„Auf Wiederhören, Herr Regierungsrat."

Bronstein sah zu, dass er ungesehen wieder an seinen Tisch kam. Der Pollak saß mittlerweile erneut an seinem Platz und schien auf Redl begütigend einzureden. Der wirkte nur noch nervöser und fahriger. Er stieß sogar sein Glas um, was einen Kellner dazu veranlasste, spornstreichs einzuschreiten und den Schaden zu beheben. Bronstein nutzte die Gelegenheit und bestellte sich ein weiteres Achtel.

„Na ja", tönte nun wieder Pollaks Stimme an sein Ohr, „da kann man vorerst wohl nichts machen. Aber halb so wild, Redl, halb so wild. Morgen sieht die Welt schon wieder ganz anders aus. Wirst sehen, der Gayer lässt dich net verkommen."

‚Nicht entkommen' wäre passender, dachte Bronstein.

Redl schien Pollaks Rede nicht zu trösten. Er rutschte unruhig auf seinem Sessel hin und her, fasste sich immer wieder an den Kopf und sah sich in unregelmäßigen Abständen im Lokal um. Bronstein hatte Mühe, sich so bedeckt zu halten, dass Redl ihn nicht ausmachte. Als er eben ein drittes Achtel ordern wollte, hörte er Pollak „Zahlen!" rufen. Bronstein gab also keine weitere Bestellung auf, sondern dem Kellner die erforderliche Summe für die bisherige Konsumation. Dann wartete er, bis die beiden Männer aufgestanden waren, und heftete sich abermals an ihre Fersen.

Vor dem Lokal ließ er sich ein Automobil kommen und hoffte dabei inständig, er würde Redl und Pollak wegen ihres Vorsprungs nicht aus den Augen verlieren. Doch in der Josefstadt herrschte an einem Samstagabend kein Mangel an Mietautomobilen, und so saß Bronstein wenige Augenblicke später erneut im Fond eines Wagens. Zufrieden stellte er fest, dass sich Pollaks Auto in Sichtweite befand, und konstatierte beiläufig, dass er wohl noch nie so oft ein Automobil benutzt hatte wie an diesem Tag. Daran, so dachte er, könnte er sich gewöhnen.

Die genommene Route ließ ihn bald erahnen, wohin die Fahrt diesmal gehen würde. Die Welt war offensichtlich klein. Oder, genauer gesagt, die Menschen machten sich ihre Welt klein. Jeder verkehrte trotz der unüberschaubaren Vielzahl an Gaststätten doch immer wieder in denselben Lokalen. Das galt offenbar auch für Redl, denn bald wurde das Café Kaiserhof sichtbar, in dem sich Redls Spur nur wenige Stunden zuvor beinahe verloren hätte. Es war schier grotesk, dass sich der Mann jetzt just wieder dorthin begab.

Aber vielleicht wusste Redl bereits, dass er verloren war, und wollte seine Stammlokale ein letztes Mal aufsuchen, ehe ihn die Pforten der Hölle verschlangen. Ein Einspänner als Henkersmahlzeit – auch eine Art. Bronstein überlegte, ob er neuerlich im Präsidium anläuten sollte, doch kam er zu dem Schluss, dass ein derartiges Vorgehen vorderhand nicht nötig war. Dem Gayer war wohl rechtschaffen egal, wo sich Redl aufhielt, solange nur jederzeit ein Zugriff erfolgen konnte. Das Gespräch, das die beiden nun führten, schien recht unergiebig zu sein. Redl saß nur noch da, den Kopf in die Hände gestützt, und schwieg, während andererseits nun auch Pollak immer einsilbiger wurde. Pollak dämpfte schließlich seine Zigarre aus, bestellte noch zwei Klare und verlangte dabei gleich nach der Rechnung. Eine Viertelstunde später standen die beiden auf.

„Soll ich dich noch heimfahren?", hörte Bronstein den Staatsanwalt fragen. Redl entgegnete etwas, das Bronstein als Zustimmung wertete. „Heim", das konnte nur das Klomser meinen, weshalb er abermals einen Mietwagen würde nehmen müssen. Bronstein schielte in sein Portemonnaie, ob er sich eine neuerliche Fahrt würde leisten können, denn allmählich war seine Barschaft beträchtlich geschrumpft, und dem Chauffeur würde es leidlich egal sein, dass Bronstein sein Gefährt nur aus dienstlichen Gründen benutzte, er würde auf sofortiger Bezahlung bestehen. Mit einer gewissen Erleichterung registrierte Bronstein, dass diese eine Fahrt noch finanzierbar war. Aber es stand zu hoffen, dass Redl dann wirklich im Hotel blieb. Und außerdem war es zu wünschen, dass die Amtskasse sich nicht wieder ewig mit der Refundierung der Auslagen Zeit lassen würde, sonst musste sich Bronstein einen Monat lang von Wasser und Brot ernähren.

Am Standplatz befanden sich genügend Wagen, auch der Wasserer vom Nachmittag war noch da und nickte Bronstein verschwörerisch zu, da er offensichtlich Redl als den Verdächtigen wiedererkannt hatte, nach dem er zuvor befragt worden war. „Immer noch hinter dem Lauser her!", raunte er, doch Bronstein stand der Sinn nicht nach einem solchen Schwätzchen, und so drückte er dem Mann eilig ein paar Kreuzer in die Hand, ehe er dem Fahrer die gewünschte Adresse nannte. Im Hotel angekommen, ließ er sich neuerlich den Telefonapparat aushändigen und erstattete Gayer Bericht.

„Wir sind jetzt wieder im Hotel. Soll ich weiter dableiben?"

„Selbstverständlich. Sie bleiben, bis Sie abgelöst werden."

„Sehr wohl, Herr Regierungsrat."

Damit war das Telefonat auch schon wieder beendet. Bronstein setzte sich schwerfällig in einen der Fauteuils in der Lobby und atmete aus. Was war das bislang für ein Tag gewesen! Und er war sichtlich noch nicht zu Ende, obwohl es schon hart an Mitternacht ging. Mit Sorge registrierte er, dass er nur noch zwei Zigaretten hatte, und so fragte er den Portier, ob dieser Rauchwerk übrig habe. Die Marke, die ihm dieser aushändigte, sagte Bronstein zwar nicht zu, aber in der Not fraß bekanntlich sogar der Teufel Fliegen. Er steckte sich die vorletzte Egyptische an und beschloss, sich die allerletzte für den Heimweg aufzuheben. Dazwischen musste es mit der Ersatzlösung gehen.

Schlag Mitternacht stellte Bronstein fest, dass er ein wenig gedöst hatte. Doch der Lärm, der von der Eingangspforte des Hotels kam, ließ ihn sofort wieder hellwach werden. Neugierig musterte er die vier Besucher. Es konnte kein Zweifel bestehen, diese Männer waren wegen Redl gekommen. Alle vier trugen Uniform. Vorneweg ging ein General, flankiert von einem Major und einem Hauptmann. Hinter den dreien schritt ein Oberst, den Bronstein von Bildern her kannte. Oberst Urbanski vom Generalstab, der in die Familie Reininghaus eingeheiratet hatte. Auch die anderen drei Männer trugen die Generalstabsinsignien. Für Redl war das jüngste Gericht gekommen.

Das warf nun nur noch die Frage auf, was das Erscheinen dieses Kommandos für Bronstein bedeutete. Er erhob sich und ging auf die Offiziere zu. „Guten Abend, Oberkommissär Bronstein von der Wiener Polizei. Ich bin abkommandiert, den Herrn Obersten Redl zu überwachen."

Der General, der es nicht der Mühe wert fand, seinen Namen zu nennen, schickte seinem Gegenüber ein kurzes Lächeln, das Mitleid ebenso wie einen Hauch von Verachtung inkludierte. Mit tonloser Stimme erklärte er: „Für Sie ist die Sache erledigt. Von jetzt an übernehmen wir. Der Fall hat Sie nicht mehr zu bekümmern."

Bronstein nahm unwillkürlich Haltung an. „Sehr wohl. Aber Sie werden verstehen, meine Herren, dass ich mit dem Herrn Regierungsrat Gayer Rücksprache halten muss. Ich gehe davon aus, dass er informiert sein will."

„Tun Sie, was Sie nicht lassen können", meinte der Hauptmann im Vorübergehen, und Bronstein registrierte mit nicht geringer Verwunderung, dass seine Äußerung den Militärs vollkommen gleichgültig gewesen war. Für sie existierte er bereits nicht mehr. Bronstein sah ihnen nach und konnte so den Portier beobachten, der offenbar sein Revier verteidigen wollte. „Besuche auf den Zimmern sind nicht gestattet, die Herren."

„Wir sind kein Besuch, wir sind eine Kommission", erklärte der Major kurz angebunden. „Geben S' uns den Schlüssel zum Zimmer vom Redl. Aber flott."

„Tut mir leid, Herr Major, das darf ich nicht", blieb der Rezeptionist standhaft.

„Was Sie dürfen und was nicht, das bestimmen wir. Also her damit. Sonst kracht's."

„A wos", ließ der General verlauten, „wos brauch ma den Kasperl? Gemma!"

Bronstein fühlte, dass der Fall eine entscheidende Wendung nahm, und beschloss, den Anruf bei Gayer zu verschieben. Kurzerhand folgte er den Offizieren in den ersten Stock. Die nahmen weiter keine Notiz von ihm, sondern klopften stattdessen an die Tür des Zimmers mit der Nummer 1.

Redls „Herein!" war wohl selbst für die Offiziere kaum zu vernehmen, Bronstein jedenfalls hörte es nicht. Aber er musste es gesagt haben, denn der Major öffnete die Tür und bot dem General den Vortritt. Bronstein machte schnell ein paar Schritte auf das Zimmer zu und konnte so gerade noch die erste Äußerung Redls verstehen: „Ich weiß, weshalb die Herren kommen. Ich habe mein Leben verwirkt und bin eben im Begriffe, Abschiedsbriefe zu schreiben."

Bronstein pfiff leise durch die Zähne. Damit hatte er nun trotz allem nicht gerechnet. Offensichtlich wurde die Sache nun zu einer Art militärischen Ehrenhandels. Bronstein ließ alle Vorsicht fahren und drückte sein Ohr an das Türholz. Natürlich kannte er den alten Spruch vom Lauscher an der Wand, doch war er der Ansicht, als ermittelnder Beamter hatte er ein Recht darauf, zu erfahren, was sich im Inneren dieses Zimmers zutrug. Aber die Polsterung der Tür schien ziemlich dick geraten zu sein, denn auch bei größter Anstrengung konnte er nur einzelne Wortfetzen verstehen. Er war sich ziemlich sicher, dass Redl gerade erklärte, keine Komplizen gehabt zu haben.

Dann sagte einer der vier Offiziere erstaunlich deutlich: „Sie dürfen um eine Schusswaffe bitten." Offensichtlich war Redl zuvor gefragt worden, ob er eine solche bei sich hatte, und dieser schien verneint zu haben. Nun reagierte Redl mit den Worten: „Ich bitte gehorsamst um einen Revolver."

Stille. Dann ein Knarzen. Bronstein deutete dieses gerade noch richtig und trat schnell einige Schritte zurück. Schon flog die Tür auf, und einer der Offiziere eilte an Bronstein vorbei zurück ins Foyer. Die anderen blieben offenbar bei Redl. Für Bronstein war nun der Zeitpunkt gekommen, Gayer Bericht zu erstatten. Er ging zurück an die Rezeption und verlangte das Telefon. Der

Regierungsrat reagierte auf die Mitteilungen seines Untergebenen erstaunlich einsilbig. Er solle die Stellung halten und unter allen Umständen strikte Kooperationsbereitschaft wahren. Der Gayer, so dachte sich Bronstein, wirkte direkt ein wenig ängstlich. Vielleicht hatte die ganze Sache schon viel weitere Kreise gezogen, als bislang anzunehmen war. Das wäre nicht weiter verwunderlich, denn eine derart hochrangige Kommission stellte sich kaum von selbst zusammen. Wahrscheinlich war mittlerweile nicht nur das Oberkommando der Armee in die Angelegenheit involviert, sondern auch bereits die Regierung. Vor Bronsteins geistigem Auge erstanden hektische Beratungen zwischen Generalstabschef Hötzendorf, Ministerpräsident Stürgkh und dem Thronfolger höchstselbst, der sich mit Vorliebe in derlei Dinge einmischte. Wahrscheinlich stand Hötzendorf bereits im Schloss Belvedere Habtacht, während man den Regierungschef eben aus seinem Schlaf läutete. Und der Hauptmann war nun unterwegs, um Instruktionen einzuholen. Deswegen hielt sich wohl auch Gayer bedeckt, weil alles auf eine Entscheidung von oben wartete. Anders war die jüngste Entwicklung nicht zu deuten. Man hatte Redl bereits eine Schusswaffe angeboten, was normalerweise bedeutete, dass sich der Betreffende selbst entleiben musste. Doch in einem solchen Fall verließ die Kommission das jeweilige Zimmer und wartete draußen, bis sie den Schuss gehört hatte. Offiziell sprach man dann von Selbstmord, den man quasi entdeckt hatte. Doch die Kommission befand sich noch bei Redl, was nur heißen konnte, dass jemand Höherer als der anwesende General den Befehl erteilen sollte.

Bronstein blieb also nichts weiter zu tun als abzuwarten. Er steckte sich eine der neuen Zigaretten an, die ihm eigentlich gar nicht schmeckte. Sie war viel zu leicht. Sosehr er auch an ihr zog, der beruhigende Effekt wollte sich partout nicht einstellen. Er schickte dem Portier einen wissenden Blick, und dieser beantwortete ihn mit einer entsprechenden Miene. In dieser Situation verständigte man sich besser ohne Worte.

Eine gute Viertelstunde nachdem er sich entfernt hatte tauchte der Hauptmann wieder auf. In seiner rechten Hand hielt er eine Browning. Das konnte doch nicht die Möglichkeit sein, sagte sich Bronstein, dem ein scheinbar absurder Gedanke gekommen war. Was, wenn Redl, wie es seine Lage gebot, nach einer Waffe verlangt hatte, doch keiner der vier Offiziere eine bei sich führte? Das wäre denn doch zu peinlich, verwarf Bronstein diese Idee wieder. Die kaiserliche Armee war zwar berüchtigt für ihre permanenten Schnitzer, doch so erbärmlich konnten nicht einmal die kaiserlichen Fahnen sein! Und doch hörte Bronstein den Mann deutlich sagen: „Ich bringe den Revolver, Herr General." Bronstein schüttelte den Kopf. Was brauchte es da noch Spione, die militärische Geheimnisse verrieten? Eine solche Armee war doch ohnehin kein ernstzunehmender Gegner. Fassungslos schickte er sich an, wieder in den ersten Stock zu gehen, als ihm auch schon die Offiziere entgegenkamen.

„Sie sind noch hier?", meinte der General mit nicht geringer Verwunderung.

„Ich bin so frei", entgegnete Bronstein und bemühte sich darum, in das Gesagte eine ironische Note zu legen.

„Fein. Dann können S' uns gleich behilflich sein. Stellen S' sich vor die Tür da und warten S', bis S' einen Schuss hören. Dann kommen S' runter und holen uns."

Erst in diesem Augenblick wurde Bronstein die moralische Dimension der Situation bewusst. Dass die Armee jemanden zum Selbstmord zwang, war die eine Sache, dass er indirekt daran mitwirken sollte, jedoch eine vollkommen andere. Ein Leben war immerhin ein Leben, und Selbstmord wurde nicht nur von der Kirche verurteilt. Normalerweise war es die erste Aufgabe eines Polizisten, einen Selbstmord zu verhindern, selbst wenn es sich dabei um einen Schwerverbrecher handelte. Denn niemand sollte sich der irdischen Gerichtsbarkeit entziehen. Bronstein wollte daher etwas erwidern, doch ihm blieb einfach nur der Mund offen. Aber er kam nicht dazu, seine Gedanken zu ordnen, denn der General winkte den Hauptmann herbei: „Nehmen S' den Mann unter Eid."

Der trat ganz nah an Bronstein heran und sagte mit monotoner Stimme: „Alles, was Sie heute in dieser Sache erfahren haben oder noch erfahren werden, unterliegt der striktesten Geheimhaltung. Sie werden mit niemandem, auch nicht mit Ihren Vorgesetzten, darüber reden."

„Aber der Herr Regierungsrat Gayer", entfuhr es Bronstein.

„Da brauchen S' Ihnen keine Sorgen machen, dem berichten schon wir", merkte der Oberst an. „Also machen S' da jetzt keine Sperenzien, damit endlich was weitergeht. Sagen S' schon, ich schwöre, dann hat das Kind einen Namen."

„Ich schwöre", flüsterte Bronstein.

„Na eben, geht doch", sagte der Oberst noch und ging die Treppe hinunter. Die anderen drei Offiziere folgten ihm. Bronstein wirkte wie erschlagen. Er konstatierte einen trockenen Mund und hatte das dringende Bedürfnis nach Wasser. Tapsend tastete er hinter sich nach einer Sitzgelegenheit und ließ sich schließlich auf einen Sessel fallen. In welchen Albtraum war er da nur hineingeraten?

Sicher, so tröstete er sich nach einer kleinen Weile, eigentlich hatte er mit all dem nichts zu tun. Es war nicht seine Entscheidung, den Obersten über die Klinge springen zu lassen. Aber durfte er es so einfach hinnehmen, dass sich wenige Meter von ihm entfernt ein Mensch selbst mordete?

Der Mészáros kam ihm wieder in den Sinn. Wäre er damals rechtzeitig gekommen, er hätte alles in seiner Macht Stehende getan, um diesen Mann zu retten. Vor dem Baumgarten oder vielleicht doch vor sich selbst. Und jetzt, wo er die Gelegenheit hatte, einen Suizid zu verhindern, tat er nichts? Bronstein schluckte. Hin und her gerissen zwischen moralischem Anspruch und dienstlicher Raison tat er, was jeder ordentliche österreichische Beamte in einer solchen Situation zu tun pflegte: Er verharrte in Apathie.

Durch die geschlossene Tür des Zimmers Nummer 1 waren Schlurfgeräusche zu hören, gelegentlich unterbrochen durch heftiges Keuchen. Offenbar rannte Redl in seinem Quartier auf und ab wie ein Tiger in seinem Käfig. Bald danach war deutliches Husten zu vernehmen. Ein gurgelndes Geräusch hörte sich so an, als versuchte der Oberst irgendwelchen Schleim aus der Lunge oder aus den Stirn- in die Mundhöhle zu bekommen, und unwillkürlich ekelte es Bronstein.

„Sagen S', was ist denn da oben los?" Offenbar war nun, da die Offiziere bereits geraume Zeit das Hotel verlassen hatten, auch der Portier neugierig geworden.

„Nix!", rief Bronstein die Treppe hinunter. Er selbst konnte die Spannung nicht mehr ertragen. Er erhob sich langsam und bewegte sich zu den Stufen. Sachte setzte er einen Fuß vor den anderen und schlich so regelrecht abwärts.

Am Ende der Stiege wurde er bereits vom Portier erwartet: „Sie können mir doch nicht erzählen, dass da oben nix los ist. I bin ja ned blöd. Der Redl hat was ausg'fressen, und jetzt streiten Militär und Polizei, wer ihn kriegt. Oder lieg ich da falsch?"

Bronstein schüttelte nur den Kopf. „Dem Herrn Oberst ist nicht wohl. Die Kommission wollte sich nur überzeugen, ob er diensttauglich ist", sagte er mit kläglicher Stimme.

„A so a Topfen!" Der Portier war von dieser Version keineswegs überzeugt, doch Bronstein ließ ihn einfach stehen und ging an die Tür. Vorsichtig lugte er um die Ecke. Da standen sie. Alle vier. Genau an der Ecke Herrengasse und Bankgasse. Unweigerlich musste Bronstein an Gayer denken.

Er hätte gewollt, jetzt in Leitomischl bei seinem Großvater zu sitzen, einen Birnenschnaps zu trinken und den Großvater einfach fragen zu können, was er an dieser Stelle tun würde. Doch er war sich ziemlich sicher, die Antwort ohnehin zu kennen. Eigentlich müsste er nun nach oben gehen, in Redls Zimmer eindringen, diesen festnehmen und aufs Präsidium bringen. Oder noch besser gleich ins Landesgericht. Dort dem Journalrichter vorführen, damit dieser Untersuchungshaft über ihn verhänge. Dann wäre der Fall aktenkundig, und alles verliefe in gesetzlichen Bahnen. Es durfte doch nicht sein, dass die Armee tatsächlich über dem Gesetz stand!

Aber dann war es möglicherweise mit seiner Karriere tatsächlich vorbei. Wer konnte schon sagen, wie weitreichend der Verrat Redls war? Unter Umständen hatte der allen Feinden Österreichs seit Jahr und Tag militärische Geheimnisse verraten. Wenn eine solche Sache öffentlich ruchbar wurde, dann war der Schaden, der dem Staat dadurch zugefügt würde, vielleicht sogar noch größer als jener, den Redl verursacht hatte. Jedenfalls würde niemand dem Polizeioberkommissär Bronstein dafür dankbar sein, den Finger auf diese militärische Wunde gelegt zu haben. Und in der Folge wäre es natürlich reiner Zufall, dass er bei jeder Beförderung geflissentlich übergangen wurde. War jemand wie Redl wirklich die eigene Karriere wert?

Aber ein Menschenleben war immerhin ein Menschenleben!

Bronstein war am Verzweifeln. Er wandte sich wieder dem Portier zu: „An Schnaps. Aber schnell!" Der griff hinter sich und holte eine Obstlerflasche aus dem Regal. Dann schickte er sich an, ein Schnapsglas zu organisieren, doch Bronstein schüttelte nur den Kopf. Er nahm die Flasche entgegen, setzte sie ansatzlos an die Lippen und begann in großen Schlucken zu trinken.

Der Alkohol brannte höllisch die Kehle hinunter. Aber er lenkte Bronstein von seinem grundlegenden Gewissenskonflikt ab.

Bronstein ignorierte den konsterniert dreinblickenden Hotelangestellten und trank weiter. Um dessen bohrenden Blicken zu entgehen, drehte er sich um und steuerte die Sitzgruppe im Foyer an, wo er sich schwerfällig niederließ. Und wieder setzte er die Flasche an, um einen beträchtlichen Teil ihres Inhalts in seine Kehle rinnen zu lassen.

Er sackte ein wenig in sich zusammen und blies dabei Luft aus der Nase aus. Ganz deutlich erschien die merkwürdig verdrehte Gestalt des ungarischen Leutnants vor seinem geistigen Auge. Der Mészáros, die arme Sau, war im Pendel geendet, weil ihm sein Gspusi buchstäblich den Gstieß gegeben hatte. Wie immer dessen Ableben schließlich wirklich vor sich gegangen war, der arme Mészáros war am Ende seines Lebens ein zutiefst unglücklicher Mensch gewesen, der vielleicht tatsächlich keinen Sinn mehr für sich gesehen hatte. Aber der Redl? Der sah in seinem Leben sicherlich noch jede Menge Sinn. Der hatte ohne Zweifel haufenweise Geld und konnte sich fraglos eine Existenz in Luxus und Exklusivität leisten. Bei solchen Perspektiven wollte man ganz sicher nicht sterben.

„Tschuldigung", sagte Bronstein, dem eben ein Rülpser entfahren war, automatisch und wunderte sich darüber, wie undeutlich dieses eine Wort aus seinem Mund gekommen war. Egal, darauf trank er noch einmal.

Was immer Redl auch getan hatte, spann Bronstein seinen Gedanken weiter, es war barbarisch, ihn auf diese Weise zu bestrafen. Doch andererseits, wie sah die Alternative aus? Bei Hochverrat dieses Ausmaßes würde sicherlich die Todesstrafe verhängt werden. Redl war also so oder so ein toter Mann, der Unterschied bestand nur darin, dass er im zweiten Fall noch ein halbes Jahr zu leben hatte.

Nun, ein halbes Jahr war ein halbes Jahr. So wie eine halbvolle Schnapsflasche eine halbvolle Schnapsflasche war. Die

Frage, die sich hier also aufdrängte, war jene: Hatte er das wirklich alles allein weggetrunken?

Bronstein wurde schlecht. Kein Wunder, sagte er sich, bei der moralischen Last, die auf seinen Schultern lag. Diese Last, also diese ... na ... moralische ... Last, die lag also ..., ja, worauf lag die denn? ... Auf seinen Schultern, richtig. ... Auf seinen nämlich! „Auf meinen, verstehen S'!"

Hatte er das gerade wirklich laut gesagt? Na servus, offensichtlich war er ziemlich bedient. Peinlich eigentlich. Wahnsinnig peinlich, genau genommen. Direkt zum Genieren! Um Himmels Willen, das ist ja so was von ..., na, verstecken müsst man sich ... was heißt – eingraben! Wo ist das nächste Loch? Und warum hatte er jetzt Schluckauf? Wer dachte an ihn? Auch egal, noch einen Schluck.

„Meinen S' nicht, Herr Inspektor?"

Wie aus weiter Ferne drangen die Worte des Rezeptionisten an Bronsteins Ohr. Was sollte er meinen? Irgendwie hatte er das Gefühl, einen Teil des Satzes verpasst zu haben. Oder waren die Worte des Portiers andere gewesen? Weinen S' nicht! Bronstein fuhr sich über die Wangen, und sie fühlten sich tatsächlich ein wenig feucht an. Doch das war ja wohl kein Wunder angesichts des Dilemmas, dem er sich da ausgesetzt sah. Endlich bekam er einmal die Chance, einen wirklichen Fall zu bearbeiten, und dann endete die ganze Sache so. Das war ja wirklich zum Heulen. Aber ein gestandenes Mannsbild, das ließ sich nicht zu solch weibischem Tun hinreißen. Ein echter Mann spülte derartige Widrigkeiten des Schicksals tapfer hinunter.

„Genug! Meinen S' nicht, dass 's jetzt genug is?"

Das war wieder dieser lästige Hotelschani da. Bronstein fühlte, wie Zorn in ihm aufkam. Er saß da mit der ganzen Tragödie der Welt beladen, und der Domestik da kam ihm blöd. Dem würde er die Meinung geigen, aber gehörig. Bronstein öffnete den Mund, und ein weiterer Rülpser ward in die Welt gelassen. Für einen Augenblick war der Polizist erschrocken, dann grinste er dämlich und schüttelte den Kopf. Wozu Volksreden halten, dachte er sich, er sah die Dinge eben von einer höheren Warte. Und dieser Umstand verlangte nach einem weiteren Schluck.

Mit fahrigen Bewegungen versuchte Bronstein, die Flasche, die vor ihm in heimtückischer Absicht zu fliehen schien, zu erhaschen. Erst als er die Augen zusammenkniff, erkannte er, dass die Flasche tatsächlich Reißaus nahm. Genau genommen wurde sie entführt. Von diesem Zwutschkerl da. Was bildete der sich eigentlich ein?

„Was ... einbilden ... Sie ... hören S'!" Na, das war einmal ein Telegramm. Ganz ohne Postamt. Bronstein war sich nicht sicher, ob er wirklich gekichert hatte, aber eigentlich war ihm das auch egal.

„Ich sage Ihnen, Herr Inspektor, es ist genug."

Was war das eben? In Bronstein, der eben noch im Begriff gewesen war, sanft in seinem Sessel einzuschlummern, kam wieder Leben. Genug? Was war genug? Weshalb war er überhaupt ..., und wo war er vor allem? Genug? Ach ja, die Redl-Sache. Der Mann, der sich vielleicht gerade selbst ein Leid antat. Das war inakzeptabel, egal, was diese Oberg'scheiten vom Militär sagten.

„Sie ham recht", lallte Bronstein. „Genug. ... Es ist ... genug." Er atmete tief ein und brachte sich, so gut es ging, in eine aufrechte Position. Dann fixierte er den Portier und sagte mit erstaunlicher Klarheit: „Ich muss das verhindern."

Wie eine Feder schnellte er hoch und lief los. Links an der Rezeption vorbei und direkt durch die Tür in den Sanitärbereich. Er riss die erstbeste Kabine auf, starrte den Bruchteil einer Sekunde auf die penibel geputzte Schüssel und übergab sich dann in hohem Bogen, wobei sein Oberkörper eine Art Halbkreis beschrieb, als er sich vornüber beugte. Erst als der ärgste Schwall den Weg aus seinem Körper gefunden hatte, fand Bronstein die Zeit, genauer zu zielen. Er stützte sich am Spülkasten ab und wartete geduldig, bis auch der letzte Rest aus ihm gewichen war. Es gelang ihm gerade noch, sich nicht auf diesen Thron zu setzen, was zumindest sein Beinkleid in absolut inakzeptablen Zustand versetzt hätte, sondern er torkelte in die Nebenkabine und ließ sich dort nieder, um erst einmal auszuatmen.

Die Fäulnis, die aus seinem Munde kam, ekelte ihn. Er kramte nach den Zigaretten und steckte sich mit zittrigen Fingern eine an. Diese hing sodann leicht schief zwischen seinen Lippen und gloste vor sich hin. Ab und zu gelang es Bronstein, einen Zug zu machen, wobei er der Asche, die in periodischen Abständen auf seine Oberschenkel fiel, keine Beachtung schenkte. Erst als ihn ein jäher Schmerz durchzuckte, der davon herrührte, dass die Zigarette bis zu seinen Lippen abgebrannt war, spuckte er das Rauchwerk aus, das zu Boden fiel und dort allmählich erlosch.

Wie auch Bronsteins Geist. Sein Kopf sackte nach hinten an die Toilettenwand. Seine Augen schlossen sich, und Bronstein registrierte, wie sich sein Körper allmählich entspannte. „Ein ganz klein wenig lasst uns tun, und alles ist getan." Bald schon kündete lautes Schnarchen davon, dass Bronstein seinen inneren Konflikt auf besondere Weise gelöst hatte.

„Herr Inspektor! Is Ihnen was?"

Mühsam öffnete Bronstein die Augen. Allmählich erkannte er das Gesicht des Hotelangestellten, das ihn mit besorgter Miene anstierte. Erst ganz langsam, dann aber immer schneller prasselten die Gedanken auf Bronstein ein. Er erinnerte sich wieder, wo er war, warum er dort war und wie er an diesen ganz speziellen Ort gelangt war. „Wie spät hamma's?", fragte er endlich.

„Halb drei vorbei", antwortete der Mann. Bronstein verdrehte die Augen. Er musste rund neunzig Minuten geschlafen haben. Kein Wunder, dass ihm alles wehtat. Vor allem aber sein Kopf. Nun ja, er hatte ja ziemlich viel getrunken.

Er wollte dem Portier dankbar zulächeln, da dieser nach ihm gesehen hatte. Doch dann fiel ihm ein, dass er dies erst nach eineinhalb Stunden getan hatte. In der Zwischenzeit hätte er, Bronstein, dreimal gestorben sein können. Und vor allem: Was hatte der Portier in dieser Zeit getan?

„Waren Sie oben beim Redl?"

„Aber woher denn. Des hätt ich mich ja nie getraut!"

„Und was haben S' dann getan die ganze Zeit?"

„Das, was ich immer tu, wenn ich Nachtdienst hab. Warten und dabei meinen Gedanken nachhängen."

„Und dass ich so lange weg war, das hat Sie nicht gestört?"

„Aber Herr Inspektor. So wie Sie b'soff..., wie Sie getrunken haben, da war irgendwie klar, Sie brauchen jetzt a bissl a Ruhe. Aber wie S' dann nach einer Stunde immer noch nicht wieder da waren, da hab ich mir denkt, ich schau sicherheitshalber einmal nach."

Wie fürsorglich. Nach einer Stunde setzte im Zweifelsfall wohl schon die Leichenstarre ein. Bronstein rieb sich den Hinterkopf. „Ist irgendwas ... passiert, während ich ... äh ... weg war?"

Der Portier schüttelte beruhigend den Kopf. „Alles so wie ehedem. Draußen stehen immer zwei Offiziere, die anderen zwei sind derweilen im Café Central. Aber die werden s' jetzt bald raushauen, weil eigentlich ist dort um zwei Sperrstund. Und vom Herrn Obersten sieht und hört man nix."

„Haben S' einen Kaffee für mich? So stark, dass der Löffel drin stehen bleibt?"

„Das lasst sich einrichten."

„Verbindlichen Dank. Jetzt muss ich einmal schauen, dass ich wieder herzeigbar bin. Wenn S' so gut sind."

Mit einer Geste der rechten Hand deutete Bronstein an, dass er sich erheben wollte, wozu er den nötigen Platz brauche. Der Portier schaute zuerst verdutzt, dann begriff er. Mit den Worten „Ich mach einstweilen den Kaffee" zog er sich zurück. Bronstein wuchtete sich in die Höhe und wurde sofort von einem stechenden Kopfschmerz gequält. Er streckte sich langsam und trat dann auf die Waschmuschel zu. Nachdem er den Kaltwasserhahn eine gute Weile hatte laufen lassen, fasste er mit beiden Handflächen in den Strahl und schüttete sich das so aufgefangene Nass mit Schwung ins Gesicht. Für einen Moment schüttelte es ihn, doch dann spürte er, wie die Lebensgeister in ihn zurückkehrten. Er beugte sich hinunter und hielt den Kopf unter den Hahn. Als er sich wieder leidlich munter fühlte, trank er gierig und in großen Schlucken, zu diesem Zweck mehrmals mit seinen Händen Wasser schöpfend. Endlich kam er zu dem Schluss, sich wieder ins Foyer wagen zu können.

„Ich hab Ihnen einen Türkischen gemacht. Der sollte Sie wieder auf Vordermann bringen." Bronstein sah den Mann dankbar an und nahm die dargereichte Tasse entgegen. Nachdem er sich ein wenig von dem starken Heißgetränk eingeflößt hatte, ging er zum Hoteleingang und linste vorsichtig um die Ecke. Tatsächlich. Da standen sie. Alle vier. Bronstein blickte in die andere Richtung und erkannte, dass das Kaffeehaus in der Zwischenzeit seine Pforten geschlossen hatte. Er holte seine Taschenuhr hervor und konstatierte: Es war exakt drei Uhr morgens.

Er wandte sich wieder dem Portier zu und bot diesem eine Zigarette an. Sodann rauchten sie beide und schwiegen. Beide schienen sich so ihre Gedanken zu machen, und das einzige Geräusch, das zu vernehmen war, kam von der Standuhr hinter dem Schlüsselkasten.

„Aus! Schluss! Genug!" Mit einer heftigen Bewegung dämpfte Bronstein eine Zigarette aus und stand auf. „So etwas geht doch einfach nicht! Ich geh da jetzt rauf und verhafte den Kerl. Denn die G'schicht muss ein End haben."

Der Portier war nicht mehr sonderlich verwundert. Er hatte sich wohl schon eins und eins zusammengereimt, doch in seinem Beruf machte man es sich wohl zur Angewohnheit, still und diskret zu sein. Er versagte sich daher jeden Kommentar und sah Bronstein nur nach, wie dieser die Treppe erklomm. Ein lautes Klopfen, dann ein „Ich komm jetzt rein", dann wieder Stille.

Und abermals knarrten die Stufen. Bronstein kam ganz langsam herabgewankt, sah den Portier mit merkwürdigem Gesichtsausdruck an: „Er hat sich erschossen", flüsterte er beinahe.

„Na, das wird was werden", meinte der Portier und erhob sich nun ebenfalls. Bronstein achtete nicht weiter darauf, sondern ging ins Freie, wo ihn die kühle Morgenluft endgültig wieder nüchtern werden ließ. Er hob die rechte Hand und winkte den Offizieren. Diese setzten sich in Bewegung und hatten ihn im nächsten Augenblick erreicht.

„Ist es ... geschehen?"

Bronstein nickte nur.

„Dann", ließ der General verlauten, „ist die Sache für Sie erledigt. Gehen Sie nach Hause und schlafen Sie sich aus. Und vergessen Sie nicht, dass Sie unter Eid stehen. Zu niemandem ein Wort. Zu niemandem!"

Bronstein wiederholte seine Kopfbewegung und begann dann zu gehen. Er grüßte weder die Offiziere noch den Portier, er ging einfach nur in Richtung Ring. Die Kälte der frühen Stunde machte ihn frösteln, und er schlug den Kragen seines Rocks hoch. Ein dezenter Rotstich am Himmel kündigte den Sonntag an, und die Stadt lag wie ausgestorben zu seinen Füßen. Vorbei an der Minoritenkirche, passierte er den Volksgarten und sah sich so dem Rathaus und dem Parlament gegenüber. Hinter sich wusste er das Burgtheater. Bronstein meinte sich daran zu erinnern, dass da zurzeit „König Ottokars Glück und Ende" gegeben wurde. Redl war auf seinem Gebiet auch ein Herrscher gewesen. Und wie der stolze Böhme hatte er seine Grenzen nicht gekannt, weshalb sein Fall nun ebenso tief war wie jener des Přemysliden.

Bronstein plagten Kopfschmerzen, und er wollte nur noch nach Hause. Doch bis nach Dornbach mochten es gut und gerne fünf Kilometer sein. Er lenkte seine Schritte zur Universität und kam schließlich am Schottentor an, von wo die Tramway nach Hernals abfuhr. Er riskierte einen Blick auf die Anzeigetafel. Der erste Wagen sollte die Haltestelle an einem Sonntag um fünf Uhr früh verlassen, und seine Taschenuhr sagte ihm, dass es mittlerweile zwanzig vor fünf war. Die paar Minuten würde er nun auch noch überstehen. Er setzte sich auf die Wartebank und rauchte eine weitere Zigarette. Dabei versuchte er, die Bilder des toten Obersts aus seinem Gedächtnis zu tilgen. Allein, es gelang ihm nicht. Um sich abzulenken, fixierte er einen Vogel, der in geringer Entfernung von der Bank ein paar Brotkrumen aufpickte. Welch ein friedvoller Moment. So gänzlich anders als die letzten Stunden. Bronstein rieb sich die Schläfen und seufzte.

Um ein Haar wäre er ein weiteres Mal eingenickt, doch das durchdringende Quietschen der Tramway, als sie in die Kurve einbog, weckte ihn wieder. Er kletterte in den Triebwagen, entrichtete beim Schaffner den Fahrpreis und ließ sich dann schwer auf eine der Holzbänke fallen. Eine knappe halbe Stunde später war er an der Endstation angekommen. Die letzten Meter zu seiner Wohnung legte er zu Fuß zurück. Endlich zu Hause angekommen, streifte er seine Schuhe ab, zog den Rock aus und fiel dann vornüber auf sein Bett, wo er sofort in einen tiefen und langen Schlaf sank.

X.
Sonntag, 25. Mai 1913

Irgendein infernalischer Lärm drang durch die Tiefen seiner Bewusstlosigkeit an sein Ohr. Bronstein wehrte sich mit aller Kraft gegen das Aufwachen, doch schließlich musste er kapitulieren. Er öffnete die Augen und setzte sich ganz langsam auf. Nachdem er eine Weile seine Schläfen massiert hatte, nahm er die Uhr auf seinem Nachttisch in den Blick.

Schlag zwölf.

Verdammt! Um genau diese Zeit war er bei Marie Carolines Eltern zum Dejeuner angesagt. Als ob der gestrige Streit nicht genügt hätte! Seine heutige Verspätung musste endgültig wie eine Provokation wirken! Er sprang aus dem Bett, streifte die Kleider vom Leib und goss eilig Wasser in das Lavoir. Er schüttete sich selbiges sodann ins Gesicht, fuhr sich mit den nassen Händen in die Achselhöhlen und wusch sich schließlich auch noch sein Geschlecht. Nicht, dass er damit gerechnet hätte, zum Zug zu kommen, doch er erinnerte sich daran, dass ihn Marie Caroline einst ein „Schweinderl" genannt hatte, da er seine Morgentoilette auf das Gesicht, den Nacken und den Oberkörper beschränkt hatte. Er roch an sich und war nicht zufrieden. Aus dem Regal beim Waschtisch förderte er eine Flasche Kölnischwasser zutage und verteilte deren Inhalt strategisch an einigen Stellen seines Körpers. Dann eilte er zurück in sein Schlafzimmer, raffte einige Kleider zusammen und versuchte, diese auf eine Weise zu kombinieren, die ihn halbwegs repräsentabel erscheinen lassen mochte.

Zehn Minuten später stand er erschöpft an der Straßenbahnhaltestelle. Er seufzte. Das konnte niemals gutgehen. Er würde beinahe eine halbe Stunde bis zur Universität brauchen, dann weitere zwanzig Minuten bis zum Karlsplatz und schließlich noch einmal eine knappe Viertelstunde bis zur Wohllebengasse. Im allerbesten Falle hatte er also fünfundsiebzig Minuten Verspätung, und dementsprechend brüsk würde ihm Marie Caroline die Tür weisen. Guter Rat war daher teuer. Die Lösung des Problems war es auch. Mit den letzten Münzen, die er aus seinen Taschen noch zutage förderte, hielt er eine Mietdroschke an, die relativ flott vorankam. Allerdings nur bis zur Oper, denn dort war Bronsteins Barschaft endgültig erschöpft. Immerhin, er hatte diesen Teil seines Weges in weniger als fünfzehn Minuten geschafft, mit etwas Glück würde es ihm gelingen, seine Verspätung auf eine gute halbe Stunde zu minimieren.

Vor der Karlskirche riss er noch schnell ein paar Blumen aus, die er zu einer Art Strauß zusammenstellte, wobei er sich selbst eingestehen musste, dass man viel Phantasie brauchte, um dieses Ensemble gelungen nennen zu können. Dennoch, der Wille ging doch fürs Werk, hieß es, und Bronstein hastete weiter. Eben hörte er in der Ferne die Kirchenglocke zweimal schlagen, als er keuchend und nach Luft ringend vor dem Elternhaus seiner Angebeteten ankam.

Mit pikiertem Gesichtsausdruck öffnete ihm Josefine und wies ihm wortlos den Weg ins Speisezimmer. Dort angekommen, verbeugte er sich leicht und drückte die Blumen der Frau Mama in die Hand, die sie unbesehen an Fini, die Bronstein gefolgt war, weiterreichte. „Ich bitte meine Verspätung inständigst zu entschuldigen", begann er, mit den Augen bald hierhin, bald dorthin wandernd, „ich war, wie ihr euch vielleicht erinnert, mit einem sehr schwerwiegenden Fall betraut, der mich beinahe bis fünf Uhr morgens im Dienst hielt. Und dadurch habe ich wohl ein klein wenig verschlafen. Außerdem war der Verkehr ..."

Bronstein erstarb. Die drei aßen weiter, als ob er gar nicht im Raum wäre. Arrogante Bande, dachte er, während er sich niedersetzte, da hielt man für Kaiser und Vaterland die ganze Nacht lang den Kopf hin, und die undankbare Brut hielt es bloß für einen Affront. Wütend stach er auf den Leberknödel ein, der ihm von Josefine eben in den Suppenteller platziert worden war, als wollte er ihn ermorden.

Er hob seinen Kopf an, wollte erneut zu einer Erklärung ansetzen, doch offensichtlich hatte die Familie beschlossen, ihn zumindest vorerst mit Verachtung zu strafen. Bitte, das konnten sie haben. Auch wenn er kein Mönch war, es handelte sich nicht um das erste Mahl, das er schweigend einnahm. Der Herr von Ritter schob den Teller von sich und griff in die neben ihm stehende Holzkiste. Er holte eine Zigarre hervor, roch daran, während er sie unter seiner Nase drehte. Dann zwickte er ihr Ende ab und zündete sie mit einem langen Streichholz an. Der Rauch verteilte sich ziellos im Raum. Jetzt erst sah der Herr von Ritter auf Bronstein. „Ein schwerwiegender Fall also." Dem Tonfall war nicht zu entnehmen, ob es sich bloß um Desinteresse oder doch um Spott handelte. Bronstein beschloss, den Satz nicht als Spitze zu interpretieren. Er tupfte sich mit der Stoffserviette den Mund ab, dann hob er zu einer Antwort an.

„Ja, eine ziemlich komplexe Geschichte. Das Evidenzbüro, dem ich ja zurzeit dienstzugeteilt bin, ging ursprünglich von finanziellen Malversationen aus, doch wie sich am Ende zeigte, handelte es sich um ein Verbrechen viel größeren Ausmaßes. Ich bin natürlich an meinen Amtseid gebunden, daher sage ich nur so viel: Hoch- und Landesverrat."

„Verrat ist das Stichwort", giftete Marie Caroline. Ihr Vater aber machte eine begütigende Geste.

„Es muss schon sehr aufregend sein, wenn man seinem Land an so exponierter Stelle dienen kann", sagte er dann in Bronsteins Richtung. Na, das klang ja beinahe wie ein Friedensangebot, dachte dieser.

„Und irgendwer muss die Drecksarbeit ja schließlich machen", fuhr der Herr von Ritter fort und lachte. Und seine beiden Frauen fielen in das Gelächter mit ein.

In Bronstein kam abermals Wut hoch. „Richtig", sagte er spitz, „damit des Kaisers Untertanen ruhig schlafen können."

„Haben S' das g'hört, Fini?", dröhnte der Herr von Ritter, „Sie sind nicht der einzige dienstbare Geist in diesem Zimmer."

Hielt diese Familie ihn für einen Domestiken? Allmählich kam seine Geduld wirklich an ihr Ende. „So wichtig, wie die Causa heute war, würde es mich nicht wundern, wenn es dafür einen Orden gäbe", sagte er leichthin. Dann beugte er sich vor und sah dem Herrn von Ritter direkt in die Augen. „Haben Sie schon einen Orden bekommen, Herr von Ritter?"

„Nein", replizierte dieser knapp, „aber du auch nicht."

Bronstein ließ die Serviette auf den Tisch fallen. Da war einfach Hopfen und Malz verloren. In dieser Familie würde er sich nie wohlfühlen. Und was Marie Caroline anbelangte, so stellte sich wirklich die Frage, was außer einer gewissen Schönheit für sie sprach. Bronstein ahnte, dass er in diesem Kreis nur seine Zeit vergeudete.

„Sie entschuldigen mich einen Moment." Bronstein stand auf und verließ in kerzengerader Haltung den Raum. Im WC setzte er sich auf die Toilettenmuschel und fluchte undeutlich vor sich hin. Wie war er bloß in diese unmögliche Lage geraten? Am besten war es wohl, wenn er Marie Caroline in den kommenden Tagen zum Essen einlud und ihr bei dieser Gelegenheit erklärte, dass er nichts mehr für sie empfinde und die Beziehung daher auflöse. Denn so, das war ja wohl offenkundig, konnte es nicht mehr weitergehen. Er war entschieden zu müde, um derartige Situationen gelassen nehmen zu können. Wenn er jetzt ins Esszimmer zurückkam, und man behandelte ihn immer noch von oben herab, dann würde er sich endgültig verabschieden. Eine derartige Kujonierung hatte er nicht not.

Bronstein trat eben wieder auf den Flur, als das Telefon der Familie klingelte. Die Zugehfrau eilte an den Apparat und kehrte wenig später mit einem fragenden Blick ins Zimmer zurück. „Es ist …", sagte sie stockend, „für den jungen Herrn Bronstein?"

Na, das war eine willkommene Überraschung. Bronstein lächelte und folgte der Bediensteten in den Arbeitsraum des Herrn von Ritter.

„Bronstein am Apparat von Ritter", meldete er sich.

„David, du ahnst nicht, wer hier spricht!"

Unwillkürlich musste er lächeln. Die Stimme von Kisch erkannte er immer und überall. „Egonek, du alter Schlawiner. Was gibt's? Und woher weißt du, wo du mich erreichen kannst?"

„Na, ich wäre ein schlechter Journalist, wenn ich der Kombinationsgabe entbehren würde. Es ist Sonntag, es ist Mittag, na wo wirst du also sein. Im Schoß der lieben Familie, da du es doch auf den Schoß des Fräulein Tochter abgesehen hast."

So ganz stimmte diese Behauptung nicht mehr, dachte Bronstein, aber letztlich war sie auch nicht völlig unrichtig. „Der Punkt geht an dich. Und was verschafft mir die Ehre?"

„Das erkläre ich dir am Abend. Ich stehe gerade in Prag am Bahnhofspostamt. Mein Zug geht in wenigen Minuten. Treffen wir uns gegen acht im Herrenhof. Da kann ich dir dann mehr sagen. Und ich hoffe, du mir auch."

„Acht Uhr Herrenhof. Geht in Ordnung. Wir sehen uns."

„Genau. Bis dann. Servus."

„Ja, servus." Bronstein hängte ein. Der Abend war gerettet.

„Und, wer war's?" Marie Carolines Ton hätte jeden See zufrieren lassen.

„Der Egon. Wir haben uns für heute Abend im Herrenhof verabredet", antwortete er leichthin.

Marie Caroline tupfte sich den Mund mit der Serviette ab und legte das Stoffstück dann sachte beiseite.

„Darf ich dich kurz alleine sprechen?"

„Aber sicher doch! Wenn deine Eltern nichts dagegen haben."

Marie Caroline stand vom Tisch auf und zog Bronstein mit sich in ihr Zimmer. Dort schloss sie vorsichtig die Tür. Sie sah Bronstein durchdringend in die Augen und wartete einen Augenblick.

„Bist du jetzt von allen guten Geistern verlassen?"

„Nicht dass ich wüsste." Bronstein musste sich eingestehen, dass ihn die Szene amüsierte. Marie Caroline hingegen stützte ihre Fäuste in ihre Hüften und begann wie ein wilder Stier zu schnauben. Ihre Augen verengten sich zu kleinen Schlitzen, und Bronstein meinte zu erkennen, dass ihr Gesicht eine unangenehme Farbe anzunehmen begann. Gleich, so mutmaßte er, würde sie vollends explodieren.

Und so war es auch. „Das ist doch wohl nicht dein Ernst", schrie Marie Caroline in einer Lautstärke, die wohl auch noch die Nachbarn jedes einzelne Wort verstehen ließ, „gestern lässt du mich allein in die Oper gehen, weil du meinst, der Dienst sei dir wichtiger, und heute willst du mich schon wieder nicht ausführen, weil dir deine Saufkumpane lieber sind. Was bildest du dir eigentlich ein, du ungehobelter Flegel!"

„Aber Chérie", tat Bronstein ehrlich überrascht, „ich wusste nicht, dass du für heute schon Pläne gemacht hast."

Sein Gegenüber verlor nun jedwede Fassung. Wie ein kleines Kind strampfte sie mit dem Fuß auf. „Das darf doch wohl nicht wahr sein! Als ob das eine Rolle spielte. Es geht um das Prinzip. Der Sonntag hat mir zu gehören!"

„Das heißt, du hast keine Pläne gemacht?"

Marie Caroline rang nach Atem und fächelte sich mit der rechten Hand Luft zu. „Welche … Infamie!"

„Findest du nicht, dass du etwas übertreibst, Schatz?"

Sie ging nun ganz nah an Bronstein heran. „Das sage ich dir, wenn du dich heute mit diesem Kerl triffst, dann war's das. Das kannst du schriftlich haben. Ich lasse mich von dir nicht länger zum Besten halten. Entweder du tust, was ein Galan zu tun hat, oder ich komme zu dem Schluss, dass meine Eltern, was dich betrifft, von Anfang an recht hatten."

„Nun, anscheinend haben dann sehr viele Menschen recht. Denn ich komme allmählich zu dem Schluss, dass meine Freunde Recht hatten, was dich betrifft, meine Liebe."

Marie Caroline blieb der Mund offen. „Und so jemandem habe ich … meine Unschuld … geopfert."

„Das bezweifle ich. Wenn du mich jetzt entschuldigen würdest." Bronstein umkurvte Marie Caroline und öffnete die Tür.

„Du Wüstling!", rief sie ihm nach. „Du Schandfleck deines Geschlechts! … Du … liederlicher Tunichtgut!"

Bronstein hörte nicht auf die Beschimpfungen und steckte im Vorübergehen den Kopf ins Esszimmer, wo er nur ein schnelles „Ich empfehle mich" in den Raum schickte. Dann marschierte er schnurstracks zur Wohnungstür und entfernte sich eilig. Mit der Tür, so fand er, war auch dieses unselige Kapitel geschlossen. Er stand auf dem Treppenabsatz und atmete tief ein. Er war wieder frei. Beschwingt lief er die Stufen abwärts und fühlte sich an jenen Tag erinnert, da er seine Promotionsurkunde erhalten und der wenig geliebten Universität endlich Adieu gesagt hatte.

Doch dieses Hochgefühl hielt nicht lange an. Kaum stand er wieder auf der Straße, ergriff eine gewisse Melancholie von ihm Besitz. Da stand er nun, an einem Sonntag um 14 Uhr nachmittags, und hatte keinen einzigen Kreuzer in der Tasche, was jede

Form von Ablenkung von vornherein ausschloss. Gerne wäre er in den Prater gefahren, um dort seine merkwürdige Stimmung im „Schweizerhaus" hinunterzuspülen. Doch ohne Geld brauchte er sich nicht einmal nach Favoriten in den Böhmischen Prater zu begeben. Er konnte sich gerade einmal im Resselpark auf eine Bank setzen und den alten Damen dabei zusehen, wie sie die Tauben fütterten. Aber das würde ihn auch nicht gerade auf andere Gedanken bringen. Im Gegenteil. Da fiel ihm plötzlich die Lösung seines Problems ein. Die Wohnung seiner Eltern war keine fünfhundert Meter von hier entfernt. Und seit Anfang Mai hatte er die beiden nicht mehr besucht. Das war's. Dort konnte er in aller Ruhe die Zeit bis zum Abend verbringen, und zudem würde ihm die Mutter sicher ein paar Kronen zustecken, damit er wieder liquid war und Kisch nicht um Geld anpumpen musste. Es würde Kaffee und Kuchen geben, er würde sich ein paar Klatschgeschichten anhören, kurz, er brauchte nicht länger an das eben Erlebte zu denken.

Mit neuem Elan machte er sich auf den Weg und stand keine zehn Minuten später vor dem elterlichen Wohnhaus. Er öffnete die Pforte und nahm die Treppe, die ihn in den ersten Stock führte. Dort klopfte er an die elterliche Tür. Im Inneren der Wohnung begann es zu rumoren, er hörte, wie der Schlüssel im Schloss umgedreht wurde, und gleich danach lugte das Gesicht seiner Mutter durch den Spalt, der sich aufgetan hatte.

„Jössas, der David!", rief sie aus „Was machst denn du da?"

„Ah, darf man seine Eltern jetzt nicht mehr besuchen?", fragte er keck zurück.

„Ja, das ist aber eine Freud'. Komm herein, komm nur herein." Dabei drehte die Mutter den Kopf nach hinten und rief: „Rat einmal, wer da ist! Der David!" Wieder knarrten Bodenbretter, und schon tauchte auch der Vater im Vorzimmer auf. „Mein Sohn, welche Freude!", sagte er.

Bronstein umarmte seine Mutter und küsste sie dezent auf die Wange, dann schüttelte er dem Vater die Hand. Die Mutter enteilte in der Zwischenzeit geschäftig in die Küche und ließ im Vorübergehen verlauten, sie werde sogleich Kaffee zustellen. „Und einen frischen Guglhupf hab ich auch." Na bitte, sagte sich Bronstein, sein Entschluss war goldrichtig gewesen. Er folgte dem Vater ins Wohnzimmer, wo er am Tisch Platz nahm. Der Vater stellte einen in Leder gebundenen Band zurück ins Bücherregal und holte dann seine Zigarrenkiste hervor. „Zur Feier des Tages", erklärte er und hielt sie seinem Sohn hin. Dieser überlegte kurz, ob ihm der Herr von Ritter je eine angeboten hatte, und kam zu dem Resultat, dass dies niemals der Fall gewesen war. Ein weiterer Punkt, der gegen die Ritter sprach. Mit besonderer Freude griff er daher zu und rollte die gewählte Zigarre genießerisch unter der Nase. Der Vater reichte ihm die nötigen Utensilien und steckte sich sodann selbst eine an. „Cognac?", fragte er. Bronstein nickte.

Der Vater schenkte ihm ein und ließ ihm dann die erforderliche Zeit, Alkohol und Nikotin gebührend zu genießen. Er lehnte sich zurück und sagte nach einer Weile: „Und, mein Sohn, jetzt erzähl einmal, was gibt es Neues?"

Eigentlich wusste Bronstein nicht, wo er anfangen sollte. Der Fall Redl brannte ihm ebenso auf der Zunge wie das mutmaßliche Ende seiner Beziehung zu Marie Caroline. Dementsprechend entschied er sich für das Naheliegende: „Eigentlich nichts."

Doch so leicht kam er seinem Vater nicht von der Angel. „Was macht die Liebe?", hakte dieser nach.

„Na ja, eigentlich haben wir zurzeit ein paar Meinungsverschiedenheiten", entschied sich Bronstein für eine vorsichtige Variante.

„Bist ihm zu wenig glamourös, dem Fräulein von?"

„Äh, wie kommst jetzt da drauf?"

„Ich bitte dich, mein Sohn, auch wenn ich alt und gebrech-
lich bin, heißt das noch lange nicht, dass auch die Senilität von
mir Besitz ergriffen hätte. Stünde bei euch alles zum Besten,
dann würdest just jetzt mit ihr durch den Prater spazieren und
euch im Lusthaus einen Kaffee bestellen, anstatt bei uns anzu-
tanzen."

„Ja, und was hat nachher das Lusthaus mit Glamour zu tun?"

„Das Lusthaus nichts. Aber dass ihr gestritten habt, ist offensichtlich, sonst wärst du nicht da. Und worüber kann man in
dem Stadium einer Beziehung, in dem ihr euch befindet, streiten? Doch wohl nur über Fragen der Etikette. Und die wiederum, werter Herr Sohn, sehen zwischen uns und den Damen und
Herren von und zu sehr verschieden aus." Der Vater riskierte
einen schnellen Seitenblick auf Bronstein. „Das fängt schon bei
der Kleidung an", fuhr er dann fort.

Unwillkürlich sah Bronstein auf seine Körpermitte hinab.
Nun ja, die eilig zusammengestoppelte Toilette war wohl wirklich nicht der letzte Schrei. Aber dass dies sogar seinem Vater
auffiel, der ja auch nicht gerade für seine exklusive Gewandung
berühmt geworden war, stimmte Bronstein nachdenklich.

„Ich glaube, wir haben unser Verhältnis gelöst."

Bronstein war in höchstem Ausmaß überrascht, wie beiläufig ihm dieser Satz über die Lippen gekommen war. Der Vater
nickte bedächtig. „Tut's weh?", fragte er dann.

„Einstweilen noch nicht. Aber ich fürchte, das kommt noch."

„Glaub mir, mein Sohn, es ist besser so. Das wäre niemals
gutgegangen. Für eine Person dieses Hintergrunds kannst du
niemals gut genug sein. Da hätte sich dein alter Herr etwas
wackerer schlagen müssen, damit wir auch Edle von wären. So
aber würde sie dir immer vorhalten, was sie für dich alles aufgegeben hat, um dir dann vorzuwerfen, was du ihr alles vorent-
hältst. Und ihre Kreise hätten dich ohnehin niemals akzeptiert.

Du hast dir ganz einfach das falsche Fräulein angelacht. Das war von Anfang an klar. Und je früher du das erkennst, umso weniger Schmerzen wird dir die Sache bereiten."

Bronstein hätte etwas darum gegeben, die ganze Angelegenheit ebenso nüchtern und emotionslos wie sein Vater sehen zu können. Doch dafür brauchte es wohl die Abgeklärtheit des Alters. Er wollte etwas entgegnen, doch genau in diesem Augenblick kehrte die Mutter mit einem Tablett aus der Küche zurück. Sie stellte es auf den Tisch und hob dann drei Tassen mit Kaffee, ein Kännchen mit Milch und eine Schale mit Zucker heraus. Schließlich folgte noch ein großer Teller, auf dem sich der angekündigte Guglhupf befand. Während sich Bronstein Milch in den Kaffee goss und Zucker hinzugab, schnitt die Mutter den Kuchen an, sodass er sich auch davon bedienen konnte. Bronstein deutete nur auf die Zigarre und meinte: „Später, Mutter."

Endlich setzte sie sich auch. Es war ihr deutlich anzusehen, dass sie etwas mitteilen wollte, doch sie wollte offenbar die Form wahren, indem sie nicht länger ein Gespräch unterband, das eben in Gang gewesen sein musste. Aber Bronstein war für die Ablenkung dankbar: „Was gibt es bei euch Neues?"

„Stell dir vor", platzte es aus der Mutter heraus, „die Finkelsteins schicken jetzt auch ihre Tochter auf die Universität. Sie studiert dort ab Herbst Medizin. Hast du gewusst, dass das geht?"

Bronstein zuckte mit den Schultern. „Muss ja wohl. Da gibt es ja diese Richter, wenn ich mich nicht irre, die hat sich doch sogar habilitiert. Also muss man wohl auch als Frau studieren können."

„Die kleine Sarah Finkelstein", fuhr die Mutter fort, ohne auf Bronsteins Einwurf zu reagieren. „Kannst du dich noch erinnern, wie sie als Kind immer unten auf der Gasse Tempelhüpfen gespielt hat?"

Bronstein zog an seiner Zigarre und legte die Stirn kraus. Wer um Himmels willen waren die Finkelsteins? Und weshalb sollte er sich an ein Mädchen erinnern, das offenbar mehr als zehn Jahre jünger war als er selbst? „Du weißt doch", insistierte die Mutter, „die kleine Sarah!"

„Offen gestanden …"

„Na, der alte Finkelstein. Der das Kleidergeschäft in der Paulanergasse hat. Weißt eh, gleich gegenüber der Kirche." Der Vater unterstrich seine Information mit einer entschuldigenden Geste. Ihm war offenbar anfangs auch nicht klar gewesen, wer die Finkelsteins waren.

„Ach, die, wo du immer deine Kleider umarbeiten lässt."

Der Satz war kaum ausgesprochen, als sich Bronstein schon seines Fehlers bewusst wurde. Auch wenn seine Mutter nun bereits auf die sechzig zuging, sie wollte es fraglos immer noch nicht wahrhaben, dass sie zu sehr in die Breite gegangen war.

„Wo ich meine Kleider kaufe", korrigierte sie spitz.

„Und danach umarbeiten lässt", blieb der Vater gnadenlos. Sie schickte ihrem Mann einen zornigen Blick, doch dessen schalkhaftes Lächeln entwaffnete sie. Auch sie musste nun schmunzeln. „Na ja", lenkte sie ein, „wenn die heutige Mode so komisch ist, dass man ein wahrer Hungerhaken sein muss, damit einem das Zeug passt."

„Gut", resümierte Bronstein, „diese Finkelsteins also. Und die haben eine Tochter."

„Ja, und was für eine. So eine honette Person. So hübsch und adrett, und doch so bescheiden. Die wird sicher einmal eine traumhafte Schwiegertochter."

Ahnte die Mutter etwas, oder hatte sie es einfach immer noch nicht aufgegeben, ihn verkuppeln zu wollen?

„Ja, die wird eine jiddische Mame einmal richtig glücklich machen", räsonierte der Vater.

„Was du wieder hast. Die Finkelsteins sind gar nicht so religiös", bemühte sich die Mutter um Relativierung.

„Sei es, wie es sei", trachtete Bronstein die Finkelstein-Debatte zu beenden, „jetzt lasst sie erst einmal studieren, die kleine Finkelstein, und dann wird man schon sehen, was aus ihr wird. Und bis dahin gönne ich mir erst einmal ein Stück von deinem wunderbaren Guglhupf, Mama."

Er biss herzhaft zu und lobte sodann den hohen Kakaoanteil an dem Backwerk: „Genau so, wie ich es mag, Mutter." Die Frau lächelte holdselig. Doch dann ging ein Ruck durch sie: „Du hast uns noch gar nicht erzählt, warum du uns überhaupt besuchst, mein Junge." Bronstein schickte einen kurzen Blick zu seinem Vater, dann sah er die Mutter an: „Die Ritters haben heute irgendeine Verwandtschaft zu besuchen, und da dachte ich mir, das könnte ich auch wieder einmal machen."

„Ja, Zeit ist es ja worden", tadelte die Mutter, „aber Hauptsache, du lässt dich endlich wieder einmal anschauen." Dabei erhob sie sich aus ihrem Sessel und tätschelte Bronstein die Wange, als wäre er noch ein kleiner Knabe. Bronstein nahm es gottergeben hin. Ebenso wie die weiteren Erzählungen seiner Mutter, die entgegen seinem Empfinden doch nur eine Stunde gedauert hatten. Gegen 17 Uhr schickte sie sich an, das Geschirr in die Küche zu räumen, und Bronstein folgte ihr.

„Kann ich dir etwas helfen?", fragte er.

„Ach, es geht schon."

„Aber geh, das tu ich doch gern." Er nahm ihr das Kaffeegeschirr ab und gab es ins Lavoir, um es dort zu reinigen. Über die Schulter sagte er, während seine Mutter Zucker und Kuchen verstaute: „Das ist mir jetzt ein wenig peinlich, aber ich habe mein Portemonnaie zu Hause vergessen, treffe mich am Abend aber noch mit einem Freund. Kannst du mir vielleicht bis zum nächsten Mal mit ein paar Kronen aushelfen?"

Die Mutter sah gar nicht erst auf: „Wie viel brauchst du?"

„Ach, ein paar genügen schon. Gerade, dass ich für den Abend liquid bin."

Die Mutter öffnete ein Kästchen, holte eine Keksdose hervor, nahm den Deckel ab und zog ein paar Geldscheine hervor. „Da hast du."

„Danke, Mama, das ist zu gütig von dir." Er küsste sie erneut auf die Wange. „Aber sag bitte …"

„… Vater nichts davon, ich weiß."

„Ja, er glaubt dann wieder, bei der Polizei nagen wir am Hungertuch, und meint, er muss erneut in mich investieren. Diesen Eindruck wollen wir ihm doch ersparen, oder?"

„Natürlich, mein Junge." Zwischen den beiden breitete sich ein verschwörerisches Grinsen aus. Bronstein steckte sich das Geld in die Hose und sah zu, dass er mit dem Abwasch fertig wurde.

Als er eine knappe Stunde später wieder auf den Karlsplatz zuhielt, kam er zu dem Schluss, dass er sich von der geborgten Summe auch eine Kleinigkeit zum Abendessen gönnen konnte. Allzu viel hatte er ja an diesem Tag noch nicht zu sich genommen. Die Leberknödelsuppe fiel kaum ins Gewicht, und die zwei, drei Stück Guglhupf machten einen Mann auch nicht wirklich satt. Er erinnerte sich des tschechischen Restaurants nahe dem „Café Museum", wo er ein gutes Bier und ein kleines Gulasch bestellen würde. Womit auch die Wartezeit bis zu seinem Termin mit Kisch gut zugebracht wäre.

Zu dieser Stunde war das Lokal noch nicht überfüllt. Bronstein wählte einen Tisch in der Nähe der Schank und tat seine Wünsche kund. Er zündete sich eine Zigarette an und wartete in aller Ruhe auf sein Bier. Um sich die Wartezeit zu verkürzen, griff er nach einer Zeitung. Zu seinem Bedauern war nur die „Reichspost" frei, und die begann mit einem wenig verhei-

ßungsvollen Artikel über die Wiener Universität. Ohne auch
nur den zweiten Satz zu lesen, blätterte er um. Dort stand etwas
über die makedonische Krise, die serbische Krise und die türkische Krise zu lesen. Nun, Krisen hatte er selbst genug. Und seine
Augen wanderten auf die Seite 3. Offensichtlich gab es wieder
einmal ein Budgetprovisorium. Für die Beamtenschaft konnte
das nichts Gutes bedeuten, also vertiefte man sich gar nicht
weiter in die diesbezüglichen Ausführungen. Ebenso wenig vermochte der Umstand, dass der Kaiser von Japan zwar erkrankt
sei, seine Krankheit aber einen normalen Verlauf nahm, Bronsteins Interesse wecken. Es musste doch auch in diesem Blatt
etwas geben, das zu lesen sich lohnte, sagte er sich und blätterte
weiter. Der Mittelteil war einer Hochzeit im deutschen Kaiser-
haus gewidmet, samt Abdruck des Trinkspruchs von Kaiser
Wilhelm. Na prost, dachte Bronstein und freute sich, nun auch
selbst einen großen Schluck nehmen zu können, da sein Bier
endlich vor ihm stand. Auf Seite 10 wurde er endlich fündig: die
Sportnachrichten. Die waren die richtige Lektüre, während er
sich an seinem Gulasch, das ihm nun ebenfalls serviert worden
war, gütlich tat. Die zweite österreichische Fußballmeisterschaft
kam in die entscheidende Phase, und mit Schmerz erinnerte sich
Bronstein daran, wie knapp der Wiener Sportclub die erste gegen Rapid verloren hatte. Nun mussten die Dornbacher aus-
wärts gegen die Amateure antreten, während Rapid den GAK
empfing. Vienna traf auf WAF, Simmering matchte sich mit
der Hertha und Rudolfshügel mit Floridsdorf. Doch leider war
Rapid der neuerliche Titel nicht mehr zu nehmen. Für die Mannschaft aus Hernals ging es also nur noch darum, abermals Vize-
meister zu werden, was angesichts der starken Form des WAF
schwer genug werden würde. Doch noch ehe er über das erneu-
te Scheitern seiner Mannschaft im Rennen um die Meisterschaft
in Trübsinn verfallen konnte, fiel sein Blick auf eine Anzeige, die

für Biomalz warb. Was, um Himmels willen, mochte das sein? Angeblich verspürte man, wenn man dieses Zeug aß, tagelang keinen Hunger. Aber was, so fragte sich Bronstein, sollte dieser merkwürdige Name bedeuten? Biomalz? Handelte es sich dabei um Malz, das lebte? Ideen hatten die Menschen! Wer vermochte zu sagen, was als Nächstes kommen würde?

Es folgten Lokales, die Wirtschaft und diverse sonstige Anzeigen. Alle diese Themen interessierten Bronstein in etwa so wie die jüngste Papst-Enzyklika. Als er eben die Zeitung angewidert beiseite legen wollte, fiel sein Blick auf eine Annonce auf Seite 32, die für das neu errichtete Margaretenbad warb, das nicht nur Dampf-, Wannen- und Schwimmbäder in seinem Angebot wusste, sondern auch hydro-elektrotherapeutische Behandlung. Vielleicht, so dachte er, sollte er sich wieder einmal rundum pflegen. Das konnte nicht schaden, zumal, wenn er in Bälde wieder auf Freiersfüßen wandeln musste. Instinktiv tupfte sich Bronstein den Mund mit der Serviette ab und schob den Teller von sich. Während er sich eine Zigarette anzündete, kam er zur Seite mit den Urlaubsvorschlägen. Der Pfarrer von Edlitz an der Rax bot seinen Pfarrhof als Feriendomizil an. Passenderweise hieß der Mann Schwarz. Er wies auf drei Zimmer, eine Küche und einen Park hin, welcher das Objekt umgebe. Außerdem seien Milch und Honig im Hause vorrätig. Na, das musste ja das Paradies sein, zumal es, wie es in der Werbung hieß, auch noch staubfrei war.

Aber Albin Schwarz hatte harte Konkurrenz. Feistritz am Wechsel etwa, die „beliebte Sommerfrische in herrlicher Gebirgs- und Waldgegend mit schattigen Spaziergängen, Schloss und Wildpark", oder Königstätten, die „angenehme Sommerfrische am Fuße des Tulbingerkogels", die ein großes Schwimmbad, Wannenbäder, Arzt, Post, Telegraph und Fernsprecher zu bieten hatte, wie die Prospekte des Verschönerungsvereins

Königstätten eindrucksvoll beweisen würden. Da war aber auch Mailberg, die „berühmte Weingegend", in der man gleich in ein Weinbauernhaus samt Weinkeller in der Kellergasse einziehen könnte. Und wenn man dauerhaft urlauben wollte, dann gab es Baugründe „direkt im Wald, zehn Minuten von der Bahnstation Tullnerbach-Preßbaum" zu erstehen, für wohlfeile zwei Kronen den Quadratmeter.

Oder er verband beides, Körperpflege mit Sommerurlaub, und fuhr in einen Kurort. Seine Mutter war im Vorjahr in Bad Pyrawarth gewesen und schwärmte immer noch von den dortigen Radiumbädern. Sein Blick fiel auf die Annonce von Töplitz: Neues Kurhotel mit elektrischer Beleuchtung. Altberühmte radioaktive Schwefeltherme (58 Grad), empfohlen bei Gicht, Rheuma, Ischias. Trinkkuren, elektrische Massagen, Schlamm-, Kohlensäure- und Sonnenbäder. Das ganze Jahr geöffnet, modernster Komfort, herrliche Umgebung, täglich Militärmusik. Da musste man sich doch wie neugeboren fühlen, wenn man zu den Klängen des Radetzkymarschs durchgeknetet und anschließend im Morast versenkt wurde wie eine germanische Moorleiche. Immerhin konnte man seine Lieben durch das hoteleigene Telefon wissen lassen, dass man eben durch maßloses Trinken für immer von all seinen Leiden geheilt worden war.

Oder Johannisbad im Riesengebirge, das, wie es hieß, „herrlichste Lage und reizendste Gebirgsszenerie" ebenso aufzuweisen hatte wie eine eigene Kurkapelle, in der man sich dann wohl aufbahren lassen konnte, falls die radioaktive Thermalquelle trotz „guter Verpflegung und Unterkunft" des Guten etwas zu viel gewesen war. Nein, da machte er schon lieber Urlaub im „Hotel Boulevard" am Margaretengürtel mit seinem „modernsten Komfort samt Warmwasser, elektrischem Licht und Zentralheizung". Der Vorteil dieses Hotels war, so wusste wohl fast jeder Mann in Wien, dass es einem auch für kürzeste Aufenthalte großzügig Quartier bot und dazu auch noch ganz wunderbar diskret war.

Bronstein dämpfte die Zigarette aus. Die Kuckucksuhr an der Wand hatte eben zweimal gekrächzt. In einer halben Stunde sollte er im „Herrenhof" sein, und daher war es wohl besser, wenn er sein Bier austrank und zahlte. Er trat hinaus in die frische Abendluft und hielt auf den Ring zu. Als er diesen überquert hatte, schlug er sich nach links in die Augustinerstraße, die ihn direkt zum Michaelerplatz führte. Von dort waren es nur noch wenige Meter zum „Herrenhof", wo er, wie er feststellte, doch noch viel zu früh eintraf.

Er setzte sich an Kischs Stammplatz, zündete sich eine weitere Zigarette an und wartete. Eigentlich schon faszinierend, dachte er bei sich. Da hatte ihn der Kisch zu Mittag noch aus Prag angerufen, und sieben Stunden später war er schon in Wien. Der arme Mozart hatte vor etwas mehr als hundert Jahren noch ganze drei Tage für diese Reise benötigt, doch mit der Eisenbahn schien es, als würden die Distanzen nachgerade täglich kleiner. Mit dem rasenden Fortschritt, der diese Zeit kennzeichnete, müsste es, so überlegte Bronstein weiter, in hundert Jahren möglich sein, die Strecke Prag–Wien in zwei Stunden zurückzulegen. Und in dieser Hinsicht waren der Menschheit wohl keine Grenzen gesetzt. Irgendwann würde man einander sagen: Du, ich bin in Prag und muss dir was zeigen. Warte, ich komm schnell rüber. Und einige Minuten später stand man sich Aug in Aug gegenüber.

Eine kleine Weile später zählte Bronstein die Zigaretten im Aschenbecher. Aus ihrer Anzahl rechnete er die Zeit hoch, die er schon im Lokal saß. Dieses Ergebnis verglich er mit der Zeitangabe seiner Taschenuhr. Ja, das kam hin. Es war bald dreiviertel neun. Wo blieb Kisch? Er winkte den Zahlkellner zu sich: „Herr Alfred, Sie wissen doch eigentlich alles. Haben Sie eine Ahnung, wann der Zug aus Prag in Wien ankommt?"

„Welcher? Der Elfdreißiger oder der Dreizehndreißiger?"
Kisch hatte ihn kurz vor 13 Uhr angerufen. „Der Letztere."
„Punkt 21 Uhr."

Kisch hatte sich vertan. Zudem war es vom Franz-Josefs-Bahnhof noch ein gutes Stück bis in die Herrengasse, was bedeutete, dass er noch eine runde Stunde auf seinen Freund würde warten müssen. Unerfreulich, aber unausweichlich. Bronstein sah sich nach einer Gruppe um, die er bis zum Eintreffen seines Freundes beobachten konnte. Am ehesten, so meinte er, mochte das bei den Schachspielern hingehen, und so erhob er sich, organisierte sich an der Schank ein Achtel Weißwein und ging dann nach hinten, um ein wenig Kiebitz zu spielen. Tatsächlich waren an einem Tisch gerade zwei ältere Männer damit beschäftigt, die Figuren aufzustellen. Na bitte, sein Abendprogramm war gerettet.

Nach einer weiteren Viertelstunde war ihm klar geworden, dass beide Spieler mehr oder weniger gleich stark waren. Die Figurenverluste hielten sich in Grenzen, und die Partie wurde mehr und mehr zu einem hartnäckigen Stellungsspiel. Bronstein verlor das Interesse und wanderte an einen anderen Tisch, wo die Lage schon wesentlich weiter fortgeschritten war. Er erkannte, dass Weiß nur noch hinhaltenden Widerstand leisten konnte, und seine Prognose wurde bald bestätigt. Abermals blickte Bronstein auf seine Uhr. Jetzt, so dachte er, sollte Kisch aber wirklich bald kommen.

Und so war es auch. Kaum eine Zigarette später kam die keuchende Gestalt des Journalisten in der Eingangstür ins Bild. Schon von dort winkte er Bronstein hektisch zu. „Tut ... mir ... furchtbar leid. Hab mich in der Uhrzeit vertan. Aber vielen Dank, dass du gewartet hast."

„Aber gerne doch. Ich frage mich doch schon seit Stunden, was du partout so dringend mit mir besprechen willst."

„Keine Sorge, das wirst du gleich erfahren. Lass mich nur erst ein wenig zu Puste kommen. Herr Ober, einen Pharisäer."

Als das gewünschte Getränk vor ihm stand und seine Zigarette brennend zwischen seinen Lippen hing, kam Kisch langsam wieder zur Ruhe.

„Also", begann er, „ich muss dir etwas ganz Merkwürdiges erzählen. Hör zu. Heute in der Früh will ich mir ein Fußballmatch anschauen. Sturm Prag spielt gegen Holeschowitz. Na, das sollte eine klare Sache für uns sein."

„Uns" meinte Sturm, das wusste Bronstein von vielfachen Erzählungen. Kisch war wie Bronstein dem englischen Spiel sehr zugetan, doch es wäre nicht Kisch gewesen, wenn er sich darauf beschränkt hätte, bloßer Zuschauer zu sein. Also engagierte er sich beizeiten in seiner Heimatstadt bei einem Verein, eben Sturm Prag, wo er es nach recht kurzer Zeit zum Obmann gebracht hatte. Als solcher wachte er eifrig über seine Schäfchen und sah zu, dass diese bestmögliche Arbeitsbedingungen vorfanden, um ihrem Hobby verhältnismäßig ungestört frönen zu können. Dementsprechend wacker schlug sich Sturm in den diversen böhmischen Ligen. Ganz im Gegensatz zu Union Holeschowitz, wo der Enthusiasmus der Spieler ihre mangelnde Technik nicht wettmachen konnte.

„Was soll ich dir sagen. Wir verlieren. 5 zu 7. Gegen Holeschowitz! Man stelle sich vor! Und weißt du, warum? Weil der Hans Wagner, der unser bester Stürmer ist, einfach nicht auftaucht. Dabei war ich ihm erst vor kurzem in einer delikaten Angelegenheit mehr als behilflich. Dafür hat er mir hoch und heilig geschworen, für unsere Tore zu sorgen. Und gleich beim ersten Match fehlt er."

Bronstein konnte den Grimm seines Freundes verstehen, doch er vermochte nicht zu erkennen, was ihn das angehen sollte. Kisch war doch wohl kaum über sieben Stunden mit der Bahn

ANDREAS PITTLER

nach Wien gefahren, bloß um hier über eine Niederlage auf dem grünen Rasen zu lamentieren.

„Na ich", fuhr Kisch indessen fort, „auf 180. Ich war fuchsteufelswild. Gleich nach dem Spiel mache ich mich auf die Suche nach Wagner. Und stell dir vor, er kommt gerade nach Hause, als ich ihn aus seiner Wohnung holen will."

„Dicker Kopf?", mutmaßte Bronstein.

„Von wegen! Er erzählt mir eine derart haarsträubende Geschichte, dass ich zu dem Schluss komme, dass sie wahr sein muss. Er sagt, er sei in aller Herrgottsfrüh von einigen Prager Militärs aus seiner Wohnung geläutet und mitgenommen worden. Da er von Beruf Schlosser sei, brauche man seine Dienste. Man sei in eine vornehme Gegend Prags gefahren, wo er eine Wohnung öffnen musste. Eine Kleinigkeit, wie er mir versicherte. Jeder versierte Mensch hätte das mit einem Dietrich auch gekonnt, aber die Militärs bestehen darauf, dass er wartet, bis sie mit ihrer Arbeit fertig sind, um sodann die Tür wieder ordnungsgemäß zu verschließen."

„Aha. Und?"

„Na, jetzt kommt's. Ich frage mich natürlich, was das soll. Das heißt, ich frage ihn. Und er sagt mir, er musste auch alle Schubladen und Schränke aufbrechen, denn die Herren Offiziere suchten nach ganz bestimmten Materialien. Dokumente, Briefe, Pläne und dergleichen. Also, jetzt wird's interessant, denke ich mir und frage, wem denn die Wohnung gehöre. ‚Einem General', sagt er. ‚Und der war nicht da?', frage ich. ‚Nein, der soll gestern in Wien gestorben sein', sagt er. In Wien. Du beginnst zu ahnen, warum ich dich sofort sehen wollte?" Dabei grinste Kisch breit.

„Du willst von mir wissen, welcher General gestern das Zeitliche gesegnet hat?"

Kisch nickte.

„Genau genommen war es schon heute. Und es war kein General. Aber ich muss dich enttäuschen. Das obliegt strengster Verschwiegenheitspflicht. Da bin ich an meinen Amtseid gebunden."

„Das meinst jetzt aber nicht ernst, oder?"

„Egon, so leid es mir tut, aber auf diese Geschichte musst du schon selbst kommen, denn wenn da etwas durchsickert, wissen die sofort, wer gesungen hat."

Kischs Augen weiteten sich: „Du warst in die Sache involviert?"

Jetzt nickte Bronstein.

„Verdammt, dann musst du mir wenigstens einen Hinweis geben."

„Du weißt, dass ich das nicht darf", entgegnete Bronstein eine Spur zu laut, „lass uns lieber von etwas anderem reden. Kennst du eigentlich das Hotel Klomser in der Herrengasse? Das soll ganz wunderschön sein und einen hervorragenden Komfort bieten." Dabei zwinkerte er rasch mit dem rechten Auge.

„Das Klomser", echote Kisch. „Nein, das kenne ich nicht. Aber ich werd's mir einmal anschauen."

„Mach das. Und jetzt zu etwas ganz anderem. Jetzt brauche nämlich ich deinen Rat." Spontan hatte Bronstein beschlossen, sein Herz ausgerechnet bei Kisch auszuschütten. Mit irgendjemandem musste er über Marie Caroline reden, und da Kisch sie kannte, würde es vielleicht leichter sein, von ihm eine Empfehlung zu bekommen, wie er sich nun weiter verhalten sollte.

Kisch war noch nicht gewillt, von seiner Geschichte zu lassen, doch Bronstein überrollte ihn bereits mit Details zu der seinen, sodass er schließlich seinen Widerstand aufgab und sich Bronsteins Anliegen anhörte. Aber je länger Bronstein von seiner Seelenpein berichtete, desto offensichtlicher wurde ihm, dass Kisch in Gedanken ganz woanders war. Er begnügte sich daher mit dessen Allerweltsfloskeln, da er erkannte, mehr würde er von ihm an einem Abend wie diesem ohnehin nicht erwarten dürfen. Zumal: Nur weil sich einer in der Welt auskannte, musste er noch lange nicht wissen, wie man mit Liebesleid umging. Und insofern war es wohl klüger, einfach nach Hause zu gehen, sich ins Bett zu legen und dort beim Lecken der eigenen Wunden darauf zu warten, dass ein gnädiger Schlaf einen davon befreite, weiter im Grübeln zu versinken.

XI.
Montag, 26. Mai 1913

Eigentlich konnte Bronstein nicht sagen, weshalb der Montag so schnell entschwunden war, doch ehe er sich's versah, schlugen die Uhren der Stadt fünf Uhr, und er betrat das Café Herrenhof, wo Kisch schon, wie am Vorabend vereinbart, auf ihn wartete.

„Du wirst nicht glauben, was ich alles in der Zwischenzeit herausgefunden habe. Die ganze Sache ist ja absolut unglaublich!"

Ja, damit hatte er fraglos recht, der Kisch, dachte sich Bronstein und setzte sich zu seinem Freund, nachdem er bei der eben vorbeieilenden Bedienung einen Pharisäer bestellt hatte. Kisch kramte unterdessen in seiner Ledertasche und zauberte eine Ausgabe des „Prager Tagblatts" hervor: „So haben wir sie drangekriegt, die Hochwohllöblichen." Dabei deutete er mit dem Zeigefinger auf eine kurze Notiz. Bronstein las: „Von hervorragender Seite werden wir um Widerlegung der speziell in Offizierskreisen aufgetauchten Gerüchte ersucht, dass der Generalstabschef des Prager Korps, Oberst Redl, der bekanntlich vorgestern in Wien Selbstmord verübt hat, einen Verrat militärischer Geheimnisse begangen und für Russland Spionage getrieben habe. Die nach Prag entsandte Kommission, bestehend aus einem Obersten und einem Major, die am Sonntag in Gegenwart des Korpskommandanten Baron Giesl die Dienstwohnung des Obersten Redl und die Schubfächer öffnen ließ, hatte nach Verfehlungen ganz anderer Art zu forschen." Kisch grinste: „Das haben wir heute veröffentlicht."

Bronstein pfiff durch die Zähne: „Schlaues Kerlchen. Du hast ja nicht lange gebraucht, um draufzukommen, worum es da gegangen ist, was?!"

„Du, ja, ich dank dir auch recht. Der Zund mit dem Klomser war Gold wert. Da haben wir dann natürlich das Problem gehabt, wie wir mit der Meldung überhaupt rauskommen können, denn wenn ich einfach g'schrieben hätt, was wirklich passiert ist, dann hätt uns die Zensur den Artikel einfach rausg'haut und fertig. Aber mit dem Schmäh eines Dementis waren wir fein raus. Wie erwartet ist uns der Zensor voll auf den Leim gegangen, weil der sich wie erhofft gedacht haben dürfte, so etwas kann nur von oben kommen, und voilà, schon haben wir den Stein ins Rollen gebracht." Und immer noch grinste Kisch.

„Und das alles, weil du gegen Holeschowitz verloren hast."

„Na ja, ganz so ist es auch wieder nicht. Als echter Journalist und Reporter habe ich natürlich Blut geleckt, als sich abzeichnete, welches Ausmaß die ganze Sache annimmt. Der Redl", und dabei beugte sich Kisch verschwörerisch nach vorn, „hat zwar spioniert, aber aus einem überaus pikanten Grund." Kischs Grinsen changierte nun ins Anzügliche.

„Ah echt?", Bronstein blieb nur die Rolle des tumben Stichwortgebers.

„Ja, echt. Der hat nämlich …, der war …, also schau, die ganze G'schicht war folgendermaßen …" Kisch richtete sich auf, wartete darauf, dass die Bedienung Bronsteins Kaffee auf den Tisch stellte, und referierte dann, was er seit ihrer letzten Begegnung alles über die Sache in Erfahrung gebracht hatte.

„Als die Kommission Redls Wohnung auseinandergenommen hat, da ist ihr – und damit auch unserem Endback – sofort aufgefallen, welch weibischem Geschmack die ganze Einrichtung dort frönt. Rottöne, Nippes, seidene Steppdecken, rosa Plüschüberwürfe …, man wähnte sich weit eher in einem Jungmädchenzimmer als in der Unterkunft eines Generalstäblers. Na, das war schon einmal bemerkenswert."

„Zweifellos. Und weiter?" Bronstein hatte keine Ahnung, worauf Kisch hinauswollte.

„Der Redl hatte sogar einen Schminktisch, man stelle sich vor! Darauf befanden sich Haarfärbemittel, Tuben, Tiegel, Manikürekästchen, Pomaden und verschiedene Scheren. Und die ganze Wohnung war schwer parfumgeschwängert."

„Na, vielleicht hatte er eine ... Maîtresse, die eigentlich dort wohnte", schlug Bronstein vor.

„Nichts dergleichen. Er selbst war's. Und als man den Schreibtisch aufbrach, hatte man auch den Beweis dafür. Liebesbriefe. Von Redl eigenhändig gefertigt. ... An einen Herrn!"

„Du meinst, der Redl war ...?!"

Kisch nickte.

„Sogar mehr als das. Offenbar hatte er eine ganze Reihe männlicher Liebhaber gehabt, denn man fand ein ganzes Sammelsurium an Männernamen in unterschiedlichen Schriftstücken. Einen Ulanenoffizier in Stockerau, einen Landwehrhauptmann aus Mähren, einen Seekadetten aus Triest, mehrere Generalstäbler, und alle hatten sie eines gemeinsam: Sie waren männlich und auffallend jung."

Kisch tat einen kräftigen Schluck, dann fuhr er fort: „Na ja, so ein Plaisir, das kostet natürlich einiges. Und der Redl war ja nicht gerade aus reichem Hause. Also musste er sich das Geld anderswo beschaffen. So kam es, dass er für die Russen spionierte. Und die haben es ihm ganz offensichtlich reichlich belohnt, denn das Vermögen des Redl ist nicht von schlechten Eltern, das sag ich dir."

„Wirklich?"

Kisch konsultierte seine Aufzeichnungen: „Der Redl hatte außer in Prag auch noch hier in der Wickenburggasse eine feudale Wohnung, dazu eine noble Villa im niederösterreichischen Innermanzing. Er besaß zwei Autos und mehrere Reitpferde.

Allein in Prag hat die Kommission 21.000 Kronen sichergestellt, dazu Gegenstände im Wert von noch einmal rund 10.000
Kronen. Weißt du, David, was das heißt? Das verdienen wir
im Leben nicht. Und wenn wir hundertmal wiedergeboren
werden."

Bronstein blieb die Luft weg.

„Aber wenn der so unermesslich reich war, wieso begeht der
dann die unglaubliche Dummheit und holt sich diese Geldan-
weisung der Russen persönlich am Postamt ab? Das hätt er ja
gar ned not g'habt."

„Du wirst lachen, das hab ich mich auch schon gefragt. Des
Rätsels Lösung ist ganz einfach. Sein Geld war in Prag, er aber
brauchte sofort eine nennenswerte Summe, weil er seinen Geliebten nicht verlieren wollte."

Bronstein machte einfach nur ein fragendes Gesicht.

„Man hat einen begonnenen, aber sichtlich nicht abgeschick-
ten Liebesbrief an irgendeinen Generalstäbler gefunden. Darin
kommt zum Ausdruck, dass der junge Mann offenbar die Verbindung lösen wollte, weil ihm die Sache zu heiß wurde. Redl
schlägt dem Liebhaber vor, gemeinsam nach Davos zur Erho-
lung zu fahren. Und zwar in einem Tourenwagen von Austro-
Daimler, den er ihm zu diesem Zwecke eigens kaufen würde.
Nun, da habe ich heute nachgebohrt und bin draufgekommen,
dass Redl tatsächlich einen solchen Wagen bestellt hat. Im
20. Bezirk wartet der auf seine Abholung. Redl hatte mit dem
Händler Barzahlung vereinbart, und offenbar war er zu diesem
Zeitpunkt nicht liquid. Daher der Weg zur Post, denn der Erho-
lungsurlaub sollte offenbar heute noch angetreten werden."

„Na, da muss er ja wirklich schwer verliebt gewesen sein, der
Redl, wenn er sich auf einen solchen Hasard einlässt."

„Ja", bestätigte Kisch, „eine wüste G'schicht. Vor allem, weil
der Gschamsterer ein ziemlich arroganter Pimpf sein dürft,

mit dementsprechend hohen Ansprüchen. Das dürft dem Redl schließlich das Gnack gebrochen haben. Der Eleate war zu wählerisch, das war für'n Redl quälerisch", reimte Kisch und grinste dabei.

„Der Eleate? Wie kommst jetzt auf den?" Bronstein verstand den Zusammenhang nicht, der zwischen der eben erzählten Geschichte und einem kruden griechischen Philosophen bestehen sollte, der ernsthaft geglaubt hatte, Achilles könne eine Schildkröte nicht überholen, weil der Abstand zwischen ihnen zwar unendlich oft kleiner werden, aber eben nicht aufhören würde, Abstand zu sein.

„Na, weil der Geliebte …"

„Zenon!", platzte es aus Bronstein in einer Lautstärke heraus, die Kisch zusammenfahren ließ. Bronstein schlug sich mit der Hand auf die Stirn und fluchte: „Was bin ich doch für ein Trottel!"

„Ja, sicher", entgegnete Kisch lakonisch, „aber warum fällt dir das gerade jetzt auf?"

„Der Liebhaber, der hieß Zeno, richtig?" Kisch nickte. „Zeno von Baumgarten, ein Generalstabsoffizier." Abermaliges Nicken. Bronstein ließ sich zurückfallen und schüttelte lachend den Kopf. „Der hat ein Pantscherl mit dem alten Redl g'habt, und darum hatte der Mészáros den Aufdrehten. Gegen den Redl kam der natürlich nicht an."

„Du, jetzt versteh aber ich Bahnhof", erklärte Kisch.

„Aber ich hab dir doch von diesem merkwürdigen Fall erzählt. Mit diesem Mészáros. Der mir polizeiintern fast das Genick gebrochen hätt. Der hat sich angeblich aufg'hängt, aber das hab ich von Anfang an nicht geglaubt. Und da gab's einen dubiosen Offizierskameraden, den ich sofort in Verdacht hatte, er hätte den Mészáros auf dem Gewissen. Und obwohl er es mir quasi unter die Nase gerieben hat, dass ich recht habe, konnte ich ihm nichts nachweisen. Im Gegenteil. Ich wurde geprügelt, weil ich einem Adeligen etwas ans Zeug flicken wollte. Und siehe da: Der Mann hieß Zeno von Baumgarten."

Jetzt war es an Kisch zu pfeifen.

„Und ich sag dir was, Kisch! Der Mészáros, der war selbst in den Baumgarten verschossen. Darum hat er ihm auch immer was zu trinken spendiert und so weiter. Doch der Baumgarten wollte von ihm nichts wissen. Wozu auch? Der hatte ja den Redl. Deswegen kam es zwischen den beiden Jünglingen zu einem handfesten Streit, in dessen Zuge der Mészáros dem Baumgarten gedroht hat, ihn auffliegen zu lassen. Und deswegen musste der Baumgarten dem Mészáros für immer die Augen schließen."

„Das klingt plausibel. Aber drankriegen wirst du ihn deshalb auch diesmal nicht", dämpfte Kisch den neu erwachten Enthusiasmus Bronsteins.

„Ja. Da muss mir noch irgendetwas einfallen. Das stimmt." Bronstein stützte den Kopf in die Hände und versank in grübelndes Schweigen. Dann erhellte sich seine Miene plötzlich. „Sag, das Auto, ... der Daimler ..., der steht noch dort im 20.?"

„Soweit ich weiß, ja. Warum?"

„Du, ich glaub, mir kommt da eine Idee ..."

Kisch hob die Augenbrauen an: „Ah, und was für eine?"

„Schau", begann Bronstein, „das Problem ist, wie du richtig bemerkt hast, dass man Baumgarten nichts nachweisen kann. In dem Fall Mészáros schon gar nicht, aber auch nicht bei der Affäre Redl."

„So weit, so schlecht", bemerkte Kisch trocken.

„Richtig. Denn er kann jederzeit abstreiten, irgendetwas mit dem Redl zu tun gehabt zu haben. Selbst die Briefe beweisen nichts, denn Baumgarten kann sagen: Was kann ich denn dafür, wenn der alte Krauterer in mich verschossen war! Solange man keine Briefe von ihm an den Redl findet, hat man nichts in der Hand."

„Du", unterbrach ihn Kisch, „bisher ist das aber nix Neues. Und schon gar keine Idee."

„Jetzt hör mir halt einmal zu! Ich sage dir, der Weg zu Baumgarten führt über diesen Daimler!"

„Über das Auto? Wie willst denn das machen? Glaubst du, der ist so dumm und holt sich das jetzt noch ab? Ganz abgesehen davon, dass er es nicht bezahlen wird können. … Nein, lieber David, das kannst vergessen!" Kisch machte eine wegwerfende Handbewegung.

„Umgekehrt, Egonek, wird ein Schuh daraus. Man muss ihm das Auto zustellen!"

„Zustellen?"

„Ja, verstehst du nicht. Man läutet bei ihm an, winkt mit dem Schlüssel und sagt: Der Herr Oberst hat alles bezahlt und arrangiert, Sie brauchen nur noch einzusteigen. Gierig, wie der ist, wird er anbeißen, und damit gibt er sowohl seine Beziehung zum Redl zu als auch sein Wissen um dessen letzte Briefe, denn sonst müsst er ja sagen: Oh, ein Auto? Für mich? Ja, das gibt's ja nicht!"

Kisch ließ den Zeigefinger mehrmals auf seine Lippen treffen. „Du, das könnte funktionieren! Und vielleicht könnte man ihn bei der Gelegenheit sogar dazu bringen, ein Geständnis zu unterschreiben. Man sagt einfach, er müsse dem Empfang quittieren, und zack, schon hat man die Unterschrift."

„Kisch, das ist genial. Jetzt brauchen wir nur noch jemanden, der den Boten spielt." Dabei fixierte Bronstein sein Gegenüber intensiv.

„Du denkst doch nicht etwa …"

„Na, aber klar doch! Du als berühmter Aufdecker, für dich ist diese Geschichte doch ein gefundenes Fressen. Vor allem, wo du sie exklusiv kriegst."

„Und warum machst du das nicht selbst?"

„Erstens, lieber Kisch, weil er mich kennt. Schon vergessen? Und zweitens, weil ich einen Zeugen brauche. Und zwar einen guten! Und wen kann es Besseres geben als dich, lieber Freund?"

„Alter Schmeichler! Du willst mich ja nur einseifen!" Kisch machte eine abwehrende Geste, aber sein Lächeln verriet, dass er bereits überzeugt war. Das entging auch Bronstein nicht, der seinen Freund neckisch anstupste.

„Gut, du alter Fuchs. Wann soll die Sache über die Bühne gehen?"

„Ich würde sagen, gleich morgen um acht. Da ist der sicher noch halb verschlafen und umso leichter zu überrumpeln. Wir müssen nur noch sicherstellen, dass er nicht wieder Dienst hat, und ach ja, seine Wohnadresse in der Innenstadt müssen wir noch herausfinden. ... Das wird schwierig, weil ..."

„Teinfaltstraße 3."

„Woher weißt denn das jetzt?" Bronstein war ehrlich erstaunt.

„Na hörst, ich hab die Briefe g'sehen, die der Redl an ihn g'schrieben hat. Da werd ich mir doch die Adresse merken. Und Teinfaltstraße 3 ist sogar besonders leicht, weil da die große Buchhandlung der Gebrüder Kohn ist."

„Bravissimo! Jetzt ruf ich noch schnell in der Stiftskaserne an, und dann wissen wir, wo wir morgen hinmüssen."

Fünf Minuten später saß Bronstein wieder am Tisch. „Alles klar, er hat keinen Dienst. Also wird's die Teinfaltstraße."

„Na dann, Waidmanns Heil!" Kisch hatte in der Zwischenzeit zwei Slibowitz geordert und forderte Bronstein nun auf, mit ihm anzustoßen. „Auf gutes Gelingen! Darauf, dass du diesen Galgenvogel doch noch drankriegst!"

Die Gläser klirrten aneinander und waren einen Wimpernschlag später um ihren Inhalt gebracht. Kisch zog seine Taschenuhr hervor und warf einen Blick darauf. „Du, jetzt muss ich aber. Ich hab noch einen Termin im Café Express. Wir treffen uns morgen fünf vor acht beim Burgtheater, genauer beim Bühneneingang. Und dann …" Kisch machte die bekannte Geste für jemandes Exitus und grinste dabei schief. Bronstein aber nickte nur. „Bis morgen dann. Und Petri Heil." Er konnte sich lebhaft vorstellen, wie Kischs „Termin" aussah. „Alter Schlawiner", murmelte er, als er den Enteilenden außer Hörweite wusste.

Für ihn selbst würde der Abend weit weniger freudvoll werden. Von Marie Caroline hatte er seit dem Zerwürfnis am Vortag nichts mehr gehört, und er hielt es auch nicht für zielführend, da jetzt nachzubohren. Doch es war entschieden zu früh, in die eigenen vier Wände zurückzukehren. Zumal allein. Da fiele ihm nur die Decke auf den Kopf. Bronstein ging seine Optionen durch. Er konnte sich irgendwo alleine betrinken. Da bestand die Gefahr, am nächsten Morgen zu verschlafen, und den „dies irae" durfte er auf keinen Fall versäumen. Er konnte seine Eltern besuchen, was voraussichtlich eine trostlose Angelegenheit werden und darin enden würde, dass ihm seine Mutter vorwarf, ihr auch weiterhin Enkel zu verweigern, oder er konnte seine Schritte in irgendein Etablissement lenken, das Unterhaltungsprogramm bot. Damit würde er effektiv die Zeit totschlagen und sich im Optimalfall sogar noch amüsieren können. Das war fraglos die vernünftigste Alternative. Jetzt galt es nur noch herauszufinden, wo an diesem Abend das spannendste Programm geboten wurde. Bronstein griff zur nächstbesten Zeitung und begann darin zu blättern.

Doch sein Enthusiasmus verflog rasch. Die Theater hatten samt und sonders nicht viel zu bieten. Im Volkstheater wurde „Weh dem, der lügt" von Grillparzer aufgeführt. Das war noch der einzige Lichtblick, doch dieses Stück hatte Bronstein bereits in Schultagen nicht sonderlich angesprochen. In der „Urania" gab es einen kinematographischen Vortrag über die Insel Capri und ihre berühmten Grotten. Nun, dorthin würde er wohl ohnehin nie kommen, vielleicht sollte er sich also wenigstens aus der Ferne ein wenig auf dieses romantische Eiland entführen lassen? Die Entscheidung für südliche Gefilde fiel endgültig, als Bronstein sämtliche Gazetten bis hin zur „Reichspost" durchgegangen war, ohne auch nur eine einzige andere Veranstaltung gefunden zu haben, die ihn wirklich angesprochen hätte. Also galt es wohl, sich dem Herrn Doktor Meyer anzuvertrauen. Bronstein bezahlte seine Konsumation und begab sich auf den Weg quer durch die Innenstadt zum Donaukanal, wo das mächtige Bauwerk der Volksbildungsbewegung in den Himmel ragte. Er berappte den Eintrittspreis und sah zu, dass er in den Saal kam, denn der Vortrag war bereits eingeläutet worden. Erwartungsvoll setzte er sich in die letzte Reihe auf den ersten Stuhl neben dem Mittelgang und wartete auf den Beginn der Vorführung. Just in diesem Moment hörte er jemanden auf ihn einreden.

„Entschuldigung, gnädiger Herr, ist neben Ihnen noch frei?" Instinktiv sah sich Bronstein um und musste mit einem gewissen Grad Enttäuschung konstatieren, dass tatsächlich nur noch neben ihm eine Sitzgelegenheit leer geblieben war. Also war es wohl vorbei mit der nötigen Bequemlichkeit, denn er konnte dem lästigen Frager wohl kaum eine abschlägige Antwort geben. Mürrisch drehte er sich also nach der Person um und erstarrte. Ein elfenhaftes Wesen lächelte ihn an, von unglaublicher Anmut und dabei von einer nachgerade unschuldigen Reinheit. Als wäre in seinem Sitz eine Feder geborsten, schnellte Bronstein hoch und verbeugte sich galant. „Aber ich bitte Sie, gnädiges Fräulein", krächzte er mit belegter Stimme, „nur herein!"

„Verbindlichen Dank, mein Herr", entgegnete die junge Dame und schickte sich an, den ihr so zugewiesenen Platz aufzusuchen. Bronstein wiederholte seine Verbeugung. „Oberkommissär Dr. Bronstein, zu Ihren Diensten."

„Angenehm, Johanna Raczek", gab das Fräulein zurück. Bronstein wagte ein schüchternes Lächeln, das zu seiner großen Freude ansatzweise erwidert wurde. Na bitte, hatte er es doch gewusst. Capri war ein ganz besonders schöner Platz.

Die nächsten zwei Stunden erfuhr er weit mehr, als er jemals über irgendeinen Aspekt der Geographie hätte wissen wollen, und doch sog er all diese Informationen mit einem Gefühl wohliger Behaglichkeit auf, denn immer wenn sein Geist abzuschweifen drohte, schickte er einen schnellen Blick nach rechts, und schon war er wieder auf der Höhe der Zeit. Die an diesem Abend wohl so schnell wie überhaupt noch nie vergangen war, denn ehe er sich's versah, dankte der Vortragende für die Aufmerksamkeit und entschwand unter Applaus hinter der Bühne. Das Publikum erhob sich, und so tat es auch Bronstein, um sogleich dem Fräulein Raczek behilflich zu sein.

„Wirklich überaus lehrreich. Finden Sie nicht, Herr Oberkommissär?", sagte sie, als sie sich auf den Ausgang zubewegten.

„Ohne Frage. Faszinierend. Außerordentlich faszinierend." Und nach einer kleinen Pause: „Kommen Sie öfter hierher, Fräulein …"

„Raczek. Johanna." Natürlich hatte Bronstein den Namen nicht vergessen, er fand nur, es klang weniger aufdringlich, wenn er so tat, als sei er ihm entfallen. „Ja, jeden Montag. Da habe ich meinen freien Abend. Man lernt hier so wunderbar viel, da tut sich jedes Mal eine vollkommen neue Welt auf", erklärte Raczek strahlend.

„Wie recht Sie haben, Gnädigste", pflichtete ihr Bronstein bei und hoffte dabei inständig, die Zweideutigkeit des Satzes mochte nicht allzu offensichtlich geworden sein. Mittlerweile waren sie am Ausgang angelangt.

„Kann ich dem Fräulein noch eine Mietdroschke besorgen?", fragte er.

„Nein danke, das könnt ich mir nicht leisten. Ich nehme die Elektrische."

„Dann wünsche ich Ihnen noch einen wunderschönen Abend, gnädiges Fräulein", schloss Bronstein mit einer weiteren Verbeugung. Die Raczek neigte leicht den Kopf und entschwand dann in Richtung Haltestelle. Bronstein sah ihr noch eine kleine Weile nach, um dann zu beschließen, wieder mehr für seine Bildung zu tun. Diese Woche war zwar mit verschiedensten Verpflichtungen vollgepflastert, aber kommenden Montag sollte er noch Zeit finden für einen volksbildnerischen Abend. Pfeifend machte er sich auf den Heimweg.

XII.
Dienstag, 27. Mai 1913

Pünktlich um 7 Uhr 55 stand Bronstein am Seiteneingang des Burgtheaters. Nervös nestelte er an seinem Gilet herum und befreite endlich seine Taschenuhr aus ihrer üblichen Wohnstatt. Gut, dachte er, er war pünktlich. Aber wo blieb Kisch?

„Fragst dich schon, wo ich bleib, ha?" Kisch stand direkt neben ihm, als wäre er in genau diesem Augenblick aus dem Boden gewachsen. Bronstein grinste schief, enthielt sich jedoch eines Kommentars. Stattdessen setzte er sich in Bewegung, und Kisch folgte ihm.

„Haben wir einen Plan?"

„Na ja, genau so, wie wir es gestern besprochen haben, oder? Ich halte mich im Stiegenhaus verborgen und lausche eurem Zwiegespräch. Du klopfst an, und wenn er aufmacht, fragst du devot, ob dir Herr Zeno von Baumgarten gegenübersteht. Und dann sagst du einfach, du brächtest wie befohlen den Wagen für den gnädigen Herrn. Alles sei bezahlt und geregelt, er brauche nur noch den Empfang zu quittieren. Warte, ich habe da etwas vorbereitet." Bronstein zog ein Kuvert aus seinem Mantelinneren hervor, das einen Pappendeckel enthielt, auf den zwei Blatt Papier gespannt waren. Kisch konnte das obere sehen und las laut „Empfangsbestätigung". Bronstein hob das erste Blatt an und zeigte seinem Freund den unteren Zettel, auf dem oben „Protokoll" geschrieben stand. Auch hier gab es, wie auf der ersten Seite, eine punktierte Linie, unter der sich das Wort „Unterschrift" befand. „Du hältst Baumgarten diesen Wisch unter die Nase und erklärst ihm, er müsse unterschreiben. Hier und hier." Dabei demonstrierte Bronstein, wie Kisch den Pappendeckel halten musste, damit Baumgarten das zweite Blatt unterfertigte, ohne zu bemerken, dass es sich hierbei ganz und gar nicht mehr um eine Bestätigung für die Auslieferung eines Autos handelte. Kisch verstand und setzte ein Lächeln auf, das sich auf Bronstein ansteckend auswirkte.

Zwei Minuten später befanden sie sich in Baumgartens Wohnhaus. Bronstein blieb am Stiegenansatz zurück, während Kisch sich zur Wohnungstür begab, um ohne Umschweife anzuklopfen. Es dauerte eine Weile, ehe auf der anderen Seite der Pforte Lebenszeichen zu vernehmen waren. Kisch klopfte abermals. „Ja, ja, ich komm ja schon", drang es aus der Wohnung. Danach folgten einige undeutliche Zischlaute, die davon kündeten, dass Baumgarten alles andere als erfreut darüber war, zu nachtschlafener Zeit aus dem Bett geholt worden zu sein. Missmutig öffnete er und starrte Kisch feindselig an: „Was ist?"

„Herr Zeno von Baumgarten?", fragte der mit serviler Stimme. „Wer denn sonst! Was wollen S'?"

„Ich hätte da ein Auto für Sie. Einen Tourenwagen von Austro-Daimler. Den hat ein Herr gekauft und bar bezahlt, und er hat verfügt, dass wir ihn an Sie zustellen sollen."

Baumgartens Gesicht erhellte sich. „Der Fredl, der alte ..." Dann erstarb er und wurde förmlich. „Aha. Na, dann geben S' her." Er hielt die Hand auf.

„Entschuldigung, der Herr. Sie müssten mir den Empfang quittieren, damit die Übernahme bestätigt ist. Sie werden verstehen, es muss alles seine Richtigkeit haben."

Baumgarten schien einen Moment zu zögern, doch seine Gier überwog. Eilig schnappte er den Pappendeckel. „Hier", sagte Kisch und deutete auf die punktierte Linie, „und hier", dabei blätterte Kisch ansatzweise um, sodass nur der Teil mit der Unterschriftenzeile sichtbar war. Baumgarten krakelte eilig seinen Namen hin und drückte Kisch den Papierkram in die Hand.

„Und wo ist jetzt mein Auto?"

„Das wird gleich kommen. Und es wird sehr groß und grün sein", sagte Bronstein, der nach vorn ins Licht getreten war, grinsend.

„Sie!" Baumgarten erbleichte. „Sie widerliche Figur, was machen Sie hier? Ich dachte, Ihnen hätte man endgültig das Handwerk gelegt!"

„Tja, sieht eher so aus, als würde ich Ihnen jetzt endgültig das Handwerk legen." Bronstein konnte sich eines breiten Grinsens nicht erwehren. „Damals, in der Mészáros-Sache, mögen Sie mir entkommen sein, aber diesmal gibt es kein Entrinnen. Sie sind fällig. Denn diesmal habe ich, was ich brauche: ein von Ihnen eigenhändig unterfertigtes Geständnis!" Dabei nahm Bronstein Kisch den Pappendeckel ab und winkte mit der zweiten Seite.

„Damit … damit … damit kommen Sie genauso wenig durch wie damals beim Mészáros, diesem Einfaltspinsel."

„Oh doch, damit komme ich durch. Aber jetzt, so unter uns Klosterbrüdern, vor allem aber, weil Sie ja später keine Gelegenheit mehr haben werden, sich irgendwie zu äußern, jetzt sagen Sie mir doch endlich, wie Sie das Ding beim Mészáros gedreht haben? Lassen Sie mich raten: Der Mann war auch einer von Redls kleinen Buben, und Sie haben ihn aus dem Weg geräumt, weil Sie den Redl und sein Geld für sich allein haben wollten! Habe ich recht?"

„Armer Narr! Nicht einmal das haben Sie auf die Reihe bekommen, was? Na gut, da unserem Gespräch keinerlei rechtliche Relevanz zukommt, will ich Ihre Unbedarftheit wenigstens in diesem einem Punkt ein wenig lindern. Der Mészáros war in mich verschossen, verstehen Sie, in mich! Und er hat wirklich geglaubt, er kann mit dem Alfred mithalten, mit seinen erbärmlichen Achteln, die er mir zahlt hat. Was der Alfred mir geboten hat, das haben Sie ja offenbar selbst herausbekommen, und dieser einfältige Tropf aus Ungarn hat allen Ernstes geglaubt, ich lass mich mit ein paar Kronen abspeisen." Baumgarten lachte verächtlich. „Natürlich hab ich ihm gesagt, dass er das vergessen kann. Und zwar prinzipiell und für immer. Sagt mir der Trottel, dann bringt er sich um. Bitte, hab ich g'sagt, tu dir keinen Zwang an. Aber dann hab ich doch ein schlechtes G'wissen kriegt und bin ihm nach. Wie ich in sein Zimmer komm, steht der Depp wirklich auf dem Sessel und will sich aufhängen. Na, ich red ihm gut zu, sag ihm, er soll ned so deppert sein, kriegt mir der doch da in seiner Situation einen Tobsuchtsanfall!" Baumgarten riss die Augen auf, als könnte er immer noch nicht glauben, was an jenem Februartag geschehen war. „Stellen Sie sich vor, da hat der Kerl einen Strick um den Hals und schreit mich an, er wird mich mitreißen in den Untergang. Er wird mein Verhältnis mit dem Alfred offenlegen. Einen Brief würd er schreiben und an den Generalstab schicken. Und an die Zeitungen. Und erst dann würd er sich heimdrehen. Na, da sind bei mir natürlich die Sicherungen gangen, gell. Ich hab ihm einen Schubs geben und mich an seine Beine g'hängt. Dann war's eh schnell aus, und ich hab g'schaut, dass ich Meter mach. So, und das war's jetzt mit der Beichtstunde. Jetzt geben S' den Kaszettel her, aber gach a no, sonst perforier ich Ihnen, weil auf eine Leich mehr oder weniger kommt's jetzt auch nimmer an." Baumgarten hatte blitzschnell nach hinten an die Kommode gefasst und seine Browning hervorgeholt, mit der er Bronstein nun in Schach hielt.

„Du hast dich damals schon für überschlau g'halten, gell, du kleiner jüdischer Bengel. Aber damit ist jetzt Schluss. Ich ..."

Mit einem markerschütternden Schrei ließ Baumgarten die Waffe fallen und griff sich an die Wade, nachdem er das rechte Bein instinktiv hochgezogen hatte. Denn während er sich ausschließlich auf Bronstein konzentriert hatte, war ihm entgangen, dass Kisch zu einem veritablen Spitz angesetzt hatte, der

direkt auf Baumgartens Schienbein landete, wobei die Stahl-
kappe auf Kischs Schuh die Wirkung des Tritts entsprechend
verstärkte. Bronstein nutzte die Gelegenheit und hob die Waffe
hoch, um nun seinerseits Baumgarten mit ebendieser zu bedro-
hen. „Irgendwie hat diese ganze Angelegenheit eine amüsante
Ironie", bemerkte er. „Hätte ich dich des Mordes an Meszaros
überführen können, dann würdest wahrscheinlich demnächst
selber baumeln. Aber mit dem da", und dabei winkte er wieder
mit den Papieren, „mach ich dich wirklich fertig."

„Geh bitte, was soll der Kas da beweisen, außer nix. Das hält
vor keinem Gericht der Welt, ned amal vor einem unsrigen."

„Wer sagt denn was von Gericht?", lächelte Bronstein überlegen, „wir werden keinen Richter brauchen, wie's so schön heißt.
Mit dem Wisch geh ich doch nicht zur Polizei! Nein! Damit
geh ich zur Zeitung. Die reißen sich seit gestern um alles, was
irgendwie mit dem Redl zu tun hat. Je abgründiger, desto besser. Morgen um die Zeit weiß die ganze Monarchie von Bozen
bis Czernowitz und von Prag bis Dubrovnik, wie der kleine
Lustknabe des Spions heißt und wo er wohnt. Und übermorgen
weiß es die ganze Welt. Glaub mir, da bin ich dann lieber ein
jüdischer Bengel als ein warmer Bruder."

Baumgartens Gesicht versteinerte sich. Deutlich konnte man
ihm ansehen, wie ihm nach und nach die ganze Tragweite von
Bronsteins Ausführungen bewusst wurde. „Das würden nicht
einmal Sie tun, Sie widerwärtiger Satan, Sie!"

„Doch. Würde ich nicht nur, werde ich auch. Und zwar jetzt
dann gleich. ... Obwohl – da fällt mir noch etwas ein. ... Deinem Redl hat man, weil er doch Offizier war, den Revolver auf
den Tisch gelegt und ihm geraten, guten Gebrauch davon zu
machen. Vielleicht sollte ich, weil ich heute meinen guten Tag
hab, dir auch noch eine Chance einräumen. Wenn du dich freiwillig stellst, dann vergesse ich das mit der Zeitung. Dann hast

immerhin die Chance, dass deinem Vater das ganze Ausmaß deiner Verkommenheit und die damit verbundene Schande erspart bleibt."

„Sie sind ja irre. Wenn ich mich stelle, dann fliegt die Sache ja wohl erst recht auf!"

„Tja, ich würde dir ja gerne die Browning zurückgeben, damit du damit machst, was dein Redl damit gemacht hat, aber ich fürchte, du würdest nur versuchen, dich noch irgendwie rauszuwinden."

Jetzt brach Baumgarten endgültig zusammen. „Sie müssen mir doch noch irgendeine Chance lassen, da rauszukommen." Er faltete die Hände und hielt sie Bronstein bettelnd entgegen.

„Du bist ein Mörder, Baumgarten. Welche Chance verdient ein Mörder?"

„Geh bitte, das war doch kein Mord, das war ein Augenblick von Sinnesverwirrung, glauben Sie ernsthaft, ich wollt den armen Dodel umbringen? Nein, wenn er mich nicht so provoziert hätt und er sich nicht selbst so auf dem Präsentierteller ..., dann wär das doch ... nie passiert."

„Da hat er wahrscheinlich sogar recht, der Lump", ließ sich nun erstmals wieder Kisch vernehmen. Bronstein überlegte.

„Gut, mir ist das wurscht, wofür du dich stellst. Wenn du lieber die Sache mit dem Redl zugeben willst, soll's mir auch recht sein. Du wirst unehrenhaft aus der Armee entlassen, kriegst ein paar Jahre wegen widernatürlicher Unzucht, und die zählen eh doppelt und dreifach, weil du als Schwuchtel im Häf'n eh jeden Tag Kirtag hast. Aber wenn du stark bist, dann stehst du das durch. Du hast dann deine Sünden abgebüßt und kannst irgendwo unter anderem Namen von vorn anfangen. Vielleicht in Amerika. Oder du wirst Missionar in Afrika. Jedenfalls ersparst du dir den Galgen. Das ist das Angebot, das ich dir mache. Mehr gibt's nicht."

Baumgarten sank in sich zusammen und begann tatsächlich zu schluchzen. Er hielt sich die Hände vors Gesicht und weinte wie ein kleines Kind. Bronstein blieb unbeeindruckt: „Das nächste Koat ist rund zweihundert Meter von da. Bis vor die Tür werden wir dich begleiten. Alsdern, gemma's an."

So, wie er gekleidet war, trat Baumgarten, als wäre er in Trance, auf den Gang und schickte sich an, die Stiegen abwärts zu steigen. Bronstein blieb dicht hinter ihm und richtete den Revolver, den er nun in seine Jackentasche gesteckt hatte, weiter unverwandt auf Baumgarten. Als sie auf die Straße traten, sah der Offizier einen Moment lang in den Himmel, so, als wollte er sich ein letztes Mal der Sonne versichern. Doch Bronstein hatte wenig Verständnis für derlei Sentimentalitäten. Ein sanfter Druck beförderte den Mann weiter, und einige Augenblicke später kam das Kommissariat in den Blick. „Wir warten hier. Wenn du sagst, was du versprochen hast, dann kommst du nicht mehr raus. Wenn doch, wissen wir, dass du uns rollen willst. Dann tritt Variante zwei in Kraft. Die Zeitungen!" Baumgarten drehte sich halb zu Bronstein um und nickte matt. Dann schlich er, als hätte er eben Schierling getrunken, dessen Wirkung nun einsetzte, die letzten paar Meter weiter und verschwand im Inneren der Dienststelle.

Eine halbe Stunde später hielt es Bronstein nicht mehr aus. Er betrat selbst das Kommissariat, zeigte seine Marke und erkundigte sich, ob ein Herr Baumgarten sich gestellt habe. Die uniformierten Kollegen bestätigten ihm dies. Er werde gerade verhört und wahrscheinlich in einer Stunde auf die Elisabethpromenade geführt. Bronstein genügte diese Information. Er dankte für die Auskunft und trat wieder ins Freie.

„Egonek, das war's. Die Geschichte ist gegessen. Fiat iustitia."

„Ja, und wahrscheinlich wird dir diese Wendung der Geschichte nicht gerade schaden. Es würde mich nicht wundern, wenn du bald wieder deinen Dienst im Agenteninstitut antreten kannst."

„Na", blieb Bronstein skeptisch, „da bin ich mir nicht so sicher, immerhin habe ich ihm die Mészáros-Sache letztlich ja doch nicht nachweisen können."

„Aber intern wird sie sich rumsprechen, darauf kannst dich verlassen. Nein, ich sag dir, im Juni bist wieder beim Mord."

„Schön wär's."

Die beiden schlenderten durch den Volksgarten auf den Ring zu. „Irgendwie schon seltsam. Dass die Leute einfach den Hals nicht vollkriegen", philosophierte Bronstein plötzlich. „Ich mein', der Baumgarten, der hatte doch alles, was er brauchte. Und früher oder später hätt er ein Vermögen geerbt. Was macht der dann solche Blödheiten für ein paar Netsch mehr? Zum Leben hatte er genug, und sonst, ich bitte dich, sogar die Kultur ist bei uns gratis. Sieh dich um, Egonek, das Kunsthistorische, das Naturhistorische, das Museum der Stadt Wien, die Hofbibliothek, die Schatzkammer. Alles hat freien Eintritt. Wozu brauchst da noch so viel Geld, frag ich dich."

„Na ja, der Mensch lebt nicht von Brot und Kultur allein. Er will auch Luxus haben. Und grad der kostet wirklich eine Lawine."

„Aber Papperlapapp. Das ist doch alles Tinnef. Wer braucht ein Auto, wenn es die Tramway gibt? Und wer ein sündteures Varieté? Die Volksbildung in der Urania zum Beispiel, die kostet fast nix und bietet eine ganze Menge, wie ich weiß." Dabei dachte Bronstein freilich mehr an das Fräulein vom Vortag als an den Vortrag an sich. Doch das musste er Kisch ja nicht auf die Nase binden.

„Bronstein, Bronstein, du bist zu idealistisch. Der Mensch liebt sein Kramuri und sein Graffelwerk. Und er will, dass es jeweils ein exklusives Graffelwerk ist, verstehst? Jeder will was Besonderes sein. Und dafür braucht er das nötige Knödel. Du weißt, Bronstein, wie es heißt: Am Gelde hängt, zum Gelde drängt doch alles."

„Ja, den Spruch hab ich schon g'hört. Aber ich häng nicht am schnöden Mammon. Das muss an der Herkunft meiner Familie liegen." Dabei zwinkerte Bronstein schelmisch. „Ich bin mehr den leiblichen Genüssen zugetan. Da, schau, Kisch, zehne ist's. Grade recht für ein Gabelfrühstück. Was sagst, ich lad dich ein ins Landtmann. Bist dabei?"

„Tja, eigentlich wollt ich in die Redaktion. Der nächste Artikel steht schon in meinem Köpfchen und wartet darauf, geschrieben zu werden."

„Dort wird er noch länger stehen. Doch schreibe nie auf nüchternen Magen, das gibt keine gute Schlagzeile."

Kisch wankte: „Also, sollen wir gehen?"

„Ja, geh'n wir!"

GLOSSAR

abmarkieren	abtreten
abschieben (Schieben S' ab!)	
	sich entfernen (Verschwinden Sie!)
alsdern	alsdann, also
Aufdrehten, Aufdrahten,	
den A. haben	Pech haben, mit dem negativen Ausgang einer Sache unabänderlich konfrontiert sein
(sich) aufpudeln	(sich) aufregen
Baner	Gebeine, Knochen
Bassena	Wasserbecken im Flur eines Altbaus
Beuschl	Lunge
Brotschani	Verkäufer von Brot und Gebäck in Gaststätten
da	dir
dera	dieser
di	dich
eam	ihn, ihm
Egalisierungsfarbe	Abzeichenfarben zur Unterscheidung der Infanterieregimenter der k. u. k. Armee; übrigens: Die 12. Farbe war Alizarinrot
ei(n)kastln	einsperren
eine	hinein, herein
Einserlandl	Landesgericht 1 (heute Justizanstalt Josefstadt)
Elisabethpromenade	
	Standort des Polizeigefangenenhauses (heute Rossauer Lände)
entere Gründe	Vorstädte, abgelegene Gebiete
Gablitzer	begriffsstutziger Mensch (nach dem Rindermarkt im gleichnamigen Ort)
gach	jäh, plötzlich
Geherda	Leibeigener, Domestik

gemma	gehen wir
glei	gleich
g'leit	geläutet
Graffelwerk	wertloses Zeug, Plunder
Gschamsterer	Verehrer, Liebhaber
Gspasettln	Unfug, Allotria
Gspusi	Liebschaft
Gstieß	Sküs; hier: Laufpass
Guglhupf	Napfkuchen
Ha?	Wie bitte?; auch als Frageanhängsel verwendet
hamdrahn, heimdrehen	
	umbringen
hamma	haben wir
Happel	Kopf
Hast mi?	Hast du mich verstanden?
hättat	hätte
Häusl	WC
Heh, Höh	Polizei
Heustadelwasser	langgestreckter Teich in den Praterauen
Hieb	Bezirk
Holler	Unsinn, dummes Gerede
Hutschenschleuderer	
	Betreiber von Ringelspielen u. ä.
i	ich
im Kraut lassen	zufrieden lassen, in Ruhe lassen
Itzig	Jude (abwertend)
Kaszettel	Wisch
Kieberer	Polizist
Knödel	Geld
Koat	Kurzform für Kommissariat
Kolowrat-Ring	früherer Name für Schubertring
Kramuri	Plunder

Krauterer	seltsamer alter Mensch
Krepierl, Krewegerl, Krispindl	
	schmächtige, schwächliche Person
Kujonierung	Behelligung, Schikane
Latsch	gutmütiger Mensch
Lavoir	Waschschüssel
leicht	vielleicht
ma	man; mir; wir
machen, g'macht	ermorden, ermordet
Marqueur	Ober, Zahlkellner
mi	mich
miassat	müsste
na	nein
ned	nicht
nehmat	nähme
neich	neu
Netsch	vernachlässigbar kleine Geldmenge
niederlegen	ein Geständnis ablegen
Nockn	langweilige, zur Korpulenz neigende Frau
nu	noch
Pallawatsch	Durcheinander
Pappendeckel	Stück (Papp-)Karton
Pappn	Mund, Maul
Pendel	(sich) ins P. hauen: (sich) erhängen
petschiert	angeschmiert, ruiniert, blamiert
pflanzen	zum Narren halten
Pflasterhirsch	Straßenpolizist
Pharisäer	Kaffee mit Rum und Schlagsahne
Pikkolo	rangniedrigster Kellner
Plutzer	Kopf, Schädel
Pumperer	dumpfes Aufschlaggeräusch
Reißerte	Nervenleiden

Ringwagen	Straßenbahnlinie, die zumindest Teile der Ringstraße befährt
rollen	zum Narren halten
Safensiader	Schimpfwort für unsympathische Zeitgenossen
san	sind
Schleifen	(sich) die S. geben: (sich) töten (nach der von der Pathologie am Fuß befestigten Erkennungsschleife)
Schmattes	Trinkgeld
Schnoferl	Schnute
si	sich
simma	sind wir
Sirk-Ecke	Ecke an der Ringstraße, an der man sich in Karl Kraus' „Die Letzten Tage der Menschheit" dem Hurra-Patriotismus hingab, heute Hotel Bristol
Span	Zigarette
Spinatwachter	Polizist (wegen der grünen Uniform)
Spompanadeln	Unfug, Mätzchen, Ausflüchte
stengan	stehen
Stephaniebraten	mit hartgekochtem Ei, Speck oder Essiggurken gefüllter Hackfleischbraten
Taferlklassler	Abc-Schütze
Tinnef	wertloses Zeug
Topfen	Unsinn
Trottoir	Gehsteig, Bürgersteig
ume	hinüber, herüber
waach	weich
waaß	weiß (1./3. Person sing. von wissen)
warat	wäre
wost	wo du
Zugehfrau	Haushälterin
Zwutschkerl	kleine, zierliche Person

Wien, Sommer 1934. In Deutschland herrschen die
Nazis. Österreich steuert auf einen Naziputsch zu.

Tacheles

ISBN 978-3-901761-87-4
304 Seiten, € 9,90
E-Book (epub):
ISBN 978-3-902672-59-9, € 9,60

Am Judenplatz wird ein Fabrikant jüdischer Abkunft ermordet. Die Ermittlungen führen Polizeioberst Bronstein zu
den Nazis. Doch plötzlich wird er selbst zum Gejagten ...

„Tacheles" ist ein intelligenter Roman voller Zwischentöne ...
„Tacheles" ist, bei aller Spannung, das leise Porträt einer Stadt
und ihrer Bewohner im Zeitenwandel ...

(*Katharina Schmidt, WIENER ZEITUNG, 31.10.2008*)

BUCHVERLAG
www.echomedia-buch.at

Wien, Juli 1927. Nach dem Freispruch im Prozess um die Mörder von Schattendorf eskaliert die Lage.

Ezzes
ISBN 978-3-902672-08-7
288 Seiten, € 9,90
E-Book (epub):
ISBN 978-3-902672-58-2, € 9,60

Oberstleutnant Bronstein ermittelt im Mord an einem als geizig und menschenverachtend verrufenen Greißler und überlegt schon bald, ob er nicht Schicksal spielen soll …

Bitte mehr Bronstein! Das ist schön: Oberstleutnant Bronstein von der Wiener Polizei ermittelt wieder in der Ersten Republik. Geschichte und Sozialkunde sowie Wiener Dialekt von „ausbanln" bis „Zwiebelkroaten" stehen im Mittelpunkt. Es wird hoffentlich eine lange Serie.

(Peter Pisa, KURIER, 16. 5. 2009)

BUCHVERLAG
www.echomedia-buch.at

Wien, November 1918. Der Erste Weltkrieg neigt sich dem Ende zu, die Monarchie zerfällt.

Chuzpe

ISBN 978-3-902672-22-3
320 Seiten, € 9,90
E-Book (epub):
ISBN 978-3-902672-57-5, € 9,60

Zwischen Monarchie und Erster Republik untersucht Major Bronstein den Mord an einer Modistin, was ihm umso schwerer fällt, als er sich Hals über Kopf verliebt.

Andreas Pittler benutzt seine Krimis als eine Art Reiseführer in die Vergangenheit, um amüsant und spannend heimische Geschichte zu vermitteln.

(E.D., DIE PRESSE, 6.3.2010)

(((echomedia
BUCHVERLAG
www.echomedia-buch.at

Wien im März 1938. Die Nazis greifen nach Österreich und Bronstein kämpft gegen die Zeit.

Andreas Pittler
Zores
ISBN 978-3-902672-82-7
248 Seiten, € 9,90

Bronstein ermittelt im Mordfall an einer Nazigröße, während sich die Zeichen für einen „Anschluss" Österreichs an das Dritte Reich mehren. Das Finale der Krimi-Saga!

Die Art, wie Pittler historische Persönlichkeiten mit seinen Romanfiguren verschneidet, ist überzeugend. Ebenso mühelos gelingt es ihm, die nuancenreiche Wiener Mundart so zu benützen, dass sie authentisch wirkt.

(Ingeborg Sperl, DER STANDARD, 14. 5. 2011)

BUCHVERLAG
www.echomedia-buch.at

Wien in Trümmern. Bronstein kehrt zurück!

Andreas Pittler
Charascho
ISBN 978-3-902900-52-4
376 Seiten, € 19,80

Nach seinem Ausflug in die Gegenwart kehrt Pittler zu seiner erfolgreichen Kultfigur David Bronstein zurück und legt erneut seinen Finger in die Wunden österreichischer Zeitgeschichte.

Wien 1945. Die Rote Armee kämpft in zerbombten Straßen den letzten Widerstand fanatischer Nazis nieder. Der ehemalige Polizeioberst David Bronstein, dem es gelang, den Krieg in Frankreich zu überleben, schließt sich derweilen einem tschechischen Heimkehrer-Treck an, um auf diese Weise über die Tschechoslowakei nach Wien zu gelangen. Endlich dort angekommen, besinnt er sich wieder seines ureigensten Metiers und begibt sich ohne Umschweife auf Verbrecherjagd, denn Verbrecher gibt es nach sieben Jahren Nationalsozialismus mehr als genug. Und die gehen, bloß um unerkannt entkommen zu können, auch im neuen Österreich über Leichen. Wieder einmal beginnt für Bronstein ein Wettlauf gegen die Zeit.

BUCHVERLAG
www.echomedia-buch.at

TINNEF

Personen und Handlungen sind, soweit nicht historisch verbürgt, frei erfunden. Ähnlichkeiten mit lebenden oder verstorbenen Personen sind zufällig und nicht beabsichtigt.

Dialektausdrücke und Redewendungen des Wienerischen werden in einem Glossar am Ende des Buches erläutert.

Impressum:
ISBN: 978-3-902672-35-3
2011 echomedia buchverlag ges.m.b.h.
Media Quarter Marx 3.2
A-1030 Wien, Maria-Jacobi-Gasse 1
Alle Rechte vorbehalten
4. Auflage 2016

Produktion: Ilse Helmreich
Produktionsassistenz: Brigitte Lang
Layout: Elisabeth Waidhofer
Lektorat: Thomas Hazdra
Herstellungsort: Wien

Besuchen Sie uns im Internet:
www.echomedia-buch.at

TINNEF

Andreas Pittler

(((echomedia
BUCHVERLAG